FOLIO POLICIER

W0243619

Thierry Jonquet

Comedia

Gallimard

Cet ouvrage a paru précédemment
aux Éditions Payot en 1988, et aux Éditions Actes Sud,
collection « Babel noir » en 1999.

© *Éditions Gallimard, 2005.*

Thierry Jonquet est né en 1954 à Paris. Son œuvre est très largement reconnue. Sur un ton singulier, il écrit romans et récits cocasses, où se mêlent faits divers et satire politique. Ce romancier figure parmi les plus doués de sa génération.

Thierry [illegible] né en 19[illegible] à Paris [illegible] [illegible] Sur un ton singulier [illegible] casés [illegible] [illegible] parmi les plus doués de sa génération.

C'est ainsi qu'un jour, par hasard, nous nous rappelons tant de visages, tant de choses, mais il n'y a plus personne pour se souvenir de nous, et nous sommes encore vivants.

ANGELO RINALDI

GERONTE

1

C'était un endroit charmant. Douillet, calfeutré. Il y avait une grande cheminée, dont le linteau portait une inscription gravée dans le granit. On pouvait déchiffrer : *1690...* Restaient deux lettres illisibles, les initiales du maçon, ou du premier propriétaire de la maison, peut-être. Une grosse bûche de chêne achevait de se consumer avec des craquements sourds. Des tentures de velours sombre couvraient les murs et, près de la cheminée, les tableaux aux couleurs ternies représentaient tous une scène de pêche : le départ des bateaux pour Terre-Neuve, un marin occupé à ravauder un filet et fumant la pipe, la tempête malmenant un chalutier, ou la vente du poisson à la criée dans la halle de Fécamp.

Le mobilier était très sobre. Un lourd vaisselier occupait tout un pan de mur. Sur les tables recouvertes de napperons empesés, les assiettes de faïence de Rouen décorées de motifs désuets — des scènes champêtres où l'on voyait des moissonneurs lutiner des bergères — luisaient sous la lumière douce et mouvante du feu.

Deux serveuses — joues roses et seins lourds — allaient et venaient, de table en table. On parlait à voix basse. Parfois, quand les conversations cessaient, on percevait un chuchotement ténu : le ressac de la mer contre les falaises proches.

Oui, l'endroit était vraiment charmant. Sans doute était-ce la raison pour laquelle les deux vieillards l'avaient choisi afin d'y célébrer leurs retrouvailles. Émouvante rencontre qui venait clore un intermède long de plus de trente ans. Du moins le croyait-on… mais Pantalone et Geronte n'avaient-ils pas renoué le contact, depuis l'automne 1956 ?

Comedia l'ignorait. De 56 à 59, il avait recherché, poursuivi Geronte, sillonné l'Europe du nord au sud. En vain. En décembre 59, on finit par lui donner l'ordre d'abandonner la partie.

Il étudiait à présent les photographies qu'on lui avait remises le soir même de la rencontre, le 29 octobre 86. Elles étaient d'excellente qualité. On y distinguait jusqu'au moindre détail : le dessin du pressoir, sur l'étiquette de la bouteille de chablis, une tache souillant le veston de Pantalone, et une verrue, sur le front de Geronte.

Pantalone avait considérablement vieilli. Ses épaules s'étaient voûtées. La note accompagnant les photos affirmait qu'il était atteint de la maladie de Parkinson. Comedia ne détenait aucun élément lui permettant de confirmer ou d'infirmer. D'ailleurs, cela n'avait aucune importance.

Geronte, quant à lui, paraissait plus en forme.

Ce n'était qu'une illusion, Comedia l'apprendrait plus tard. Il le reconnut sans peine. Les traits de Geronte s'étaient incrustés dans sa mémoire depuis si longtemps.

Les yeux gris, la calvitie, le nez parfaitement dessiné, droit, la forme particulière du sommet de l'oreille, très pointu : il n'y avait aucun doute. Geronte avait grossi, un double menton alourdissait son visage ; les cernes, sous les yeux, s'étaient encore creusés. Et il y avait cette verrue, sur le front.

Comedia se souvint du signe maléfique qui orne le masque de cuir que portent les saltimbanques : la marque du diable, dont les cornes sont ainsi réduites à l'état de vestige.

Il reprit les photos, une par une.

Geronte et Pantalone, dînant dans l'auberge d'Étretat.

Cliché au zoom du visage de Geronte.

Cliché au zoom de celui de Pantalone.

Geronte et Pantalone, côte à côte, sortant de l'auberge.

Geronte, les mains enfoncées dans les poches de son pardessus, marchant sur la plage, en direction de l'Aiguille. C'était marée basse : des plaques d'algues noires brillaient sur les rochers. Il n'y avait pas d'autres promeneurs.

Geronte, seul encore, sur la jetée, allumant une cigarette.

Fasciné, Comedia contempla ces images, longuement.

Le rédacteur avait fait du zèle. La note précisait le menu servi à l'auberge : plateau de fruits de mer, fricassée d'écrevisses, turbot en gelée, fromages, sorbet. Comedia n'avait certes pas à se plaindre de son équipe. Elle était discrète et efficace.

Dès qu'il avait été averti des préparatifs de voyage de Pantalone, le 20 octobre, Comedia s'était senti rajeunir. Il avait envoyé une équipe à Berlin. Il aurait bien voulu être de la partie, lui aussi, mais une mauvaise grippe le cloua au lit durant cinq jours pleins. Chaque soir, on l'informa des déplacements successifs de Pantalone, à dater du 24. Berlin-Francfort, Francfort-Bruxelles, Bruxelles-Paris.

Au soir du quatrième jour, Comedia était dépité. Pantalone errait dans Paris, se livrant à d'interminables parties de lèche-vitrine. Il arpentait le bitume de la capitale d'un pas lent, le nez en l'air, et la mine maussade. Il acheta un flacon de parfum Guerlain, une montre de femme chez Cartier. Puis, brusquement, il se rendit dans une succursale Hertz où il loua une Opel. Surprenante décision puisqu'il avait quitté Berlin au volant de sa Volkswagen. Il passa tout l'après-midi à rouler dans Paris et en banlieue, et faillit bien souvent échapper à son escorte.

Pantalone fonçait. « Allons donc, songea Comedia, on ne conduit pas ainsi avec un Parkinson, même léger ! » Il prit la route de la Normandie, se promena sur la plage et dormit dans un hôtel, près de Cherbourg, avant de remonter vers le nord, le lendemain matin. À midi, il s'arrêta à Étretat, pour entrer dans cette auberge. Et Geronte vint l'y rejoindre. Après le repas, ils passèrent encore une heure ou deux à table, à boire en fumant de gros cigares.

Le rédacteur de la note jurait ses grands dieux que ni Geronte ni Pantalone ne s'étaient rendu compte de la surveillance étroite et tatillonne qui s'exerçait sur eux.

Vers seize heures, les deux vieillards firent une promenade sur la jetée : durant ce temps, on fouilla leurs bagages, sans rien y découvrir d'intéressant.

Puis Geronte et Pantalone se séparèrent.

La scène des adieux, devant l'auberge, fut troublée par un incident anodin : une saute de vent fit voltiger le chapeau de feutre de Pantalone, et les deux hommes se lancèrent à la poursuite du couvre-chef récalcitrant. Leur lourdeur, leur maladresse étaient presque émouvantes.

Puis ils se serrèrent longuement la main. Pantalone appliqua une petite tape sur la joue de son ami, après quoi il monta dans sa voiture et démarra.

On le suivit jusqu'à Berlin.

Geronte regagna tout d'abord la plage. Il y resta longtemps, assis sur la coque d'un canot renversé, à regarder la mer, fixement. Les mouettes tournoyaient en lançant leurs cris rauques. Le ciel était sale, une pluie fine et lancinante vint bientôt laver le sel qui séchait en auréoles blanches sur la coque du canot. Geronte remonta le col de son blouson et frissonna.

D'un pas lent, il revint vers les premières maisons qui bordaient la plage. Un taxi stationnait devant l'auberge. Il y prit place et se fit conduire à Fécamp. Là, il attendit le prochain train pour Paris, puis s'assit dans un compartiment vide, au milieu du wagon de tête.

Contrairement à Pantalone, il semblait se moquer d'une éventuelle filature. Depuis Étretat, il ne s'était pas retourné une seule fois.

La note remise à Comedia expliquait cette attitude par l'insouciance : Geronte se croyait sans doute protégé par les précautions qu'avait prises Pantalone.

Mais peut-être fallait-il tout simplement évoquer la sénilité pour interpréter correctement cette conduite paradoxale ?

Dès qu'il fut sur pied, Comedia se rendit à Berlin.

La ville s'était profondément transformée depuis qu'il y était venu la dernière fois, en 59.

Les buildings se dressaient à la place des ruines, qui ne subsistaient encore que par petits blocs, çà et là. Comedia passa de longues journées à errer dans la ville.

Il découvrit le Mur — il n'existait pas lors de son séjour précédent — bariolé de graffitis et de bombages aux couleurs criardes, dont le message le laissa perplexe. Il observa longuement le manège des sentinelles américaines et soviétiques se faisant face au Checkpoint Charlie. La Potsdamerstrasse, où il avait jadis habité, était méconnaissable. Les remugles de kebab montant des gargotes turques se mêlaient aux senteurs épicées échappées des boutiques pakistanaises, et le passant n'avait plus rien de teuton.

Comedia s'était installé dans un appartement du quartier Napoléon, au nord du secteur occidental. Deux fois par jour, il allait aux nouvelles, mais Pantalone, lui disait-on, employait la majeure partie de son temps à canoter sur le Grosser Müggelsee, de l'autre côté du Mur.

Il ne lui restait donc qu'à se promener. Il marcha, inlassablement, de Kreuzberg au Ku-Damm, de Charlottenburg à Zehlendorf. Au Flohmarkt, il acheta quelques bibelots de porcelaine, ainsi qu'un lot de vieux 78-tours, à demi rayés, de Zarah Leander. Mais les fantômes souffreteux du passé se traînaient encore dans les rues. Au lever du jour, sur le bitume sale, Comedia devinait leur présence, et leurs gesticulations hystériques lui donnaient la nausée.

Comedia ne savait au juste pourquoi il était là. Si le voyage de Pantalone en France, si sa rencontre avec Geronte devaient marquer l'annonce d'une série de catastrophes, sa présence à Berlin n'influerait en rien sur le cours des événements.

Après l'entrevue d'Étretat, on avait bien songé à arrêter Pantalone, lors de son voyage de retour vers la RDA. C'était simple. Un homme d'un tel âge, voyageant seul... Mais Comedia ne donna aucune directive en ce sens. Pantalone était venu au rendez-vous de Geronte, c'était la preuve qu'ils n'avaient pas rompu le contact, depuis trente ans. Auquel cas, le mal était déjà fait. Comedia voulait être aux premières loges. Et la scène était à Berlin. Il s'y rendit donc.

Il attendit. Quinze jours. Rien ne se passa. Devait-il s'en réjouir ? L'absence de toute modification dans la routine quotidienne ne suffit pas à le rassurer. Il revint à Paris.

Durant son absence, bien entendu, on avait consciencieusement surveillé Geronte. Le résultat était consternant. Le vieillard occupait ses matinées à pêcher au bord de la Marne — tout comme Pantalone sur le Grosser Müggelsee — et passait ses après-midi au cinéma.

Comedia, incrédule, mit en place un nouveau dispositif composé de deux équipes, qu'il baptisa Sganarelle et Arlequin. Elles comptaient chacune cinq membres désignés par les initiales A, B, C, D, E. Sganarelle et Arlequin étaient les responsables. Sganarelle était l'équipe mobile, Arlequin l'équipe statique. Tous les jours à quatorze heures précises, une petite conférence réunissait Comedia, Sganarelle et Arlequin.

On en savait plus à propos de Geronte, à présent.

Il vivait assez confortablement. Il avait acheté une villa à Chennevières, sur les bords de Marne, en 58, et y logeait depuis sous une fausse identité. Ses revenus provenaient d'une banque suisse qui possédait une agence à Paris.

La maison était très belle, quoiqu'un peu délabrée. La toiture aurait mérité une bonne réfection. La façade était totalement couverte de lierre et, à cette époque de l'année, la fin octobre, le feuillage virait du roux au mauve. Le jardin descendait jusque sur la berge de la Marne. Un petit ponton de bois, auquel était amarré un canot pneumatique, s'avançait dans l'eau grise.

Sganarelle B s'introduisit chez Geronte, alors que celui-ci était au cinéma. Le rez-de-chaussée était constitué d'une seule pièce avec un salon, un bar et une bibliothèque imposante. Des affiches de cinéma couvraient les murs, laissant çà et là place à des photos de comédiens dédicacées (des vedettes oubliées des années trente, cinquante, principalement). Au premier étage, deux chambres, et une salle de bains. Au sous-sol, Geronte avait aménagé une petite salle de cinéma. Le projecteur était d'un modèle ancien mais fiable. Il y avait deux rangées de sièges recouverts de velours rouge qui portaient une inscription, gravée sur une plaque de cuivre : *Royal Variétés*.

Comedia sursauta quand Sganarelle B lui narra ce détail. Le *Royal Variétés* avait fermé en 58 ou 59, il s'en souvenait fort bien. Sa grand-mère l'y emmenait souvent, lorsqu'il était enfant. L'adresse même lui revint en mémoire : avenue Ledru-Rollin, dans le 11e arrondissement. Plus tard, alors qu'il était étudiant, Comedia y était fréquemment retourné, avant la guerre. Ce n'était certes pas un établissement classé art et essai, mais on y voyait les films qui ne passaient plus en exclusivité : c'était moins cher et, en prime, il y avait la saveur sucrée des jeudis d'antan. Geronte avait donc récupéré ces sièges, dans une quelconque salle des ventes, après la destruction du cinéma.

Sganarelle B, lors de son incursion clandestine, fut émerveillé par la collection de films que possédait Geronte. Des centaines de galettes en alu étaient soigneusement classées et étiquetées. La plupart avaient sombré dans l'oubli, mais certains étaient célèbres. Il avait découvert une autre pièce équipée d'un magnétoscope. Là encore, les étagères abritaient des rangées de cassettes parfaitement classées par ordre alphabétique, suivant le nom du metteur en scène. Il regagna le rez-de-chaussée et inspecta le bureau de Geronte, attenant au salon. Il regorgeait de paperasses : des piles de manuscrits poussiéreux — scénarios, notes concernant certains films, ébauches de biographies de cinéastes réputés —, des classeurs remplis d'articles découpés dans des revues cinématographiques encombraient la pièce.

Comedia n'apprit rien de plus concernant Geronte. Il ne reçut ni coup de téléphone ni courrier.

Il pêchait le matin, allait au cinéma à Paris, en début d'après-midi. Le soir, il se couchait tôt, après avoir visionné un nouveau film, chez lui, cette fois.

Mais le 14 novembre, il prit le RER jusqu'à Saint-Maur, et poursuivit son chemin à pied vers Créteil. Il pénétra dans l'hôpital Henri-Mondor pour en ressortir une heure plus tard.

Sganarelle C fut désigné pour aller aux nouvelles. Il se présenta donc à la réception de l'hôpital et demanda à être reçu par un responsable de l'administration. Il lui exposa son problème et obtint de pouvoir consulter un dossier qu'il parcourut rapidement. Geronte était atteint d'un cancer du foie. Sganarelle C insista pour obtenir un court entretien en compagnie du médecin responsable du traitement. C'était un jeune homme à la calvitie naissante, très maigre, qui flottait dans sa longue blouse blanche. Il répondit avec réticence à ses questions, mais finit par déclarer que Geronte était incurable. Il ne lui restait que quelques mois à vivre, tout au plus. Il était venu récupérer les résultats de la scintigraphie qu'on lui avait fait subir trois semaines plus tôt. Il refusait tout traitement. La mort ne paraissait pas l'effrayer. Et la verrue, sur le front, n'était rien d'autre qu'un carcinome, une métastase du mal qui le rongeait.

Pour Comedia cette révélation changeait tout. Lors de sa rencontre avec Pantalone, Geronte n'ignorait rien du pronostic. Dès lors, l'entrevue d'Étretat pouvait s'expliquer aisément : Geronte avait voulu voir son ami, une dernière fois, avant de mourir. Auquel cas, il n'y aurait rien à redouter.

Voilà, peut-être, pourquoi il ne s'était rien passé, à Berlin.

2

Arlequin déposa la chemise plastifiée sur le bureau. Comedia n'était pas encore là ; la conférence matinale qui regroupait les responsables s'était prolongée, sans doute.

Il s'assit dans le canapé, face au bureau, et alluma une cigarette. Cinq minutes plus tard, Sganarelle arriva à son tour. Et Comedia apparut. Aussitôt intéressé par le document qu'Arlequin avait apporté.

— Alors ? demanda-t-il.

Arlequin secoua la tête en exhalant lentement la fumée de sa cigarette.

— Vous allez être déçu !

Comedia s'assit et ouvrit la chemise. Elle contenait une série de clichés, les photos d'un manuscrit aux feuillets dactylographiés d'une main malhabile. Il les lut lentement, d'une voix monocorde :

Le coucher du soleil, derrière les branches tombantes du saule. La surface lisse et grise de la rivière, ridée par une saute de vent. Un bruissement furtif, un battement d'ailes : une barque longeant la berge vient de déloger un oiseau tapi dans les roseaux ; il traverse brusquement le champ.

La voix, off, de Werner :

— Oui, la première chose que je vis en arrivant ici, ce fut un accordéon abandonné (toussotement) ; ça va, comme ça ?

Werner, à présent, assis sur un pliant, devant le saule, un vieux chapeau de toile kaki vissé sur le front ; ses mains rugueuses et vaguement fébriles, dont il ne sait que faire. Werner, m'interrogeant, une fois de plus :

— Hein, ça va, comme ça ?

Ma propre voix, off :

— Werner, ne t'occupe de rien, raconte, je t'interromprai, s'il le faut…

Werner, reprenant, d'une voix chevrotante (vieux cabotin, tu avais donc le trac ?) puis qui s'affermit :

— Oui, la première chose que je vis en arrivant ici, ce fut un accordéon, un bel accordéon à l'armature brillante, aux touches nacrées, et il reposait là, sur le trottoir, à proximité d'un tas de poubelles, devant la gare…

C'est la première chose que j'ai vue avec attention, avec acuité ; le reste, le train, les gens sur le quai, au petit matin — des ouvriers, avec leur casquette, leur musette —, tout cela restait dans le flou. J'étais fatigué, meurtri par le voyage, mais l'accordéon, sur le trottoir, ça, c'était quelque chose. La preuve indéniable, en quelque sorte, que j'étais arrivé. Trop tard, assurément, puisque l'instrument, un bel instrument, pourtant, gisait à terre. Son soufflet était éventré, comme si on l'avait lacéré à coups de couteau, avec acharnement.

Là-bas, on m'avait raconté la fête, les bals, l'enthousiasme… et l'accordéon, bien entendu. Chez moi, il n'y avait pas d'accordéon, mais de petits orgues de

Barbarie, que les musiciens installaient au coin des rues, et le premier que je vis en arrivant ici était blessé à mort, déchiré. Du pied, je le poussai, et il émit une plainte ridicule, un couinement obscène. Un instant, l'idée me prit de ne pas l'abandonner là, de l'emporter, pour le réparer, peut-être. Puis j'ai réalisé que je ne savais pas où j'allais et, sans aucun doute, un accordéon hors d'usage était bien le dernier objet dont je devais m'encombrer.

Voilà, c'est mon premier souvenir de Paris. J'avais trouvé l'accordéon, mais le bal était terminé, la fête était morte, j'arrivais trop tard, comprends-tu ?

À ce moment, l'image tressaute : Werner venait de s'adresser à moi, directement, et je voulus lui expliquer qu'il ne le fallait pas. Il devait parler face à la caméra, à un interlocuteur imaginaire, le spectateur du film. Je compris qu'il valait mieux le laisser agir à sa guise, puisque, après tout, ce n'était pas à des inconnus qu'il racontait cette histoire mais à moi, à moi seul, même s'il savait l'usage que je comptais faire de la cassette.

Comedia était atteint de presbytie et tenait le document à distance de ses yeux. Le torse légèrement penché en avant, dans une attitude rigide, il hochait la tête ou fronçait les sourcils en parcourant certains passages. Sganarelle et Arlequin patientaient, osant à peine bouger sur le canapé poussif dont les ressorts grinçaient sous leur enveloppe de cuir râpé. Arlequin leva les yeux au plafond, vit les auréoles noirâtres, et réprima un sourire ironique : la qualité du mobilier attribué aux différents services, la fréquence de son renouvellement dépendaient d'une bureaucratie obtuse et papelarde, mais parfois perverse dans son souci de signifier les disgrâces, les mises à l'écart, par une lenteur calculée dans la remise en état des locaux. À en juger d'après cette échelle de valeur, occulte mais efficiente, Comedia n'était guère prisé en haut lieu ! Le bureau était surchauffé et Sganarelle avait les mains moites. Comedia rangeait une à une les pages dans leur chemise.

— Eh bien, soupira-t-il, j'espère que ça va se corser ! Pour l'instant, j'ai l'impression que nous perdons notre temps !

Arlequin eut un haussement d'épaules fataliste. Depuis le retour de Geronte, après l'entrevue d'Étretat, les équipes Sganarelle et Arlequin n'avaient pas lâché le vieillard. Le 15 novembre, le lendemain de sa visite à l'hôpital, ils assistèrent à l'apparition d'un nouveau personnage, un jeune cinéaste, qui semblait être son seul ami. Comedia décida de le surnommer Matamore. Sganarelle D livra une collection de portraits très réussis. Matamore venait de fêter ses trente-cinq ans ; ses traits étaient juvéniles, presque poupins. Comedia fut surtout frappé par sa voix, dont il entendit plusieurs enregistrements. Elle tranchait avec ce physique avenant : c'était une voix cassée, étonnamment grave, qui révélait, en tentant de la dissimuler, une indéniable violence.

L'intérieur de la villa de Chennevières avait été soigneusement sonorisé par Arlequin D. Mais le temps étant assez clément en cette fin d'automne,

Geronte et Matamore s'asseyaient dans le jardin, près du saule, pour bavarder. L'après-midi du 16 novembre, Matamore installa une caméra sur un trépied...

Et l'histoire de l'accordéon, je la connaissais par cœur. C'était du Werner pur sucre, cette manie de scruter les recoins du décor, à la recherche d'objets jetés sur son chemin par le hasard, et de leur attribuer Dieu sait quelle vertu allégorique.

Dans la mémoire de Werner voisinaient ainsi l'accordéon de l'avenue du Maine, un coupé Bugatti (noir, évidemment), qui renversa son copain Dietrich, un matin de juin 1930, alors que celui-ci devait le présenter à l'un des assistants de Fritz Lang, ou la cloche d'une église de Ménilmontant, sonnant à la volée, au moment où il fit la connaissance de Juliette...

Werner pratiquait une version très personnelle de la vie tourmentée du superstitieux menacé par les contingences quotidiennes. Parfois, alors que nous nous promenions, il lui arrivait de traverser brusquement la rue pour se diriger vers un échafaudage, et de dire en me serrant le bras : « Viens, passons donc sous cette échelle... »

L'accordéon de l'avenue du Maine, nous en avions souvent évoqué le destin. Un sujet de film potentiel : sa naissance entre les mains habiles de l'artisan, l'attente d'un premier acheteur, puis la dérive de guinguette en caboulot, les rachats successifs, les musiciens se succédant les uns aux autres, l'instrument abandonné par celui-ci, recueilli par celui-là, et cette fin déchirante, déchirée, plutôt, un soir de janvier 37, sur un trottoir de Montparnasse, à la suite d'une bagarre provoquée par l'alcool ou la jalousie... Werner m'avait parlé d'un vieux film allemand, de 1926 — *Die Abenteuer eines*

Zehnmarkscheins (Les Aventures d'un billet de dix marks) –, qui décrivait la vie à Berlin durant l'inflation folle des années vingt : les dix marks passent de main en main, celles d'un chômeur, d'un cafetier, d'un médecin... Il avait d'ailleurs griffonné une esquisse de scénario, un remake de ce film – que je n'ai jamais vu – où l'accordéon aurait remplacé le billet de dix marks.

Donc, Werner, tu viens de me faire le coup de l'accordéon, un des thèmes favoris de ton répertoire, et tu regardes tristement les branches du saule, assis dans le jardin de ta maison.

Sur le magnétoscope, la cassette tourne.

L'accordéon, c'était bien trop tentant de ne pas le cueillir au vol, vous pensez bien.

Et, tandis que Werner nous parle de cet instrument assassiné, défilent des images d'archives. Werner dit : « Le bal était terminé, la fête était morte » et sa voix sert de bande-son à cette scène devenue célèbre : la grève dans un grand magasin parisien, *La Samaritaine*, je crois. Les vendeuses dansent, valsent en fredonnant un refrain. Le film est usé, tout est gris, abîmé. Mais la joie éclate sur les visages. Et l'on voit enfin l'accordéoniste, casquette gavroche et mégot au coin des lèvres.

J'avais arrêté l'image sur son visage, souriant, heureux. Et, en guise de générique, un titre se découpait sur l'écran, en surimpression : WERNER puis, en lettres plus modestes, Un film d'Arnaud Grésard.

Le visage de l'accordéoniste, donc, figé par l'arrêt de l'image. Il ressemble à s'y méprendre à Gabin. Non, c'est Gabin qui avait la trogne des accordéonistes du coin des rues, du coin des grèves.

L'écran fixe ce générique réduit à sa plus simple expression, et la voix de Gabin, justement, ralentit. Il chante :

Quand on s'promène au bord de l'eau,
Comme tout est beau, quel renouveau !
Paris au loin nous semble une prison,
On a le cœur plein de chansons...

Suit un extrait de *La Belle Équipe* de Duvivier. Tout le monde connaît l'histoire : cinq ouvriers gagnent le magot de la Loterie nationale et unissent leurs efforts pour construire une guinguette sur les bords de Marne. C'est presque la fin du film, l'inauguration de la guinguette ; Gabin chante *Quand on s'promène au bord de l'eau...*

Et voici les bords de Marne, Nogent et Chennevières.

La couleur a succédé au noir et blanc, nous sommes en novembre 86, chez Werner. Le vieillard est assis sur un pliant, dans son jardin, près du saule. La Marne jadis filmée par Duvivier l'est aujourd'hui par Arnaud Grésard, cinéaste à l'avenir incertain.

— À l'avenir incertain ? s'étonna Comedia. Il a des ennuis ?

— C'est le moins qu'on puisse dire, répondit Arlequin. Son dernier film a été un échec total. Il supporte mal !

Matamore s'était enfermé chez lui depuis trois jours. Il ne quittait son domicile que quelques dizaines de minutes en fin de matinée, et dans la soirée, pour une promenade dans le parc des Buttes-Chaumont. Durant ces intermèdes, l'équipe Arlequin pouvait visiter son appartement en toute tranquillité et sonoriser les quatre pièces qu'il occupait, au troisième étage d'un immeuble bourgeois de la rue Manin, face aux Buttes-Chaumont. L'écoute de la ligne téléphonique apprit à Comedia que Matamore avait entrepris la rédaction d'une sorte de mémoire en hommage à son ami Geronte.

— Mémoire n'est pas le terme approprié, précisa Arlequin, il jette quelques souvenirs sur le papier, en vrac…

Matamore avait parlé de ce projet à une certaine Annie, avec laquelle il semblait entretenir des rapports mi-amoureux, mi-amicaux. Arlequin passa la bande sur laquelle la conversation était enregistrée.

— Annie Weinblatt est journaliste, expliqua Sganarelle, elle travaille pour une agence.

Il tendit à Comedia un jeu de photos de la jeune femme. Annie était brune, de très petite taille, assez boulotte. Le tirage noir et blanc ne permettait pas de deviner la couleur de ses yeux ; ses joues étaient couvertes de taches de rousseur. Comedia étudia longuement les clichés avant de se tourner de nouveau vers Arlequin.

— Et pourquoi écrit-il tout cela ? demanda-t-il.

Arlequin photographiait les feuillets du manuscrit, jour après jour, profitant des sorties de Matamore. Il avait eu le temps de fouiller dans le passé du jeune homme. Apparemment, ses échecs professionnels le plongeaient dans un état semi-dépressif. Retracer la vie de Geronte constituait un bon dérivatif. Pour illustrer son propos, Arlequin puisa quelques arguments dans la quincaillerie psychanalytique, à laquelle Comedia était résolument allergique.

Voix off du cinéaste :

– Werner, *La Belle Équipe*, de Duvivier, c'est le premier film que vous ayez vu, en arrivant en France ?

Il plisse les yeux, sourit, répond.

– Oui, j'étais un peu dépaysé, cela va de soi, je ne parlais pas encore bien français, c'était en janvier, à la fin janvier 37. *La Belle Équipe* passait au *Cinépolis*, place Saint-Augustin. J'y suis entré, et j'ai regardé sans saisir le sens de tous les dialogues. Tu sais, le film était alors projeté avec sa fin optimiste. Les producteurs avaient contraint Duvivier à supprimer sa première conclusion, plutôt négative et désespérée.

Explication de Werner à propos des deux fins : les cinq ouvriers gagnants du gros lot n'ont pas su s'entendre, se sont entre-déchirés autour de ce projet de guinguette. L'un meurt dans un accident, l'autre vole de l'argent dans la caisse commune, Gabin et Vanel sont prêts à se battre pour les beaux yeux d'une garce sublime (Viviane Romance !) et, dans la version projetée en 36, tout finit bien. La garce est écartée, la guinguette a de beaux jours devant elle. Dans la seconde version, dont le public sera privé, par contre, le rêve fraternel s'écroule lamentablement, dans le sang.

Werner, soulignant la date de tournage – l'été 36 –, y voyait une allégorie, peut-être involontaire, mais pertinente, du Front populaire, des espoirs brisés, des rêves piétinés. En somme, selon lui, *La Belle Équipe* version noire était un film prophétique.

Le jour de la mort de Werner, j'avais organisé, chez moi, une petite projection de cette première heure de bande à l'usage de Berthenier.

Berthenier, ancien gauchiste roulant Mercedes et fumant Davidoff, émit un petit bruit de bouche, un claquement de langue, pour marquer son irritation, et ce, à la fin de la troisième minute… Le vieux Werner, s'emportant contre l'insondable bêtise des producteurs, ça ne lui plaisait pas.

Berthenier est entré à la télévision en 81 et, durant toute la durée de son mandat, il a préparé, à grand renfort de mondanités sordides, son entrée à la Gaumont. Il se voit déjà producteur, rêve de budgets grandioses, de stars faisant antichambre à sa porte. Berthenier, qui il y a quinze ans ne jurait que par Mao (oui, Mao). Berthenier est un arriviste dont je suis contraint de cultiver les faveurs afin de survivre dans le métier.

— On a quelque chose sur ce Berthenier ? demanda Comedia.

— Rien pour le moment, s'excusa Sganarelle, mais je m'en occupe.

Ah, la tête de Berthenier entrant chez moi, ce petit sourire faussement complice, Berthenier qui cale ses fesses sur le sofa aux ressorts défoncés, contemple d'un air niais les taches de cendre sur la moquette… Berthenier qui s'est offert un duplex sur le front de Seine (ou un loft près de la Bastille ?), Berthenier qui grimace en buvant mon mauvais whisky, une sous-marque bon marché, reversé dans une carafe sans étiquette : bien piètre stratagème… chez lui, on ne boit plus de whisky depuis longtemps, mais de la tequila, ou plutôt du mezcal !

— Arnaud, mon pauvre Arnaud, me dit-il d'un air contrit, qu'est-ce que tu m'as bricolé ? Je te demande une maquette de deux heures sur le cinoche du Front popu et qu'est-ce que tu me montres ? Un vieux ringard qui déblatère contre les producteurs à propos d'une querelle de cinéphiles maniaques ? Non, Arnaud, non ! ça devait pas passer à minuit, ton truc, c'était prévu pour le *prime time*, hein ? Alors je voulais du lyrique, je sais pas moi, un brin de nostalgie populiste, la fête, le casse-croûte à la porte des usines, Arletty, Carette... avec ton pépé qui radote, tout le monde change de chaîne au bout de dix minutes !

Ah, Berthenier, ce jour-là, je t'aurais bien fait avaler ton cigare. « Du lyrique » ? Il allait t'en donner, le vieux Werner, si tu avais su patienter.

Mais non, Berthenier se lève, éteint le magnétoscope.

— Repars de zéro, dit-il, je ne veux pas en voir davantage. Remets-toi au boulot, c'est pourtant pas difficile, un refrain de Trenet, la gueule de Michel Simon, avec ça, tu rafles le public intello et la tranche troisième âge... C'est du vingt pour cent d'écoute garanti !

Je revois donc aujourd'hui le visage strié de rides de Werner, j'entends sa voix usée, gorgée de lassitude jusqu'à l'écœurement mais parfois encore vibrante d'enthousiasme au détour d'une phrase, et je songe avec amertume que finalement, « en dernière analyse » comme disait jadis Berthenier, tout est rentré dans l'ordre. Werner s'est tu. La tribu des Berthenier a eu le dernier mot. De Werner, il ne restera jamais que ces quelques minutes filmées à la hâte.

Werner est mort. On l'a assassiné. Il ne s'agit pas d'un crime crapuleux, j'en suis persuadé.

Werner, à présent, a tout le temps d'observer les Berthenier d'ici-bas grignoter leur petit fromage rance.

Werner, que j'ai connu alors que je n'étais qu'un sale môme. Werner qui, le jeudi après-midi, sur sa vieille bécane, me projetait les *Bunny* de Fred Quimby.

Werner qui m'a décidé à devenir cinéaste (à l'avenir incertain, il est vrai).

Oui, Geronte était mort.

Comedia était enfin venu à bout de cet ordre reçu à l'automne 1956, retrouver Geronte, le tuer.

Comedia frissonna. Trois décennies s'étaient écoulées depuis ce jour où l'on avait constaté sa disparition.

— Trente ans ! murmura-t-il. J'ai attendu trente ans pour le retrouver ! Nous avions perdu sa trace en 56, le 17 octobre…

C'était un après-midi pluvieux. Comedia travaillait dans un immeuble vétuste, au centre de Berlin, Tauentzienstrasse, dans le secteur de la ville contrôlé par les Français. Des convois américains traversaient fréquemment la rue en faisant trembler les vitres. Un vacarme assourdissant. Comedia regardait, debout devant la fenêtre, les MP vêtus de longs cirés kaki régler la circulation. Ils ressemblaient à des Martiens. De longues files de civils loqueteux piétinaient eux aussi sur la chaussée, portant une pelle ou une pioche sur l'épaule. C'était l'heure de la pause pour les ouvriers travaillant sur les chantiers de déblaiement des ruines. Serrés autour d'un brasero, ils faisaient cuire des boîtes de conserve en grelottant sous la pluie.

Puis Comedia revint s'asseoir près du poêle et feuilleta distraitement une revue française de cinéma. Le suivi des activités de Geronte l'avait incité à se pencher sur la question. À quelques pâtés de maisons, en secteur soviétique, se dressait le siège de la DEFA, la firme de production est-allemande. Geronte et Pantalone s'y consacraient à la préparation d'un long métrage de Slatan Dudow, *Le Capitaine de Cologne*.

Lors de son précédent séjour à Paris, Comedia était allé voir *Et Dieu créa la femme*, ainsi que *Monsieur Arkadin*. Sur les Champs-Élysées, on passait à présent le dernier Renoir, *Elena et les hommes*, ou le documentaire de Resnais, *Nuit et brouillard*.

La revue qu'il parcourait, ce jour mémorable de l'automne 56, ne tarissait pas d'éloges à propos de ces deux films et, perdu dans une rêverie doucereuse, Comedia constata qu'il lui était décidément impossible d'oublier Geronte : Renoir, mais aussi ces documents sur les camps que Resnais avait assemblés, il y avait là une profusion de signes dessinant en pointillé une silhouette aux contours flous dont Comedia tentait de mettre en scène les moindres gestes.

Comedia rêvassait, quand un jeune homme hirsute, vêtu d'un imperméable chiffonné, dégoulinant de pluie, fit irruption dans le bureau. Il le dévisagea sans aménité, étonné de cette intrusion soudaine. Le jeune homme ne s'encombra d'aucune précaution oratoire et annonça la disparition de Geronte.

— Depuis deux jours, dit-il, il n'est pas venu au siège de la DEFA. Son appartement est gardé par la police.

Comedia se passa la main sur le visage. Le jeune homme lui apprit encore que Pantalone avait été interrogé, longuement, le matin même. Les arrestations étaient imminentes. Comedia ferma les yeux, un bref instant. Il n'y avait rien à faire. Sinon attendre.

Il contempla fixement la flaque qui se dessinait sur le parquet. Le jeune homme avait ôté son imperméable et le tenait à la main, en frissonnant. Les gouttes d'eau tombaient sur le sol, avec un bruit mat.

Comedia se ressaisit enfin. Il fallait tenter de contacter tous ces pauvres types, les prévenir, un à un. Ils ne savaient rien encore, bien entendu. Leur dire de se cacher durant quelques jours. Ensuite, on aviserait. À la hâte, il donna quelques coups de téléphone, pour mettre en branle le dispositif d'alerte.

Trente ans plus tard, aujourd'hui, Geronte était mort. Enfin.

Mais cette mort ne satisfaisait en rien Comedia.

Il ne l'avait pas planifiée. Elle résultait d'un accident.

Matamore, depuis deux jours, installait sa caméra dans le jardin de la villa de Chennevières, et filmait le vieillard, assis sur son pliant, devant le saule ! La patience de Comedia, mise à rude épreuve, prit brusquement fin.

Il voulut en avoir le cœur net.

Assisté de Sganarelle A, il prit donc contact avec Geronte, de la façon la plus directe qui soit : en sonnant au portail de la villa, le 19 novembre, au début de l'après-midi… ce jour-là, il savait que

Matamore ne viendrait pas ; l'écoute de sa ligne téléphonique révélait qu'il avait plusieurs rendez-vous, dont un avec un certain Berthenier, responsable d'une unité de programmes sur une chaîne de télévision. Geronte était seul.

Comedia espérait obtenir un entretien courtois avec cet homme qui se savait condamné par la maladie. Tous les points d'interrogation qui demeuraient en suspens depuis si longtemps allaient être levés.

Il actionna longuement la sonnette. Geronte apparut enfin. Il venait sans doute du bord de la rivière, car il contourna la villa pour voir ses visiteurs. Il était vêtu d'une canadienne râpée et portait de lourdes bottes de caoutchouc.

Dès qu'il reconnut Comedia, il entra dans une rage folle, plongea la main dans sa poche et en sortit un pistolet. Puis il marcha, droit devant lui, vers le portail. L'insouciance quant à une éventuelle filature, durant le petit voyage jusqu'à Étretat, n'était donc qu'un leurre.

C'était une image assez pathétique que celle de ce malade à bout de souffle qui brandissait son Beretta en hurlant des insultes.

— Trente ans ! criait-il. Ça fait trente ans que je vous attends, salaud ! Laissez-moi crever tranquille !

Soudain, il coucha Comedia en joue.

Sganarelle A perdit son sang-froid et abattit Geronte. Un trou rouge apparut sur son front et la violence du choc le projeta contre la grille du portail. Puis le corps s'affaissa lentement en glissant sur le tapis de feuilles mortes.

Le bruit de la détonation, en plein jour, risquait d'ameuter rapidement les passants, aussi Comedia jugea-t-il préférable de déguerpir au plus vite.

L'incident provoqua quelques remous dans les sphères de la hiérarchie dont dépendait Comedia. Il y eut des commentaires fielleux, des gloussements railleurs. Certains esprits pervers ironisèrent à propos de ce canevas que Comedia prétendait maîtriser et dont les acteurs n'en faisaient qu'à leur tête.

La mort de Geronte fut traitée par la presse avec sobriété. Il y eut un reportage très bref : l'actualité s'accélérait, en cette fin de mois de novembre 86, et les journaux télévisés, centrés sur l'agitation étudiante, dédaignaient la rubrique faits divers. La photo de Geronte parut cependant dans quelques feuilles à grand tirage. On s'interrogeait à propos de cet Allemand — mais l'était-il vraiment ? — qui vivait en France depuis une trentaine d'années, sous une fausse identité.

Par où commencer, ou plutôt, devrais-je dire, par quand ?

Le récit de cet après-midi du 19 novembre ?

Berthenier venant chez moi visionner la bande, se levant au bout de trois minutes — trois minutes, montre en main, le salaud ! —, il descend lentement les marches de l'escalier…

Le dos de Berthenier, la teinte anthracite du tissu de son costume : tout le personnage est là, dans cette lourdeur, cette grisaille. À l'époque où Berthennier voulait faire la révolution, il se déguisait en ouvrier, achetait des bleus de travail au BHV, ne se lavait plus les mains et fumait des gitanes maïs !

Berthenier a disparu, maintenant. La cigarette que j'allume, la colère, le dépit, l'humiliation que j'ai subie. La honte, qui me taraude sur le chemin de Chennevières. Il me faut aller annoncer mon échec à Werner.

Il m'attendait, sans doute. Il n'ignorait pas l'enjeu : banco, quarante briques pour continuer à brasser de la pellicule, fiasco, on rangeait la vie de Werner au magasin des accessoires inutilisables ou démodés, parmi les glaives en caoutchouc des vieux péplums, les carrosses en zinc des films de cape et d'épée !

Mais ce que j'allais trouver, ce soir-là, c'était un poncif tiré d'un mauvais polar… deux flics en civil faisaient le pied de grue devant la villa, tandis que d'autres la fouillaient de fond en comble.

La morgue, le corps de Werner, nu sous un drap blanc, que l'employé a tiré pour que je puisse voir le visage. Leur enquête. Un interrogatoire très long, une journée entière. Ils voulaient savoir comment j'avais connu Werner, d'où venait l'argent qu'il m'avait prêté pour réaliser mon premier film. Ils m'ont montré un dossier des RG : le mien. J'ai bien rigolé en voyant les vieilles photos de manifs.

Ils n'ont pas découvert grand-chose : Werner vivait sous un faux nom, possédait un compte en Suisse… et m'a laissé en héritage sa villa, et sa collection de films.

— Un jeune homme naïf, croyez-vous ? demanda Comedia.

— Idéaliste, corrigea Arlequin, impulsif, généreux, mais naïf, certainement pas. Malheureusement.

… non, il faudrait reprendre tout de zéro : l'arrivée de Werner à Paris, l'anecdote de l'accordéon, agonisant sur le trottoir de l'avenue du Maine, ce 1er janvier 37. Allez donc commencer le récit de la vie d'un homme par une histoire d'accordéon éventré !

Évidemment, il serait simple de tout mettre à plat, dans l'ordre chronologique. Ce serait rationnel, cette linéarité, il n'y aurait qu'un seul bloc de matière brute, solide, compacte, qui, paragraphe après paragraphe, chapitre après chapitre, s'élaguerait peu à peu pour prendre une forme harmonieuse. On découvrirait des courbes avenantes, de belles ombres patiemment creusées dans le marbre et qui s'effaceraient volontiers, pourvu que l'on veuille bien consentir à modifier l'éclairage.

Les coups de burin, Werner les a reçus en vrac. Ils ont fissuré sa carcasse dans l'anarchie la plus totale. Un éclat dont il ne soupçonnait pas l'existence se détachait de lui, un beau matin. Tel autre, qu'il croyait pourtant solidement retenu par un nœud de la pierre, tombait en poussière au détour d'une conversation avec un ami perdu de vue depuis près de trente ans…

Comedia se redressa. Il dévisageait Arlequin d'un œil interrogatif. Celui-ci secoua la tête. Non, dit-il en substance, cette dernière phrase n'avait sans doute aucune signification particulière, c'était, en quelque sorte, de la littérature : il ne fallait pas obligatoirement y voir une allusion à l'entrevue qui avait réuni Geronte et Pantalone dans l'auberge d'Étretat.

… Paris, donc, le 1er janvier 37.

Werner, fatigué, les joues grises d'une barbe de trois jours, arpente le trottoir de l'avenue du Maine, une valise cabossée à la main et quelques dollars en poche.

Des dollars, oui, Werner ne vient pas d'Allemagne, mais des USA. Werner n'est jamais là où il est censé être, et ne se rend jamais là où on l'attend.

Comedia sait tout cela.

Effectivement, les années 34, 35, 36, Geronte les a passées à Hollywood.

Et il n'est jamais là où on l'attend.

C'est vrai.

Douze jours plus tôt, il a pris place à bord d'un cargo mixte effectuant la liaison New York-Bordeaux. Puis le train, la gare Montparnasse, le pavé noir des rues de Paris.

Épilogue des années « hollywoodiennes », période rose de la vie de Werner Krüger, né le 18 novembre 1910 à Oldenburg, Schleswig-Holstein.

Ah, ces soirées, chez toi, à Chennevières, tu en avais un petit coup dans l'aile, bien souvent. C'était il y a quinze ans ; depuis, tu avais arrêté de picoler (à ton âge, tout de même).

Je me faisais bien rare, à cette époque. Je courais de meeting en manif ; j'usais les journées en rendez-vous dans des cafés crasseux, et mes soirées en réunions dans des appartements enfumés.

Comedia, dans le dossier que lui a remis Arlequin, a vu les photos datant des années soixante-dix : les manifestations gauchistes, l'agitation de rue, et Matamore paradant à la tête de ses troupes de chevelus casqués, armés de barres de fer, attaquant l'ambassade du Chili, ou celle du Sud-

Viêtnam… Arlequin a dû ouvrir de vieux classeurs, persuader des fonctionnaires obtus afin de récupérer toute cette paperasse, soulever la poussière de l'oubli, avec le sentiment irritant que tout cela ne servirait peut-être à rien.

Je passais chez toi à l'improviste, je voulais que tu me parles des années trente, des combats de rue à Berlin, du Rotfront.

Mais non, ce que tu me racontais en rigolant comme un bossu, c'était les pitreries des Marx sur le tournage de *Duck Soup* dans lequel tu avais décroché un tout petit rôle. Une seule réplique, en écho à celle de Groucho : « *It means war !* »

Immanquablement, nous descendions au sous-sol, tu fouillais les étagères à la recherche de la bobine, empilée parmi des centaines d'autres, dans son boîtier rond de fer-blanc ; et, pour la énième fois, nous regardions *Duck Soup*.

Ou le *Pasteur* de Dieterle : deux répliques inaudibles de Werner, en jeune laborantin…

Ou encore *Les Croisades* de Cecil B. DeMille ; une seule réplique, quelque chose comme : « En avant, sus aux Sarrasins ! » De toute façon, ton visage était caché sous un heaume…

J'avais les paupières lourdes de sommeil et tu me racontais Fritz Lang. Oui, tu avais fini par lui mettre la main dessus, à Hollywood, après quelques années de retard dues à ce coupé Bugatti (noir, évidemment). Hélas le grand Fritz n'avait rien pu pour toi, tu t'étais rabattu sur un emploi d'aide-éclairagiste et ton nom n'apparaît pas au générique de *Furie*.

Tard dans la nuit, je m'endormais, et, quand je m'éveillais quelques heures plus tard, pour courir à une distribution de tracts dans une banlieue perdue et insipide, tu m'attendais, sous la véranda, face à la Marne, avec du café et des croissants chauds.

Mais, pour l'instant, nous n'en sommes pas là.

Paris, le 1er janvier 37.

De la gare Montparnasse, tu descends la rue de Rennes en tenant à la main un morceau de papier froissé. Tu n'as pas besoin de cette feuille graisseuse, jaunie par les brins de tabac qui tapissent le fond de tes poches : tu connais l'adresse par cœur. Le 12 de la rue de Bondy, aujourd'hui René-Boulanger. Il s'agit d'un petit restaurant, géré par des Juifs allemands, les Kornfeld. Un ami comédien t'en a parlé, à New York. Là, tu retrouverais la crème de la diaspora antinazie réfugiée en France. On t'aiderait à trouver un logement, du travail.

À Bordeaux, la police française a longuement étudié ton passeport, barré des tampons des services de l'immigration américains. On t'a remis un formulaire t'autorisant à résider temporairement en France, mais, arrivé à Paris, tu dois te présenter à la préfecture de Police. En somme, tout s'est bien passé. Sans difficultés. Quand tu voudras faire le voyage en sens inverse, ce sera tout autre chose.

Tu es descendu dans le métro, à Saint-Placide, et tu te perds dans les couloirs, les stations, de Convention à Italie (! ! !) avant de remonter à l'air libre, place de la République.

Oh, ne crois pas que j'aie expédié en quelques lignes tes années « américaines ». Werner à Hollywood, Dieu sait si tu m'en as fait des tartines, vieux singe !

Tu avais vu le firmament, tu en revenais ébloui, persuadé que plus rien ne pouvait te résister.

— Ils étaient durs, disais-tu, tu comprends, c'était vraiment la jungle, et je te jure, ce n'est pas une image, le dernier des minables était prêt à te poignarder pour te voler une panouille dans un film insignifiant. Mais j'ai beaucoup appris, là-bas. Pourquoi revenir en Europe ?

C'était plus adapté... à ma pointure. J'ai toujours été modeste. Et puis je lisais les journaux, je voulais être là. J'avais des scénarios plein la tête. Que veux-tu, ma place était ici !

Ainsi donc, c'était par un argument aussi inconsistant qu'il justifiait son arrivée en France ! Après la disparition de Geronte, en 56, Comedia avait tenté de comprendre.

A priori, il n'ignorait rien du passé de cet homme qu'il surnommait aujourd'hui Geronte.

L'enfance à Oldenburg, les débuts de comédien professionnel avec Brecht en 28 au théâtre *Am Schiffbauerdam* (un petit rôle dans *L'Opéra de quat'sous)*, la première apparition à l'écran dans le film de Dieterle, *Je vous aime*, et, quelques années plus tard, l'exil aux USA, le séjour en France et ses multiples détours, l'Espagne, les USA de nouveau, le retour en France à la fin de la guerre, et le départ pour la RDA.

Et il y avait eu ce funeste jour pluvieux du mois d'octobre 56 ; Geronte avait disparu. Il fallait expliquer cela. Comedia s'était lancé dans de longues recherches. Elles furent vaines.

Tout d'abord, on crut que Geronte ne s'était pas envolé, n'avait pas trahi. (Trahi quoi ? Trahi qui ? ricanait alors Comedia.) Durant quelques semaines, l'hypothèse officielle était que Geronte s'était fait coincer. Dieu sait ce qu'ils lui avaient fait subir ? Le résultat était là : les arrestations. C'était une défaillance.

— Défaillance… murmura Comedia, amèrement. Oui, c'est par cet euphémisme que l'on désignait l'événement. Une défaillance ! Des pauvres types arrêtés par dizaines, torturés, fusillés après un simulacre de procès, des années de travail obscur mais épuisant, soudainement réduites à néant !

Arlequin et Sganarelle acquiescèrent poliment. Comedia les observa l'un après l'autre, sans rien pouvoir lire — ironie, lassitude, voire incrédulité ? — dans leur regard. Ils ne pouvaient pas comprendre. Pour eux, cette histoire n'avait aucune signification. C'était une anecdote, parmi toutes celles qu'on avait dû leur raconter ; rien ne les impliquait intimement.

— Plus tard, poursuivit-il, nous avons su qu'il avait réellement disparu. Les autres le cherchaient également, et ce n'était pas du bluff ! Je lui ai couru après aux quatre coins de l'Europe.

Lors de notre dernière rencontre, la veille de sa mort, je le trouvai accablé. J'ignorais alors ce que j'apprendrais quelques jours plus tard, avec les résultats de l'autopsie : son cancer, la certitude de la mort prochaine. Je l'informai de mon rendez-vous avec l'ignoble Berthenier, afin de lui soumettre la première heure de ce film que je préparais.

— Ça ne marchera pas, dit-il, ce n'est pas ce qu'ils t'ont demandé…

C'était vrai. J'avais pour ainsi dire détourné l'argent de Berthenier en montant ces interviews de Werner et les bandes d'archives. J'espérais séduire ce cuistre, lui montrer qu'on pouvait se souvenir sans réduire la mémoire à quelques clichés falots.

— Mes radotages n'intéressent personne... soupira Werner.

C'était bien la première fois que je l'entendais douter d'une de mes idées. Je me serais lancé dans un découpage de la vie de sainte Thérèse de Lisieux (Raquel Welch dans le rôle principal), il aurait applaudi.

Il me demanda où en étaient mes autres projets.

J'étais en négociation avec Gerbet, un des manitous de l'UGC, à propos d'une petite histoire policière, sans prétention. Un suspense autour d'une caisse noire gérée par un ministre véreux. Pas cher, classique.

Au mieux, Gerbet me demanderait de retravailler la construction, de mettre ici un zeste d'érotisme, là une pincée de coups de flingues, d'assaisonner le tout avec une scène de musique branchée, voire d'ajouter un rôle féminin pour faire débuter je ne sais quelle tocarde. J'étais prêt à toutes les compromissions pour pouvoir travailler.

Au pire, ce serait non. J'imaginais sans peine les délibérations du staff de Gerbet : mmoui, l'histoire tient debout, elle gagnerait à être traitée plus nerveusement... Mais ce Grésard, vraiment, risquer de l'argent avec lui ? Oh, il ne demande pas la lune, vous avez vu le devis ? Mmmh, écoutez, je ne sens pas ce coup... L'apparition de mon nom au bas d'un projet quelconque provoquait irrémédiablement ce type de réaction. Grésard ? on a déjà donné, merci bien.

— Eh bien, s'écria Comedia, il est plutôt désabusé !

— On le serait à moins, dit Arlequin. Il commence à avoir de sérieux problèmes d'argent...

Dès l'identification de Matamore, après sa première visite à Chennevières, Comedia s'était procuré les cassettes de ses deux longs métrages. Le premier était un montage de documents d'archives et d'interviews sur la génération soixante-huitarde. Matamore y contait sa nostalgie des années du gauchisme flamboyant, et brossait un portrait acide de quelques-uns de ses amis d'alors. Au fil des ans, on les voyait s'enliser dans le réel et peu à peu renier les slogans généreux du mois de mai. Ce film fut récompensé, à Cannes en 82. Sur cette lancée, une importante maison de production lui avait attribué un budget confortable afin de réaliser une œuvre de fiction : *Dix années et plus encore*, que le public bouda, contrairement à toute attente. Le film fut retiré des salles dès la deuxième semaine d'exploitation. Depuis, Matamore hantait les maisons de production, sans parvenir à convaincre les financiers de lui faire de nouveau confiance.

— Il ne se remet que très difficilement de cet échec, expliqua Arlequin. Vous voyez, il en est réduit à courtiser les petits potentats de la télévision pour exister professionnellement.

Comedia s'était levé et marchait de long en large, dans le bureau surchauffé. Il lâcha un juron très grossier à l'encontre du thermostat, perpétuellement en panne. Puis il bourra sa pipe à l'aide d'un mélange aromatique dont la fumée dégageait une odeur écœurante. Arlequin et Sganarelle se détendirent eux aussi.

— Alors, s'écria Comedia, qu'en pensez-vous ?

— Geronte ne lui a rien révélé, c'est évident ! dit Sganarelle.

— Vous êtes bien catégorique…

Comedia toisait son adjoint avec condescendance. Il le connaissait peu et ne tenait guère à sympathiser. C'était un jeune homme réservé, au teint rougeaud, un peu empoté, mais — avait-on confié à Comedia lors des présentations — très « performant » quoique débutant. Comedia détestait ce vocable. Voilà qu'on se mettait à user d'une sorte de volapük tout droit sorti d'un manuel d'école de commerce, pour évaluer les compétences de ses collaborateurs !

— Allez jusqu'au bout de votre pensée !

Sganarelle avait blêmi ; il tripotait nerveusement son paquet de cigarettes et se racla la gorge.

— Eh bien, je suis persuadé qu'il n'y a rien à craindre. Krüger ne s'est pas confié à Grésard…

— Utilisez donc les pseudonymes ! coupa Comedia, agacé.

— Geronte ne s'est pas confié à Matamore, corrigea Sganarelle, sinon, celui-ci agirait différemment, me semble-t-il. Après la mort de son ami, il se sentirait menacé : il établirait un lien entre l'assassinat et le passé de Geronte, et ce film, dans lequel il devait raconter ses souvenirs… non, Matamore, à mon avis, ne connaît que la facette « comédien » du personnage.

Comedia hocha la tête. L'argument était sensé. Il se tourna vers Arlequin qu'il connaissait mieux pour avoir travaillé avec lui, en une autre occasion, quelques années plus tôt. Ce n'était pas un néophyte et Comedia savait qu'il pouvait compter sur lui. Arlequin était discret et ne sortait de sa réserve que si on l'en priait expressément. C'était un homme de petite taille, trapu et mélancolique. Sa main droite attirait aussitôt l'attention. Elle avait été atrocement brûlée, lors d'un accident ; la masse musculaire avait fondu, et la peau, fragile et douce après les greffes, ressemblait à un tissu soyeux et chiffonné. Arlequin prenait grand soin de cette main mutilée, la caressait machinalement et affectueusement, comme s'il s'était agi d'un animal blessé… et, quand les regards à demi apitoyés devenaient trop insistants, la main disparaissait brusquement pour se réfugier au fond d'une poche.

— Et vous, demanda Comedia, quel est votre avis ?

— Nous n'avons aucune certitude, répondit prudemment Arlequin, mais je pense que nous pourrions alléger le dispositif. L'écoute de la ligne téléphonique peut nous suffire, ainsi que quelques visites à son domicile. Il me semble qu'une filature aussi lourde est superflue.

Comedia fit quelques pas, puis se laissa tomber dans son fauteuil, perplexe. Il se mordillait la lèvre et contemplait fixement l'énorme cendrier d'onyx qui ornait le bureau. Le dessin de la pierre lui rappela de vieux souvenirs ensoleillés, des images de mer bleue, de rochers rouges.

— Je comprends votre lassitude, dit-il enfin, mais sachez que j'attends depuis si longtemps que je ne suis plus à quelques jours près… et cette idée de filmer Geronte m'effraie un peu. Après tout, il savait qu'il allait bientôt mourir, n'est-ce pas ? Il pouvait donc se confier sans crainte des conséquences. Rien ne l'empêchait de se livrer à une vengeance posthume. Je suis désolé, messieurs, nous continuons !

3

Arlequin rejoignit le petit appartement qu'occupait son équipe. Un studio loué à la hâte, situé dans un immeuble voisin de celui où vivait Matamore. On avait installé dans la pièce principale une console destinée à supporter les récepteurs des micros.

Depuis deux jours, un voisin bricoleur maniait la perceuse avec frénésie. Ce qui réduisait à néant la capacité d'écoute du dispositif durant une bonne partie de la journée. Comedia dut se satisfaire de la bretelle branchée sur le téléphone qui, heureusement, ne souffrait d'aucun parasite.

Arlequin C était de permanence. Les yeux perdus dans le vague, elle écoutait le crachotement émis par l'amplificateur. Une sirène de pompier, ou d'ambulance, la tira de sa somnolence. Elle se massa le cou, alluma une cigarette blonde, et tourna la tête : Arlequin venait de pénétrer dans la pièce.

Elle se redressa sur son siège, replia ses jambes, lissa sa jupe et adressa au responsable un léger signe de tête en guise de salut. Arlequin lui adressa un sourire furtif, puis disparut dans la cuisine, pour préparer un café. Il revint bientôt avec un plateau qu'il déposa sur un petit guéridon, près de la console.

Arlequin C fouilla dans son sac à main et jeta dans sa tasse une minuscule pastille d'édulcorant de synthèse. Elle se leva, vint examiner l'imprimante qui bourdonnait sur la console et en détacha quelques feuillets de listing. Arlequin parcourut rapidement la morne littérature qu'elle lui soumit.

Matamore avait appelé Berthenier dans la matinée, en vain. Si l'on en croyait sa secrétaire, ledit Berthenier était en province, sur le tournage d'une dramatique tirée d'une nouvelle de Kafka.

— Vous avez lu ? demanda Arlequin.

La jeune femme hocha la tête. Elle connaissait les mésaventures de Grégoire Samsa.

— À propos, dit-elle, vous avez pensé à l'insecticide ? Il y a des blattes dans la cuisine. J'ai horreur de ça.

Arlequin soupira et tira de la poche de sa gabardine une petite plaquette dont l'emballage vantait les potentialités exterminatrices à l'égard des bestioles rampantes. Arlequin C étudia le boîtier.

— Les blattes sont des orthoptères, dit-elle. Elles résistent au principe actif de ce produit…

Impressionné, Arlequin récupéra la plaquette.

— Désolé, j'en achèterai une autre…

Il dévisagea la jeune femme, froidement. Tout le monde savait qu'elle élevait des phasmes dans un gigantesque vivarium installé au beau milieu de son living. Le soir, elle écoutait des heures durant des disques de chant grégorien en guettant le moindre tressaillement de ces insectes. Leur corps se confondait à merveille avec la végétation, à tel point qu'au premier coup d'œil on avait l'impression de se trouver devant un étalage de branches mortes, qui parfois s'animait en un grouillement lascif.

Il fallait en convenir, elle était folle.

Son mari, qui servait dans la Finul, était mort au Liban. Il avait sauté sur une mine chiite, et ses restes patiemment reconstitués, avec un fort pourcentage d'incertitude concernant la provenance exacte des fragments épars, reposaient dans un cimetière poitevin. La jeune femme, qui poursuivait jusqu'alors une carrière d'entomologiste dans les laboratoires de l'Institut national d'agronomie, s'était brusquement reconvertie.

Arlequin connaissait son histoire et ne souhaitait pas en savoir davantage. Au demeurant, elle était bien intégrée à l'équipe. Arlequin B, un redoutable coureur, avouait volontiers son envie de la baiser, mais assurait qu'il se refrénait, de crainte de voir la séance s'achever par une scène de gastronomie amoureuse, à l'instar de celles qui concluent les accouplements des mantes religieuses.

— Dites-moi, demanda Arlequin en bâillant, les mantes appartiennent-elles à la famille des orthoptères ?

— Il ne s'agit pas d'une famille, mais d'un ordre,

dit-elle sèchement. Pourquoi me posez-vous cette question ?

Arlequin ne répondit pas. Il avala sa tasse de café d'un trait et vint se placer devant la fenêtre. Il écarta les rideaux. On distinguait parfaitement l'entrée des Buttes-Chaumont, les marchands de ballons et de barbe à papa à l'affût des mères de famille promenant leurs enfants.

Les collègues de l'équipe Sganarelle jouissaient d'un incontestable privilège : leur travail consistait à se déplacer en compagnie de Matamore, à le suivre dans toutes ses allées et venues. Ils n'étaient pas astreints à croupir dans des réduits empestant l'insecticide en compagnie de créatures hantées par des passions douteuses.

Arlequin haussa les épaules. Le pilier technique de son équipe, un virtuose de la transmission radio, Arlequin D, élevait des boas dans son pavillon de banlieue !

Comedia avait-il, sous sa houlette malicieuse, réuni des bateleurs frustrés, des forains à la vocation contrariée qui, dans une autre vie, auraient erré de place en place, exhibant des monstres sous des chapiteaux aux teintes bariolées ? Arlequin n'osait se prononcer. Lui-même n'avouait aucune lubie comparable à celles de ses adjoints, mais peut-être, dans un recoin glauque de son inconscient, avait-il aménagé une cage douillette propre à abriter quelque goule au poil soyeux, qu'il caresserait distraitement, lors de ses moments d'abandon ? Il sortit une petite pince en argent de l'étui de cuir qu'il portait dans sa poche-revolver, et, d'un geste précis, trancha le coin de l'ongle de son majeur droit qu'il lima ensuite soigneusement. Satisfait du résultat, il rangea la trousse et sursauta : Sganarelle B, vêtu d'un jogging jaune canari, trempé sous les bras, le front serré par un bandeau de tennisman, quittait à l'instant le parc, précédé de Matamore.

Celui-ci acheta *Le Matin* au kiosque et le parcourut rapidement en se dirigeant vers son immeuble.

— Attention, il revient… dit Arlequin.

Arlequin C alluma une nouvelle cigarette, écarta de son front une mèche récalcitrante, coiffa le casque d'écoute et manipula les plots multicolores qui permettaient de suivre les déplacements de Matamore à l'intérieur de son appartement : rouge l'entrée, vert le salon, mauve le bureau, bleu la chambre, noir la cuisine, jaune la salle de bains.

Arlequin se pencha lui aussi sur l'appareil, et son regard rencontra le grain de beauté qui formait une tache sombre sur le cou de la jeune femme. L'odeur aigre de la sueur, mêlée à celle du tabac, du déodorant, lui rappela les phasmes, leurs poses grotesques, vaguement obscènes, offertes en pâture au voyeur, tapi derrière les vitres du vivarium. Il se détourna.

Matamore se dirigeait vers la cuisine. On entendit un bruit ouaté, caoutchouteux.

— Il ouvre le frigo, expliqua Arlequin C, c'est un boulimique, il mange dix fois par jour.

Arlequin perçut l'écho des pas, sur le parquet craquant, puis un air de jazz que les récepteurs transmirent en le ponctuant de quelques effets Larsen particulièrement stridents.

Dix minutes plus tard, le téléphone sonna chez Matamore. La musique n'empêcha pas Arlequin d'écouter la conversation. Il reconnut la voix d'Annie.

— Arnaud ? Tu restes chez toi cet après-midi ?

— Oui… je relis des notes, j'ai des papiers à classer…

— T'es dingue ou quoi ? Viens voir la manif des étudiants, c'est quelque chose, j'te raconte pas… Je suis à Saint-Michel, je t'appelle d'un café. Je bosse pour la télé allemande. Sors de ton trou, ça vaut le coup d'œil !

Matamore se fit un peu tirer l'oreille, puis il raccrocha, décidé à sortir. Arlequin prévint ses collègues.

Sganarelle C et D piétinaient sur place, près de la fontaine Saint-Michel, au beau milieu de la foule des lycéens, qui brandissaient leurs pancartes contre la loi Devaquet. Matamore longeait le trottoir, le sourire aux lèvres.

— Au moins, aujourd'hui, pour les photos, pas de problèmes, s'esclaffa Sganarelle D en mitraillant la scène. Personne ne faisait attention à lui. Il suivait Matamore à une distance d'une vingtaine de mètres, en toute quiétude. Les deux membres de l'équipe mobile se laissèrent tenter par une crêpe au Grand-Marnier. Ils la dégustèrent en souriant à un groupe de gamines qui dansaient le raï, groupées autour d'un gros poste hi-fi que portait leur copain, coiffé d'un keffieh, sur le trottoir de la librairie Gibert Jeune.

— Il a retrouvé sa nana… regarde ! dit Sganarelle B.

Matamore embrassa Annie, qui, suivie d'un cameraman et d'un preneur de son, tendait son micro aux étudiants.

— Alors, c'est pas mieux que tes histoires de vieux ? dit-elle en riant. Regarde-les, ils sont super, c'est fini, la grisaille… on a été cons de douter d'eux, non ?

Arnaud sourit sans répondre. Après une longue attente, le cortège s'ébranla dans une grande clameur joyeuse. Arnaud suivit le cameraman qui se dirigeait vers les quais. Annie lui prit le bras. Ils marchèrent un moment le long de la Seine et regagnèrent le boulevard Saint-Germain en remontant la rue Dauphine. Une compagnie de gardes mobiles, noyée dans la cohue, manœuvrait sous les sifflets et les youyous.

À l'angle du boulevard Saint-Germain et de la rue de Rennes, Arnaud aperçut un quarteron de soixante-huitards attendris qui jouissaient du spectacle en amateurs avisés. Il y avait là de vieux copains perdus de vue depuis bien longtemps. Il tomba nez à nez avec Bridot, un de ses anciens amis, un de ceux qui étaient interviewés dans son premier film. Il sortait de chez *Lipp*. Bridot, après avoir fait partie de l'équipe fondatrice de *Libé*, pigeait au *Fig-Mag*.

— Alors, grinça-t-il en apercevant Arnaud, tu viens en pèlerinage ? C'est la grand-messe… mais, ce coup-ci, pas de drapeaux rouges !

Le cortège de Censier défilait aux cris de « Devaquet-Saupiquet ». Bridot éclata de rire en envoyant une bourrade dans le dos d'Arnaud.

— Ils sont vraiment bien, dit-il, les jeunots, tout à fait apolitiques, non ?

Une banderole lycéenne s'avançait sur le boulevard. Les lettres peintes au minium proclamaient : « Tapie, on n'est pas tes carpettes. »

— Ah, ça se gâte pour toi, ricana Arnaud.

Puis il partit en courant : Annie venait de lui faire signe ; il fallait avancer pour filmer la tête de manif.

— Qu'est-ce qu'il t'a dit ? demanda-t-elle.

— Des conneries… ça fait dix ans qu'il fait carrière en crachant sur son passé !

Ils remontèrent lentement la foule des manifestants, jusqu'aux abords des Invalides. Sur l'esplanade, les maigres cordons de gardes mobiles qui barraient le chemin de l'Assemblée se replièrent sous la pression du cortège qui, bientôt, déboucha devant la Chambre des députés.

Sganarelle B et C, ballottés dans la cohue, tordaient le cou pour ne pas perdre Matamore de vue. À côté d'eux, une poignée de jeunes, hilares, scandaient : « 68, c'est vieux, 86, c'est bien mieux ! »

Matamore était à peine parti qu'Arlequin s'était précipité chez lui pour récolter la moisson quotidienne de feuillets tapés à la machine. Il les photographia en moins de dix minutes, quitta l'appartement et avertit aussitôt Comedia, qui lui donna l'ordre de le rejoindre au bureau, près de l'esplanade des Invalides. Quand il fut en sa présence, Arlequin fit un rapport succinct.

— Je vois, murmura Comedia. L'effervescence au Quartier latin lui redonne le moral, n'est-ce pas ?

— Pour l'instant, il est très réservé, dit Arlequin, désolé d'avoir à tempérer l'enthousiasme de son chef.

— Oui, mais il s'intéresse à autre chose pour la première fois depuis l'enterrement de Geronte. C'est un signe encourageant. Vous ne croyez pas ?

— Espérons-le, répondit Arlequin, plus par politesse que par conviction.

Depuis l'enterrement de Geronte, Matamore était resté enfermé chez lui. La mort du vieillard l'avait, semble-t-il, profondément affecté. Les funérailles s'étaient déroulées sans incident marquant, le 23 novembre.

Les équipes Arlequin et Sganarelle avaient conjugué leurs efforts pour fixer la scène sur pellicule.

Ce jour-là, un vent très doux soufflait sur le cimetière du Père-Lachaise, balayant les feuilles flétries des marronniers. Les chats avaient regagné leurs trous, à l'abri de caveaux éventrés dont on ne savait plus au juste quels restes ils protégeaient.

Geronte, évidemment, ne connaissait personne. Matamore suivit donc seul le corbillard, jusqu'au columbarium où le corps fut incinéré. Non, personne ne connaissait Geronte.

Les quelques articles parus dans la presse, le reportage télévisé qui avait suivi la mort du vieillard attirèrent pourtant une petite foule de retraités oisifs, toujours à l'affût de ce genre de distraction propre à meubler leur ennui. Quelques-uns s'aventurèrent même jusqu'à serrer la main de Matamore, en prenant une mine compassée, après la cérémonie. Comedia assista à ce défilé, en retrait, tandis que les techniciens, sous les ordres de Sganarelle, mitraillaient les visages au téléobjectif.

Les cendres, déposées dans une urne de bronze, furent scellées dans une loge du columbarium, et recouvertes d'une plaque de marbre que Matamore avait commandée.

Le nom, WERNER KRÜGER, y était gravé en lettres dorées, ainsi qu'un dessin représentant un masque de comédien : il n'évoquait cependant pas celui de Geronte, auquel on prête d'ordinaire les traits d'un octogénaire pleurnichard, lourdaud et lubrique, éternelle victime des fourberies de ses valets. Comedia reconnut dans ce dessin la face sournoise de Brighella.

Brighella est un personnage autrement inquiétant, à l'expression cynique et doucereuse sous le masque olivâtre, qui, dans les farces jouées par les saltimbanques, parvient éternellement à flouer les naïfs, et par ses ruses s'acharne à déchirer la trame des canevas les plus serrés.

Comedia frissonna en observant la plaque, après le départ des derniers badauds. D'une main fébrile, il caressa furtivement la gravure, et se demanda si ce folklore théâtral — dont il avait usé à la manière d'un code, respectant en cela les traditions les plus éculées — n'était pas en train de lui jouer des tours.

Dans le fouillis qui régnait chez Geronte, Matamore avait récupéré quelques malles renfermant ses souvenirs personnels. Il y avait là les livres que Geronte avait écrits, sans jamais aller les proposer à quiconque, et quelques classeurs à la couverture gondolée par l'humidité, contenant de vieilles photographies à demi moisies, datant des années vingt, trente, cinquante. Et, enveloppée dans des chiffons de soie, la collection de masques de Geronte.

Sganarelle B en fit une description précise, ajoutant fort grossièrement qu'il se les serait volontiers appropriés pour orner les murs de son appartement.

Comedia écouta le jeune homme lui exposer sa découverte. Il lui montra quelques gravures représentant des scènes de *commedia* tirées d'un recueil d'illustrations, édité à la Librairie théâtrale, déniché récemment, et chèrement payé, en fouinant parmi les étalages de bouquinistes. Sganarelle B y reconnut les figures de cuir que Matamore détenait désormais.

Comedia s'interrogea à propos de cette trouvaille. En arrivant à Paris, en 1937, Geronte avait gagné sa vie quelques mois durant en enseignant la comédie dans un cours d'amateurs. Et, lors de son départ pour l'Espagne, il ne s'était certainement pas encombré de sa collection de masques… Il les avait donc récupérés après la guerre, en 46.

De même, certaines photographies le montraient en compagnie de Brecht, de Piscator ; elles remontaient à la fin des années vingt, tandis que d'autres dataient du tournage de *La Marseillaise*, de Renoir, en 37, ou de ce film de Max Ophuls, *Yoshiwara*.

Geronte avait sans doute déposé ses souvenirs, parmi lesquels figurait un coffre de bois recelant les masques, chez un ami français, avant d'aller combattre les franquistes… L'avait-il revu, à son retour en France, en 47 ? Oui, certainement. Aucun mal à cela. Mais après sa fuite de RDA, en 56, qui avait-il contacté ? Comedia l'ignorait.

Sganarelle pénétra à son tour dans le bureau de Comedia, et confirma que Matamore était à la manifestation, avec une équipe de télévision que dirigeait Annie Weinblatt. Ses subordonnés le pistaient dans des circonstances totalement défavorables.

— Ils font de leur mieux, admit Comedia.

Un planton frappa à la porte et remit à Arlequin quelques tirages.

— Alors, ironisa Comedia, quelle passionnante prose allez-vous nous offrir en pâture, aujourd'hui ?

Arlequin ouvrit la chemise contenant les clichés des derniers feuillets tapés par Matamore le matin même, avant de rejoindre la manifestation, et lut d'une voix neutre :

Elle était belle, disais-tu, et tu ne savais trouver les mots pour me décrire son visage. Tu m'en as si souvent parlé qu'il me semble l'avoir connue, moi aussi. Il y avait un carillon, qui sonnait à la volée, au clocher de l'église de Ménilmontant.

Et je suis là, presque cinquante ans plus tard, devant une photographie jaunie par le temps, et que tu n'as jamais voulu me montrer. Je n'ai pas résisté : j'ai fouillé dans tes souvenirs, ouvert des lettres. Tu me pardonneras.

Elle avait les cheveux blonds, des lèvres charnues, de grands yeux sombres, un grain de beauté sur la joue gauche. Non, tu ne voulais pas me décrire Juliette. C'était un fantôme. Un de ceux qui errent dans le dédale de la mémoire, sans jamais trouver d'issue.

L'histoire a duré neuf ans. Comme dans toutes les histoires, il y a un début, une fin : le carillon de Ménilmontant et un matricule, sur une liste. J'ai toujours été « malade » des camps. Tu le sais.

Les squelettes affublés de la tenue rayée, les chiens et les miradors, la fumée noire, je n'en aurai jamais assez d'entendre ces récits. Tu feuilletais, étonné, les livres que je traînais dans mon cartable, entre le *Gaffiot* des compos de latin et les tables de trigonométrie. Des bouquins écornés que j'empruntais à la bibliothèque municipale, et qui contenaient des cahiers de photos où l'on voyait ces bagnards malingres au regard fou, tremblant de terreur devant les brutes sanglées dans leur uniforme noir.

Nous habitions juste à côté de chez toi, à Chennevières. Le jeudi, tu corrigeais mes devoirs d'allemand, en parcourant d'autres livres, anodins, ceux-là, à la couverture vert pâle, de la collection Spaeth et Real, qui narraient – *auf deutsch* – les aventures de Siegfried ou le charme fatal de la Lorelei… Je me fourvoyais dans les conjugaisons des verbes irréguliers, et cette saloperie de génitif que j'étais incapable de décliner. La leçon s'achevait par une balade en barque jusqu'à Bonneuil.

Et voilà qu'un beau jour j'en vins à te questionner à propos d'autres fantômes, Rosa et Karl, et ce Landwehrkanal, dont tu connaissais les eaux noires, dans lesquelles on avait jeté leurs cadavres.

Juliette était jolie.

Elle portait un tailleur noir, des hauts talons, des bas à couture (ah ! le dessin de la soie sur les mollets ronds : tu étais intarissable à ce sujet), et sortait de l'église, où l'on venait de marier son abominable sœur, une mégère ténébreuse, qui avait jeté son dévolu sur un sergent de carrière, imbécile patenté qui mourrait bêtement sur la ligne Maginot.

Tu attendais, sous un porche voisin, en t'abritant de la pluie. On t'avait donné rendez-vous au coin de la rue. Une combine de comédien. Tu portais une valise de carton bouilli dans laquelle, soigneusement, tu avais rangé tes masques.

Enfin, il vint, ce zigoto qui dirigeait une école de théâtre, dont les locaux se trouvaient à deux pas de là, sur le boulevard de Belleville. Alcoolique, braillard et à demi obèse, Albert Grelèche n'était pas méchant pour un sou. Cet ancien funambule avait vu sa carrière tourner court après une mauvaise chute. Il marchait en s'appuyant sur ses cannes, et, dès qu'il était question d'argent, de violentes douleurs — « ma jambe, ma pauvre jambe ! » — le courbaient en deux.

Il te convia à boire un verre au café, et vous vous êtes retrouvés serrés contre le zinc du comptoir, parmi les invités de la noce.

Le marié, engoncé dans son uniforme de sous-off, buvait un canon en compagnie de quelques collègues. Juliette s'ennuyait, assise seule à une table, devant un verre de Fernet-Branca. Vous avez échangé un sourire.

Albert Grelèche t'expliqua le fonctionnement de son cours : les séances trihebdomadaires, de vingt à vingt-trois heures, destinées à des amateurs rêvant de devenir vedettes de cinéma. Tu allais leur en mettre plein la vue, disait-il.

Vous avez quitté le bar, et Albert t'a traîné jusqu'à sa salle. Tu t'es installé sur l'estrade, un peu inquiet, et tu t'es lancé dans une exhibition fastidieuse, passant d'un masque à l'autre, montrant tour à tour Matamore, Arlequin, Brighella, Pantalone…

Émerveillé, Albert applaudissait. Tu étais engagé.

Le premier cours eut lieu le soir même.

Quelques apprentis comédiens arrivèrent, un à un, empotés, inquiets, ne sachant à quoi s'en tenir. Albert avait fait distribuer des prospectus dans tout le quartier, des Buttes-Chaumont à l'avenue Parmentier. Au second rang, Juliette, timide, réservée, écoutait ton exposé sur la *commedia*.

C'était, je crois me souvenir, le 28 janvier 37.

Les élèves essayèrent les masques, en débitant de petites tirades maladroites. Juliette ne pouvait qu'incarner Colombine, l'amoureuse perfide au doux minois.

À la fin du cours, toute la troupe est allée prendre un verre à *La Vielleuse*, au coin de la rue de Belleville. Il pleuvait quand tu es sorti de la brasserie. Il y eut un échange de poignées de main chaleureux. Le rendez-vous était pris pour le surlendemain. Tu es rentré chez toi à pied — le dernier métro venait de passer — satisfait de ta journée : Albert Grelèche t'avait remis un acompte de huit cents francs sur le premier mois de travail.

Tu occupais une chambre de bonne rue de Turbigo, et, tous les midis, tu te rendais dans cette gargote de la rue de Bondy tenue par les Kornfeld. La cuisine était simple, mais on y venait surtout pour s'y retrouver entre réfugiés. Un habitué, qui donnait des leçons de danse chez Albert Grelèche, t'avait arrangé ce rendez-vous qui te permit de rencontrer Juliette.

— Le salaud, il se fout de nous… bougonna Comedia.

Sganarelle, impassible, faisait de son mieux pour ne pas laisser transparaître son irritation. Il en avait par-dessus la tête de toutes ces simagrées. Puisque Comedia ne voulait pas en démordre, il était partisan d'une prise de contact directe avec Arnaud Grésard. S'il savait quelque chose, on finirait bien par le lui faire dire. Comedia devenait gâteux : quelle autre explication donner à cet acharnement stupide ?

Pourquoi se soumettre aux caprices littéraires de cet intellectuel tordu alors qu'il était évident que Geronte ne lui avait rien révélé ? Comedia n'était pas dupe. La colère de Sganarelle, aisément perceptible, l'amusait plutôt.

— Il se fout de nous, répéta Comedia. Qu'en pensez-vous ? Dites-moi franchement votre sentiment ?

— Colombine, la sérénade sous le balcon, les

billets doux, bientôt, quel intérêt ? Pourquoi attendre ? balbutia Sganarelle, en retenant son souffle après tant d'audace.

Comedia sourit.

— Oui, sans doute, dit-il, bientôt, nous aurons droit à la sérénade sous le balcon, aux billets doux ; mais, après tout, il ne s'agit que d'une simple vérification. Tranquillisez-vous.

— Mais vous l'avez dit, protesta Sganarelle, il se fout de nous…

Cette fois, Comedia le dévisagea d'un œil méprisant.

Arlequin se détourna et réchauffa sa main droite contre le plateau du convecteur près duquel il était assis. La conférence prit fin quelques minutes plus tard.

Comedia, tenant son parapluie à la main, sortit de l'immeuble qui abritait son bureau, à deux pas de l'esplanade des Invalides. Il rencontra les derniers traînards de la manifestation étudiante, qui se hâtaient de rejoindre les quais, et les observa, étonné. Puis il traversa la Seine sur le pont Alexandre-III, et croisa quelques escadrons de CRS qui arrivaient en renfort pour boucler la rive droite. Il arriva bientôt aux jardins du Trocadéro. C'était mercredi. Quelques gosses, chaussés de roller-skates, zigzaguaient sur les dalles bordant les fontaines. Comedia contempla leur ballet, impressionné par tant de virtuosité. Lui-même avait un petit-fils, âgé d'une dizaine d'années. Ce serait bientôt son anniversaire, il était temps de songer au cadeau. Il leva les yeux vers le palais de Chaillot.

Sous le ciel gris d'automne, la perspective était lugubre. Une jeune femme, vêtue d'un ciré noir, lui adressa un clin d'œil complice. Comedia ne fut pas dupe. L'aventure à laquelle elle le conviait serait dûment tarifée.

Il se sentit vieux. Les œillades intéressées de cette femme, l'impétuosité agressive de Sganarelle, le silence respectueux, mais perfide, d'Arlequin… il accéléra le pas pour ne plus subir, au creux des reins, la poussée de cette main hypocrite qui tendait à le reléguer dans la coulisse.

Arrivé chez lui, rue Greuze, il se défit de son manteau, de son veston, et enfila le vieux pull élimé sur lequel la chatte Zoé faisait ses griffes. Au hasard, il prit un disque, l'installa sur la platine. Le quatuor à cordes, qu'il fut incapable d'identifier, emplit la pièce d'une longue plainte nostalgique. Comedia vint se placer devant la fenêtre du balcon et vit d'autres cars de CRS manœuvrer sur la place. Le Trocadéro tout proche, les quais de la Seine, l'architecture pompeuse de Chaillot, c'était une autre façon de pénétrer dans la vie de Geronte. Un biais distinct, auquel, assurément, les crétins du calibre de Sganarelle resteraient indifférents.

Dans la mémoire de Comedia, dansaient des images floues. Des corps féminins, à demi dénudés, somnolents, et, pour tout dire, luxurieux.

4

Les bulldozers avaient labouré le bitume, sur des centaines de mètres à la ronde. On charriait des tonnes de terre et de cailloux dans de gros camions qui stationnaient en file le long des quais de la Seine.

Les travaux durèrent des mois, dans une anarchie apparente, qui peu à peu céda la place à un ordre de béton et de pierre. Le dimanche, les badauds venaient contempler bêtement le chantier, en famille.

Les journaux montaient en épingle les multiples grèves qui freinaient l'avancement du projet. La presse de droite dénonçait la canaille rouge, acharnée à torpiller l'Exposition 1937, et par là même le prestige de la France.

Mais Comedia s'intéressait assez peu aux malheurs du gouvernement Blum. Élève de propédeutique à Jeanson-de-Sailly, il n'avait guère de temps à consacrer à la lecture de toutes les feuilles que distribuaient certains de ses condisciples à la sortie des cours. On y voyait l'ogre bolchevique, assisté de son complice juif, menacer le monde de ses mains crochues.

La rue Greuze, où habitait déjà Comedia, retentit, de janvier à juin, du vacarme provenant du chantier, et il lui fallait se boucher les oreilles pour s'immerger dans Aristote.

À la veille des grandes vacances, cependant, il put enfin visiter l'Expo, et déambula, mains dans les poches, à travers les allées des pavillons étrangers. Celui de l'Allemagne, surmonté d'un colosse trapu, défiait de sa masse menaçante le monument érigé par la délégation soviétique. Et le couple impavide du prolétaire et de la moissonneuse, armé de la faucille et du marteau, se dressait dans le ciel de Chaillot, face à l'Aryen aux muscles de bronze.

Comedia ne se souciait guère de ces symboles naïfs. On n'est pas sérieux quand on a dix-sept ans, et, sous les tilleuls verts de la promenade, Comedia était hanté par les seins blancs, la toison rousse de Laurette, une étudiante rencontrée à la terrasse d'un café de Montparnasse, qui l'avait délivré d'un pucelage devenu douloureux. La cérémonie s'était déroulée au clair de lune, dans une chambre de bonne de la rue Saint-Sulpice, une nuit du mois d'avril.

Dans les semaines qui suivirent, Laurette se fit rare et n'accorda à Comedia que quelques rendez-vous aléatoires. Il ne rêvait plus que de draps froissés, de ce corps tiède et mystérieux, découvert à la veille des vacances de Pâques.

Laurette lui avait parlé de cinéma ; elle disait connaître (bibliquement s'entend) un assistant de Duvivier, qui lui réserverait un petit rôle dans son prochain film. En attendant l'aubaine, elle suivait des cours d'improvisation théâtrale dans une école, boulevard de Belleville.

Le visage de Laurette émergea des brumes de la mémoire quand Comedia hérita du dossier Geronte, en 52. Il était alors marié, et l'image du corps de sa première maîtresse vieillissait paisiblement dans les arrière-salles rarement visitées de son musée intime.

Embusqué dans l'immeuble de la Tauentzienstrasse, blotti près du poêle anémique qui diffusait une chaleur fugace, occupé à surveiller le siège de la DEFA où travaillait Geronte, Comedia pensait souvent à cette soirée du mois d'avril 37. Laurette l'attendait, nue sur le lit, et lui, timide, empoté, tremblant de peur, n'osait s'approcher.

Et si, en 52, quinze ans plus tard donc, Comedia évoquait si volontiers le souvenir de cette femme — et quel souvenir que l'odeur piquante de son sexe : la fin d'une énigme, des ragots stupides qu'échangeaient les potaches puceaux dans la cour du lycée, « mais si, mon vieux, j't'assure qu'*ça* sent la crevette ! » —, ce n'était pas seulement parce qu'elle aussi avait rencontré Geronte, dans l'école du théâtre du sieur Grelèche. C'était en raison de la chronologie — maudite chronologie — qui voulut sceller, cette année-là, et définitivement, le destin de Geronte. Laurette n'y prit aucune part.

Les auteurs de la pièce ne rêvaient pas de cinéma, ni de théâtre. Ils n'avaient que faire des tirades enamourées, des tourments futiles dont souffrent les amants trompés. Ils travaillaient dans le concret, et officiaient déjà, alors que Comedia jurait ses grands dieux de ne plus se laisser prendre au piège des femmes.

Le chantier de construction de l'Exposition de 1937 expliquait officiellement leur présence à Paris. Ingénieurs, maîtres d'œuvre, attachés culturels, conseillers scientifiques fréquentaient les salons huppés, donnaient des soirées fastueuses, fréquentaient les cabarets de Montmartre. Ils habitaient dans des hôtels du quartier de la Madeleine, et distribuaient des cartes de visite dont l'en-tête s'ornait d'une svastika. Ils étaient là pour superviser la construction du pavillon allemand à l'Expo universelle.

Comedia les croisa sans doute sur le chemin du lycée, aux derniers jours de l'hiver 37. Leur chef, Kurt Frölich, était un jeune homme blond, affable et séduisant, comme de bien entendu.

Comedia, accoudé au balcon de l'appartement familial, rue Greuze, vit passer le cortège présidentiel conduit par Albert Lebrun, qui inaugura l'Expo, le 24 mai. Frölich faisait partie de la délégation allemande et souriait parmi les notables gras, vêtus d'un frac et coiffés d'un haut-de-forme qui se pavanaient sur l'esplanade du Trocadéro. Le feu d'artifice qu'on tira à la tombée de la nuit fut éblouissant.

Durant plusieurs mois, tout le quartier s'anima des flonflons du bal, des cris des visiteurs, des klaxons des autobus qui déchargeaient leur cargaison de provinciaux émerveillés.

Pendant les vacances scolaires, dès les premiers jours de juillet, Comedia tenta d'oublier Laurette dans les bras d'une institutrice esseulée et quadragénaire, qu'il rencontra sur la plage d'Étretat, où ses parents possédaient une maison.

Mais, tandis qu'il parachevait son initiation amoureuse à l'abri des falaises, ignorant les sarcasmes des mouettes rieuses, Geronte endossait d'étranges costumes sous l'œil rond et impassible de la caméra de Renoir.

... c'est avec nostalgie que tu me parlais de ce cours de théâtre, boulevard de Belleville. Bien sûr, tu y avais fait la rencontre de Juliette, mais il y avait autre chose, la joie de jouer, d'apprendre les vieux trucs du métier à des amateurs passionnés.

Ils venaient là après leur journée de travail, s'offrir un peu de rêve. Certains étaient employés de bureau, d'autres coursiers ou représentants de commerce ; il y avait des vendeuses, des secrétaires, des mères de famille. Et une étudiante à la fesse accueillante que ta solitude d'émigré émut d'emblée, et qui te fit passer quelques nuits mémorables.

Les mille francs que te remettait tous les mois Albert Grelèche ne suffisaient cependant pas. Il fallait trouver autre chose. Et puis, n'est-ce pas, tu étais venu à Paris pour réussir.

Les anecdotes dont tu avais été le témoin à Hollywood te valaient certes un franc succès auprès des copains, mais il fallait, comme on dit, transformer l'essai.

Le petit milieu du cinéma voyait d'un mauvais œil la concurrence qu'apportaient les artistes réfugiés d'Allemagne. Tous tes amis recherchaient un « coup ».

Vous usiez de longues journées mornes à éplucher les petites annonces spécialisées, à téléphoner à droite et à gauche, à courir de rendez-vous en rendez-vous, avec de piètres résultats. Tu commençais à déchanter.

Pour patienter, tu allais au cinéma ; après le documentaire, les actualités Pathé montraient des scènes de guerre qui n'avaient rien de factice. Le sang coulait sur l'écran, les souffrances des soldats ne relevaient pas de la fiction : c'est à un meeting de soutien à la République espagnole, au stade Buffalo, que tu as retrouvé Juliette. Ce fut le début d'une complicité nouvelle.

Ce soir-là, elle t'invita à la rejoindre, en compagnie de quelques amis, dans un restaurant des boulevards. Tu appris alors que Juliette était communiste. Durant le repas, on t'interrogea à propos des événements d'Allemagne. Juliette était persuadée qu'Hitler ne tiendrait pas la route longtemps, que les ouvriers allemands mettraient à bas la dictature dans l'année qui suivrait. Tu répondis aux questions en évitant de la contredire, tu étais las des palabres inutiles.

En sortant du restaurant, vous avez fait ensemble un bout de chemin, jusqu'à la place de la République. Juliette habitait rue de la Grange-aux-Belles, en face de l'hôpital Saint-Louis. Elle plaisanta à propos de tes relations assez particulières avec Laurette, cette étudiante qui, dans votre troupe, jouait la soubrette coquine, toujours prête à se faire trousser par le premier venu, à la ville comme à la scène.

Puis elle chercha alors à en savoir davantage, à propos de ton passé. Tu ne voulais pas mentir, aussi tu lui expliquas que la politique ne t'intéressait plus ; en Allemagne, tu avais milité au Parti, mais ta carrière de comédien te paraissait plus importante. Ta présence à ce meeting ? La curiosité, tout simplement. Elle parut déçue. Vous ne vous êtes pas revus durant une quinzaine.

Le visage sanguin d'Albert Grelèche passa du rouge beaujolais au vert pâle quand tu lui fis part de ton impossibilité à assurer tes cours pour la semaine suivante.

Il menaçait de te virer définitivement, se lamentait sur l'argent perdu, mais tu ne voulais rien savoir : on venait de te proposer un petit rôle au cinéma ! Il fallait simplement partir tout de suite en Alsace, où Renoir tournait les extérieurs de *La Grande Illusion*.

Je connais ce film par cœur, tu me l'as rabâché jusqu'au moindre travelling. Quand, au hasard des parutions, je feuillette un article sur Renoir, je ne peux m'empêcher de sourire en t'imaginant coiffé d'un casque à pointe, affublé d'un fusil à demi rouillé, engueulant *auf deutsch* Gabin, Dalio, Carette et Fresnay, beuglant des *streng verboten* à faire trembler les plus endurcis des figurants, dans la cour de la caserne de Colmar. Tu incarnais un des gardiens du camp de prisonniers.

L'idée te fait bien rigoler. C'est une amie allemande, qui travaille dans la maison de production RAC, qui t'a appelé pour te proposer l'affaire. Il s'agit plus d'une figuration que d'un véritable personnage, mais peu importe, tu penses avoir planté le premier crampon sur le flanc de la montagne.

Entre les prises, tout le monde se retrouve au café du coin. Les frimants brûlent d'envie d'aller parler aux vedettes, mais la hiérarchie est respectée : on ne se mélange pas. Modeste, tu discutes avec les techniciens, tu examines le matériel, tu donnes même un coup de main aux éclairagistes, puisque tu connais le travail. Puis c'est de nouveau l'agitation qui précède les prises : Renoir et sa scripte Gourdji vérifient les dialogues, une dernière fois, avant de remettre le texte définitif aux comédiens. Une semaine passe.

Albert Grelèche est furieux : il vient de recevoir la lettre par laquelle tu l'informes de la prolongation de ton absence. Dix jours supplémentaires... Il y a du retard. Toute l'équipe de Renoir part pour le château du Haut-Koenigsberg, tourner la seconde partie du film : après une première tentative d'évasion, les prisonniers français, Gabin, Fresnay, Carette et Cie, sont mutés dans une forteresse que commande von Rauffenstein/Stroheim. Le château est sinistre sous la neige qui commence à fondre. Béat d'admiration, tu observes le jeu de Stroheim. Renoir tourne les scènes de la fuite de Gabin et Dalio, qui s'échappent de la forteresse grâce à la diversion que met en place leur ami Fresnay/Boëldieu.

Puis c'est la fin, le retour à Paris.

Ta performance dans *La Grande Illusion* n'a certes pas inscrit ton nom au frontispice du panthéon des acteurs, mais son rapport sur le plan financier est satisfaisant. Tu renouvelles ta garde-robe, en jetant deux vieux costumes élimés. Au restaurant de la rue de Bondy, chez les Kornfeld, on se souviendra longtemps de la soirée où tu soûlas les copains à grands coups de tournées générales.

Et tu viens négocier avec Albert Grelèche : maintenant que tu appartiens au gotha des stars, il faut qu'il casque, s'il veut que son cours jouisse de ta renommée !

Grelèche est méfiant, mais il ne peut soupçonner à quel point tu le roules : il finit par avaler tes salades sur ce film qui ne sortira que dans quelques mois et rendra ton visage célèbre.

C'est d'accord, il t'augmente ! Sueur froide : il faut à présent le dissuader d'imprimer un nouveau prospectus, mentionnant ta participation à *La Grande Illusion* — un argument publicitaire de choc, dit-il.

Les cours reprennent. Tu revois Juliette. Pour la remercier de la soirée au restaurant, à la sortie du meeting à Buffalo, tu l'invites à ton tour.

C'est la fin février, Paris est blanc sous les flocons. Vous ne vous séparez pas après le dernier verre.

Juliette, m'as-tu confié, était une maîtresse ardente.

Tu me fis de nombreuses confidences, ce soir où je vins à Chennevières t'apporter la nouvelle : j'avais fait l'amour avec une fille, pour la première fois.

J'avais dix-sept ans.

Soûls comme des Polonais, tous les deux, nous avons échangé des propos de salle de garde jusque tard dans la nuit. Les dessous de Juliette, la guêpière, le porte-jarretelles froufroutant, tu ne t'attendais pas à ce grand jeu. Plus modestement, je m'étais satisfait de la fermeture Éclair du jean de ma copine Cécile, mais l'émoi était d'une intensité égale.

Les talents érotiques de Juliette, sa nature plutôt… entreprenante, tu m'as dit tout cela.

Ce que tu m'as caché, c'est cette fausse identité sous laquelle tu vivais depuis tant d'années, ce fric un peu louche qui te faisait vivre en rentier. Les flics m'ont interrogé à ce propos. En 55, lassé des échecs, résolu à abandonner ses rêves de gloire, Werner Krüger avait monté une petite entreprise de location de matériel de costumes et d'accessoires cinématographiques, qui marchait bien. Cela expliquait l'aisance relative dans laquelle il vivait. C'était la version officielle, et je n'en imaginais pas d'autre.

Werner ne s'appelait pas Krüger, et la soi-disant boîte de matériel ciné n'a jamais existé. Il y avait un recoin sombre dans cette vie ratée. J'ignore quels fantômes s'y cachent.

Matamore, après avoir rédigé ces quelques pages, sortit pour sa promenade quotidienne dans le parc. Aussitôt, Arlequin se précipita chez lui.

Les allées des Buttes-Chaumont étaient presque désertes. Matamore, d'un pas lent, se promenait autour du lac, un sachet de marrons brûlants à la main. L'un d'eux tomba à terre. Il l'écrasa d'un coup de talon, puis, du bout du pied, le lança dans l'eau. Les canards approchèrent.

Sganarelle marchait lui aussi, tout près de là. Il parcourait d'un œil distrait, pour la troisième fois, le même article du *Monde*. Les étudiants avaient élu une coordination et préparaient une grande manifestation nationale pour le 4 décembre. Sganarelle n'ignorait plus rien de la configuration des diverses tendances de l'UNEF, ni la coloration politique des membres de l'état-major estudiantin, dont certains commentateurs affirmaient qu'il était noyauté par les trotskistes.

Matamore ne prêtait aucune attention à ce jeune homme au teint rougeaud, vêtu d'un loden vert, qu'il voyait souvent errer dans les allées du parc. Il y avait quelques habitués plus ou moins pittoresques qui passaient de longues heures assis sur le même banc, d'autres qui suivaient un parcours immuable : tour du lac, montée au belvédère, second tour du lac…

Matamore dévisageait parfois ces gens avec insistance. Le petit retraité qui sifflotait *Sambre et Meuse* et traînait derrière lui un caniche boiteux, ou la vieille dame au manteau mauve qui parlait toute seule, à haute voix, déclamant de longues tirades haineuses à l'encontre d'EDF, des PTT, qui d'évidence la persécutaient. D'autres demeuraient obstinément silencieux, et ce mutisme n'était guère plus raisonnable.

Matamore jeta le sachet de papier vide dans une corbeille et se dirigea vers la sortie du parc. Les propriétaires du guignol déballaient leurs accessoires pour le spectacle du mercredi après-midi. Rangées dans le coffre d'un break, les marionnettes gisaient, endormies. Gnafron avait le sommeil serein.

— Il rentre chez lui, souffla Sganarelle dans le minuscule talkie épinglé au revers de son pardessus.

Arlequin accusa réception du message. Aussitôt, il actionna le dispositif d'écoute. Arlequin B rangeait dans le frigo les restes du repas acheté chez un traiteur de l'avenue Simon-Bolivar : quelques tranches de museau, une barquette de taboulé, un morceau de cantal. Arlequin C, allongée sur le canapé, bâillait à s'en décrocher la mâchoire. Elle abandonna la revue de mode qu'elle parcourait jusqu'alors.

Le récepteur transmit les échos d'une conversation. Quelqu'un attendait Matamore.

— C'est sa nana, dit Arlequin C, après avoir identifié la voix. Elle lui a téléphoné ce matin.

Arlequin, sur les recommandations de Comedia, s'était renseigné : Annie Weinblatt avait un passé gauchiste, tout comme Matamore. Rien de bien méchant : deux ou trois arrestations pour vérification d'identité, à la suite de distributions de tracts antimilitaristes, un séjour à Cuba en 74, une liaison amoureuse avec un militant chilien du MIR, qui vivait à Santiago, dans la clandestinité. Elle avait été longtemps pigiste dans plusieurs journaux avant d'être recrutée par une agence pour laquelle elle effectuait de fréquents reportages à l'étranger. Quant à ses relations avec Matamore, Arlequin avait établi qu'il s'agissait là d'une liaison sporadique, mais durable. Ils étaient d'ailleurs amis d'enfance.

— Ils sont dans le salon, dit Arlequin C, en manipulant la console.

Annie parla de son travail : depuis le début des grèves universitaires, elle suivait un groupe d'étudiants de Villetaneuse, qu'elle interviewait quotidiennement. Il s'agissait d'une commande passée par une chaîne allemande.

— Ils apprennent à toute vitesse, dit-elle. Dans les amphis, ça discute sagement, mais fermement, rien à voir avec le folklore qu'on a connu, évidemment, mais tout de même !

Arnaud l'écoutait sans parvenir à partager son enthousiasme.

— Toujours ton histoire… soupira-t-elle. Les flics t'ont encore convoqué ?

— Non, c'est fini, pour le moment. Ils se sont calmés. Je ne sais pas où ils en sont. Ils n'y comprennent rien, je crois.

— Et toi, demanda Annie, tu y vois clair ?

— Pas plus qu'eux ! C'est vraiment dingue… je

le connaissais depuis plus de vingt-cinq ans ! Je ne sais pas ce qu'il a bien pu bricoler pour qu'on vienne l'assassiner… Je cherche.

Il montrait la malle dans laquelle étaient rangées les affaires de Werner. Annie se leva et, penchée sur la table à tréteaux qui servait de bureau, feuilleta le manuscrit.

— Il a tourné avec Renoir ? demanda-t-elle, étonnée.

— Bien sûr, je n'invente rien… *La Grande Illusion, La Marseillaise*, et même *Le Carrosse d'or*. Rien d'important, mais il connaissait son affaire.

— Et qu'est-ce que tu comptes en faire ? dit-elle en montrant les feuillets dactylographiés.

— Rien. Je ne sais pas. Ce serait un bon scénario, les années trente, le Front populaire, l'Espagne, la guerre… un type qui rate sa vie, un destin saccagé comme la pelote de laine entre les griffes du chat. Au bout du compte, il n'y a plus qu'un fouillis de nœuds incohérents impossibles à démêler… non ?

— Et tu passes toutes tes journées à ça ? Tu avais d'autres projets en attente ! Sors, relance Gerbet, Berthenier, tu ressasses, tu rumines, ça devient malsain…

— Je ne peux plus les supporter. Et puis fous-moi la paix. Si tu veux me remonter le moral, il y a d'autres moyens.

Il y eut des chuchotements, des soupirs.

— Ça y est, il va la troncher ! s'écria Arlequin B.

Il manipula les plots multicolores ; le couple se dirigeait vers la chambre. Les récepteurs continuèrent à restituer fidèlement la scène. Émoustillé par les halètements d'Annie, Arlequin B ricanait.

— Pas mal, hein ? dit-il. J'ai particulièrement soigné la piaule, c'est toujours le meilleur ! Ah, ils changent de position, je parierais pour la levrette !

— Ça suffit ! pas de commentaire ! répliqua Arlequin.

Arlequin C s'était levée. Le visage cramoisi, elle alluma une cigarette.

— Et voilà, reprit Arlequin B, maintenant, on va avoir droit au lavabo, à la douce musique des tuyaux du bidet, et dans un quart d'heure, ça recommencera…

Arlequin ferma les yeux un bref instant. Il était plus rusé, plus aguerri que son collègue Sganarelle, et savait qu'il ne servait à rien de s'énerver. Comedia finirait bien par admettre son erreur. En attendant, il fallait faire le dos rond.

5

Annie parvint à décider Arnaud : ils partirent tous les deux en balade en Normandie, le temps d'un week-end, le vendredi 28 novembre. Malgré une météo des plus clémentes, la circulation restait fluide. La vieille 4 L d'Annie se traînait sur l'autoroute, l'équipe Sganarelle, répartie dans deux voitures, glissa dans la file de droite, à quelques dizaines de mètres derrière.

Annie conduisait. Elle dépassa Rouen et continua vers l'ouest, traversa Fécamp, pour prendre le chemin d'Étretat. Sganarelle, un peu étonné, vit la 4 L stopper devant l'auberge où s'étaient rencontrés Geronte et Pantalone.

Il appela aussitôt Comedia, au téléphone. Celui-ci sourit en apprenant la nouvelle.

— C'est sans doute un hasard, dit-il. Le paysage est beau, profitez-en pour visiter. Suivez donc le chemin de la grotte, à marée basse. Mais ne les lâchez pas.

Sganarelle, résigné, raccrocha. Il devait lui aussi trouver un hôtel, au cas où le couple se déciderait à passer la nuit là, ce qui était prévisible.

Assuré de sa tranquillité, Comedia se rendit chez Matamore, assisté d'Arlequin. Il se dirigea directement vers le bureau. C'était une pièce assez spacieuse, dont les fenêtres dominaient les Buttes. Les plus hautes branches des platanes de la rue touchaient la rambarde du balcon. Comedia examina la bibliothèque. Matamore avait des goûts éclectiques ; Flaubert voisinait avec Victor Serge, Trepper avec Balzac, Koestler servait à caler des plaquettes de poèmes expressionnistes. Quant à Soljenitsyne et Stratis Tsirkas, deux spécialistes du pavé, ils en étaient réduits à soutenir une planche sur laquelle cohabitaient tant bien que mal Mishima, Le Carré et Lénine.

Des photos ornaient les murs : Cohn-Bendit narguant un flic, devant la Sorbonne ; l'affiche de *Dix années et plus encore*, le second film d'Arnaud Grésard, produit par la Gaumont ; la couverture de *Charlie-Hebdo* annonçant le « Bal tragique à Colombey », une scène de *Metropolis*, la grimace méphistophélique de Michel Simon dans *La Beauté du diable*... Il s'intéressa tout particulièrement à un montage photographique où figuraient différentes actrices : leur visage était accolé à des corps découpés dans des revues pornographiques. Jean Seberg, Macha Méril, Brigitte Fossey, Annie Duperey, qui s'offraient dans des positions obscènes, semblaient inspirer Matamore. Comedia haussa les épaules.

Et il y avait ce portrait de Geronte, tiré du *Carrosse d'or*, le film de Renoir. Coiffé d'une perruque, vêtu d'un pourpoint chatoyant, il incarnait un des nobles de la cour du roi du Nouveau Monde, le monarque insouciant qui se laisse séduire par l'égérie d'une troupe de saltimbanques, incarnée par Anna Magnani. Les masques, eux aussi, étaient fixés au mur. Comedia ne put résister. Avec délicatesse, il décrocha le Brighella, et, se tournant vers un miroir rond, couvert de poussière, qui trônait sur la cheminée, il s'en couvrit le visage. Arlequin, vaguement inquiet, observait le manège. Il reconnut le masque : c'était bien ce dessin qui ornait la plaque scellant l'urne dans laquelle étaient enfermées les cendres de Geronte. Comedia s'admirait dans la glace. Il semblait avoir oublié la présence d'Arlequin.

— Eh bien, qu'en dites-vous ? demanda-t-il enfin.

— Amusant, répondit Arlequin, après un moment d'hésitation.

— Détrompez-vous, murmura Comedia, en raccrochant le masque au clou planté dans le plâtre, Brighella est un personnage sinistre.

Arlequin se pencha sur la malle qui contenait les papiers de Geronte. Des étiquettes jaunies, à demi arrachées, couvraient le cuir bouilli. Comedia chaussa ses lunettes et les déchiffra une à une, en plissant les yeux. Du tampon de l'Anhalter Bahnhof à celui des services de l'immigration d'Ellis Island, c'étaient autant de jalons d'une vie errante. Comedia, lui, habitait aujourd'hui encore l'appartement dans lequel il était né.

Arlequin s'assouplit les mains en faisant craquer

les articulations des doigts, l'une après l'autre, puis il enfila des gants de soie et ouvrit la malle. Il étudia soigneusement l'ordre dans lequel étaient rangées les enveloppes de papier kraft, et l'enregistra mentalement. On lui avait patiemment enseigné les techniques qui permettent de s'immiscer dans l'intimité d'autrui, de palper des objets secrets, sans que la victime du viol s'aperçoive de rien. Il fallait pour cela se livrer à de longues séances d'entraînement, rappelant le « jeu de Kim » des enfants, où l'on s'essaie à reconstituer de mémoire des collections d'objets hétéroclites qu'on vous livre en vrac. Il nota la place des élastiques sur les piles de papiers, l'agencement des colonnes de photos. Après quoi, il plongea la main dans le coffre et tendit un premier lot de documents à Comedia.

Fébrile, celui-ci déposa le paquet sur le sol. Il quitta pardessus et veston, dénoua sa cravate et remonta les manches de sa chemise. Il étala les lettres devant lui, sur le tapis couvert de taches de cendre.

Depuis sa visite malencontreuse chez Geronte, à Chennevières, il n'avait pas eu le loisir d'examiner tous ces papiers. La police avait immédiatement placé la maison sous scellés, après la mort du vieillard. Puis Matamore avait récupéré cette malle, avec l'autorisation du juge d'instruction, laissant dans la villa des bords de Marne la collection de films qu'il n'avait pas la place d'entreposer chez lui.

Comedia, échaudé, ne voulut rien tenter de dangereux. Il laissa la PJ patauger dans son enquête, et, persuadé que Matamore était en mesure de lui apprendre ce que Geronte tramait depuis trente ans, il s'était contenté de le faire surveiller.

Arlequin attendait, imperturbable. Avec une avidité maladive, Comedia fouillait dans le passé de Geronte. Arlequin eut alors l'intuition que l'entêtement dont il faisait preuve relevait réellement de la pathologie.

Les mauvaises langues susurraient que Comedia ne s'était jamais totalement remis du désastre de 56, lors duquel le réseau est-allemand avait été décimé. À tort ou à raison, on lui avait attribué la responsabilité du fiasco, et sa carrière s'était infléchie soudainement. Il fut relégué à l'accomplissement des basses œuvres.

Comedia ouvrit des lettres. Certaines étaient rédigées en allemand. Il s'agissait de courriers remontant aux années trente ou cinquante, des correspondances familiales, entre Paris, Francfort, et Los Angeles. D'autres provenaient des quatre coins du monde, les amis de Geronte s'étaient dispersés, après la guerre. Aucune n'était postérieure à 56. Geronte vivait muré dans la solitude, depuis sa fuite de Berlin.

Il découvrit des notes décousues, rédigées de sa main ; une esquisse d'autobiographie criblée de trous noirs : rien sur les années cinquante. Et pour cause. Il dénoua enfin un ruban fané qui liait un paquet de lettres, celles que Juliette avait adressées à Rudi Dahlem. L'écriture était fine, nerveuse.

Comedia n'était guère enclin à se laisser attendrir par les mots d'amour.

Les enveloppes portaient le cachet de la poste militaire espagnole. Elles étaient toutes revenues, n'ayant pu atteindre leur destinataire. D'Albacete à Gijón, de Teruel à Barcelone, Geronte était introuvable. Un tampon de l'état-major des Brigades internationales répétait, semaine après semaine, le même leitmotiv.

— Elle a dû croire qu'il était mort, dit Arlequin.

— Oui, approuva Comedia. En fait, il avait changé d'identité.

— Comment les a-t-il récupérées ? poursuivit Arlequin.

— Après la guerre, chez Juliette sans doute… Je ne lui ai jamais posé la question. Cela n'avait aucune importance.

Arlequin lisait la première, datée du 2 octobre 37. Juliette interrogeait son amant : pourquoi s'était-il enfui ainsi, sans la prévenir, comme un voleur ? Elle disait comprendre son désir de se battre les armes à la main contre ces salauds ; elle était fière de son courage. Mais pourquoi avoir dissimulé son départ ? Pourquoi ne lui avait-il même pas dit au revoir, pourquoi ne l'avait-il pas avertie ?

Juliette s'entêta. Elle fit la tournée des amis allemands de Rudi, se rendit au restaurant de la rue de Bondy, pour interroger ceux qui le connaissaient, et n'obtint aucune réponse. Rudi n'avait rien révélé de son projet.

Elle racontait toutes ces démarches, avec des mots simples, sans fioriture, ne cherchant pas à cacher son chagrin. Peu à peu, le ton des lettres trahissait son désespoir. La dernière remontait à décembre 38. À ce moment, la désorganisation du camp républicain était telle que le courrier n'était plus acheminé jusqu'au front. Juliette avait renoncé.

Arlequin s'intéressa à un autre document, une feuille arrachée à un registre rescapé d'un incendie et dont les coins tombaient en cendres. Elle était imprimée en caractères gothiques.

Familienname und Vorname : Boyer Juliette.
am 2ten Juni 1944 um 16.45 Uhr
im Krankenbau des Konzentrationslager Neuengamme gestorben.
TODESURSACHE *: Herz und Kreislaufschwäche bei Zellgewebsentzündung (Phlegmone)*

Le cachet du camp et le paraphe du médecin suivaient.

— Ce n'est pas ainsi qu'elle est morte, expliqua Comedia, certainement pas d'un phlegmon. Geronte, en 45, a fait le tour des camps ; il servait dans une unité de l'armée américaine chargée de récupérer les films que les nazis avaient tournés : les Alliés préparaient le procès de Nuremberg. À Neuengamme, il a découvert cette fiche. Des témoins lui ont appris la vérité : une gardienne l'a frappée à coups de gourdin, durant un appel, et Juliette est morte d'une fracture du crâne.

Arlequin hocha la tête et rangea la feuille dans sa pochette de cellophane.

— Pourquoi avoir gardé cela ? demanda-t-il à voix basse, sans attendre de réponse.

— J'aurais fait la même chose, pas vous ? dit pourtant Comedia.

Il se remit aussitôt à fouiller, avec une hargne accrue, comme s'il avait voulu effacer ce bref moment d'émotion auquel il s'était laissé aller.

Arlequin s'assit en tailleur sur le tapis, alluma une cigarette. Il jetait les cendres dans une petite boîte métallique, tirée de sa poche. Matamore fumait des Gitanes, Annie des Craven A ; il écrasa le mégot de sa Camel dans le boîtier qu'il rangea aussitôt.

Comedia tournait les pages d'un album de photos. Une série retint tout particulièrement son attention : on y voyait une troupe de comédiens, costumés, masqués, jouant sur une scène de théâtre au décor rudimentaire. Les mêmes posaient ensuite devant cette brasserie de Belleville, *La Vielleuse*. Une date était inscrite au crayon, dans la marge de l'album : juin 37.

Pour Arlequin, ce n'était guère évocateur.

Mais Comedia, armé d'une loupe, détaillait les visages, un à un. Celui de ce gros bonhomme rigolard, Albert Grelèche. Colombine, riant aux éclats. Et cette soubrette à la poitrine ronde qui lorgnait vers Geronte.

Comedia avait assisté à cette petite représentation donnée par la troupe, dans une salle de patronage du boulevard de Belleville. C'était la fin de la saison. Albert Grelèche avait fait placarder partout dans le quartier des panneaux annonçant l'événement : les élèves de son école joueraient une adaptation du *Capitaine Fracasse*, durant trois soirs de suite.

Comedia était donc présent le soir de la « première ». Laurette, après avoir renoué avec lui, du bout des lèvres, l'y avait convié. Comedia n'avait guère l'habitude de traîner dans ce quartier. Il prit plaisir à s'encanailler : une actrice lui ouvrait son lit, et l'invitait à une escapade dans des ruelles crasseuses, délicieusement exotiques.

C'était l'été, il faisait très doux. Les cafetiers avaient installé des tables sur les trottoirs et les clients jouaient aux cartes ou aux dominos en poussant de grands cris. On entendait parler yiddish, italien, polonais.

Comedia, un peu ahuri de se retrouver en un tel endroit, était entré dans la salle remplie de supporters ardents : les parents des artistes, leurs voisins de palier, le curé qui prêtait la salle, les danseurs inscrits au cours de claquettes — ils annonçaient eux aussi un show —, quelques badauds recrutés *in extremis* par Grelèche. Vin à volonté, ambiance chaude.

Il attendait impatiemment la fin du spectacle, pensant naïvement que la soirée s'achèverait chez

Laurette, dans la chambre de bonne de la rue Saint-Sulpice.

Il n'en fut rien. Elle le congédia d'un grand éclat de rire moqueur, l'abandonnant sur le trottoir du boulevard de Belleville, meurtri, comme le Léandre du *Capitaine Fracasse*, auquel les marquises donnent perpétuellement des rendez-vous galants sans jamais y venir. Des ruffians guettent le malheureux pour le rosser alors à coups de bâton.

Il regagna rapidement les boulevards plus éclairés, dévisageant avec angoisse les hommes au visage cuivré qui fumaient en parlant à voix basse, dans l'ombre des portes cochères.

Arlequin ne put réprimer un bâillement. Il se leva et fit quelques pas dans l'appartement pour se dégourdir les jambes. La fatigue lui brouillait la vue.

Mais Comedia, imperturbable, poursuivit ses investigations, sans rien découvrir qui pût satisfaire sa curiosité. À vingt-trois heures, il reprit son veston, enfila son pardessus, tandis qu'Arlequin s'employait à effacer la moindre trace de leur visite.

Ils descendirent l'escalier et se serrèrent rapidement la main sur le trottoir de la rue Manin. Arlequin monta aussitôt dans un taxi.

Comedia avait besoin d'air frais. Il marcha. La rue était déserte. Quelques homosexuels traînaient dans les allées du parc. L'un d'eux lui adressa un sourire prometteur. Comedia haussa les épaules, pressa le pas, et descendit vers Belleville. Les vieux immeubles décrépis avaient été rasés et des cités de béton occupaient le terrain. La façade du cours d'Albert Grelèche, qu'était-elle devenue ? Comedia hésitait : le supermarché chinois, le restaurant arabe, près de la bouche de métro ? Il ne savait plus.

On avait restauré *La Vielleuse* ; la moleskine et les tables rondes de marbre au pied de fonte avaient disparu. Comedia entra malgré tout dans la brasserie et commanda un cognac. Au comptoir, on ne parlait plus yiddish, polonais ou italien, mais soussou et kabyle. Et, dans la rue, des dragons griffus, crachant des flammes électriques, ornaient les enseignes des restaurants asiatiques.

Le dimanche, il plut toute la matinée. Sur la place d'Étretat, des silhouettes noires, titubant sous le vent, se dirigeaient à pas hésitants vers l'église.

Sganarelle, embusqué dans un café, soignait son rhume à l'aide de pilules homéopathiques. Son adjoint Sganarelle B lui proposait pourtant des remèdes plus solides, à base de soufre, de ces grosses pastilles effervescentes qui se dissolvent dans l'eau bouillante en dégageant une odeur d'œuf pourri. Ils levèrent les yeux vers les fenêtres de la chambre d'hôtel qu'occupait Matamore.

— Ils sont pas sortis de la matinée, dit Sganarelle B. Ils baisent… et nous on se les gèle ! Ah !

au fait, il faut prévenir l'hôtel, au cas où on garderait les chambres une nuit de plus.

— Je ne sais pas, soupira Sganarelle, je ne sais pas quand ils partiront.

Arnaud et Annie restèrent au lit jusqu'à onze heures. Une serveuse leur monta le petit déjeuner dans la chambre. Puis, vers midi, vêtus de cirés jaunes, ils partirent se promener sur la plage, sous la pluie, en se tenant par la main.

L'averse cessa, mais de lourds nuages noirs obstruaient le ciel. La mer était grise, houleuse et menaçante. Annie s'assit sur la jetée, tandis qu'Arnaud avançait parmi les rochers découverts par la marée basse. Au bout d'un quart d'heure, elle le rejoignit. Il s'était accroupi au milieu des algues et observait une flaque d'eau. La mer continuait de se retirer.

— Qu'est-ce qu'il y a ? Une sirène miniature ?

— Non… regarde !

Elle se pencha elle aussi au-dessus de la flaque. L'eau s'écoulait lentement, en un mince filet qui viderait bientôt la cavité et une petite sole, incapable de sauter pour rejoindre une mare plus importante, s'agitait, affolée.

— Elle sait que dans quelques minutes il n'y aura plus d'eau. Et elle est prise au piège… alors elle flippe ! constata Arnaud.

— Attrape-la et jette-la plus loin…

— Trop facile, elle n'avait qu'à prévoir. Elle a été imprudente. Qu'elle crève !

Il semblait prendre plaisir à voir l'animal se débattre et claquer des ouïes dans son réduit.

— Ça va pas, non ?

Annie retroussa ses manches et, avec précaution, attrapa la sole, puis la déposa, toute frétillante, dans un trou plus profond, qui ne serait pas asséché.

Sganarelle B, équipé de jumelles, balayait la plage du regard.

— Alors, demanda son chef, qu'est-ce qu'ils foutent ?

— Rien, ils attrapent des crevettes ou des crabes.

— Passionnant !

— Ah, ils reviennent…

Ils prirent place dans la salle du restaurant, à la table même où Geronte et Pantalone avaient dîné, sous le tableau représentant le départ des bateaux pour Terre-Neuve.

— Allez-y, vous, dit Sganarelle, en s'adressant à Sganarelle B et C. Essayez de vous installer à côté d'eux, enfin, le plus près possible. Écoutez ce qu'ils racontent.

— Vous ne venez pas ? demanda Sganarelle C. Elle n'a pas l'air mal, cette auberge ! Une bonne soupe vous réchaufferait.

— Non, il me voit trop souvent ; je ne crois pas qu'il m'ait remarqué, mais on ne sait jamais.

Sganarelle B et C entrèrent donc dans l'auberge et demandèrent à être servis tout près du feu ; ils frissonnaient, couverts de pluie. On les débarrassa de leurs imperméables trempés, et, se frottant les mains, ils s'assirent à la table voisine de celle de Matamore.

Arnaud ne prêta aucune attention à ce couple de petits-bourgeois qui étudiaient la carte en salivant. Il prit la main d'Annie, caressa ses doigts, puis ouvrit la paume dans laquelle il déposa un baiser.

— Alors, l'artiste, c'est fini, la déprime ? demanda-t-elle.

— On verra bien, je ne sais pas encore…

Une serveuse déposa deux assiettes de potage fumant sur la table.

— Dis donc, tu vas être riche, avec l'héritage… non ? demanda-t-elle.

— Voilà bien les femmes, ricana Arnaud, je te parle de la mort de mon copain, et tu réponds fric… Riche, je ne sais pas, tu te rappelles la maison ?

Annie était allée quelquefois à Chennevières, plusieurs années auparavant. Une des chambres du premier étage servait de garçonnière, ou, suivant une terminologie plus triviale, de baisodrome.

— Elle est très belle, et le coin est rupin…

— Il avait acheté ça en 58, à l'époque, le quartier n'était pas le même. Aujourd'hui, c'est vrai, une baraque là-bas…

— Et les films, il y en a des centaines, une vraie fortune !

— Peut-être, c'est difficile d'estimer… mais tu sais, les flics bloquent tout. Ils m'ont emmerdé avec cette histoire de fric que Werner m'avait donné pour réaliser mon premier film, tu te rappelles ? Quand il m'a tendu le chèque, j'étais si content que j'en ai chialé. Sans lui, je n'aurais jamais rien pu faire !

Le couple de la table voisine ne parlait pas. Le type dégustait une soupe de poisson qu'il avait saupoudrée de gruyère râpé, et la femme décortiquait ses langoustines patiemment, en se rinçant de temps à autre les doigts dans une coupelle.

— Mais tout ce pognon, reprit Annie, d'où il l'avait ?

Arnaud haussa les épaules. Il prit la bouteille de chablis et remplit les verres.

— Alors là… j'ai toujours cru qu'il avait dirigé une boîte de matériel ciné, mais c'était du pipeau. Il reste quarante briques sur son compte. Et personne ne sait comment il a gagné tout ça… les flics cherchent, mais tu sais, les banques suisses !

— C'était qui, Werner, en fin de compte, un truand rangé, un escroc, un espion ? Hein, pour qu'on vienne le tuer comme ça ? reprit Annie.

— Ah, voilà la machine à débiter du roman qui se met en route. Non, c'était le fils caché de la reine d'Angleterre, et tu sais comment on l'a découvert ?

— Attends, laisse-moi deviner ! Grâce au grain de beauté qu'il avait sur la fesse gauche ?

— Exact ! Je sais pas combien la télé te paie pour ton boulot, mais ils devraient t'embaucher comme scénariste, tu as le profil !

— Non, sérieusement ?

— Comment veux-tu que je te dise ? Je l'ai connu, j'étais tout gosse, en 59, il avait déjà dépassé la cinquantaine. C'était déjà la retraite. Il a roulé sa bosse un peu partout, alors ce fric, vraiment… Quant à sa mort, c'est peut-être tout simplement un cambriolage qui a mal tourné. Au début, évidemment, je me suis fait mon petit cinéma, j'ai imaginé des trucs, tu sais, il suffit d'appuyer sur le bouton de la parano.

Annie but une gorgée de vin et sourit. Elle se souvint des manifs d'antan, des rendez-vous secondaires pour semer les flics, des cocktails Molotov cachés dans les baraquements de chantier. À cette époque, Arnaud croyait que toute la machine policière consacrait son énergie à épier ses moindres gestes.

— Alors, dit-elle, tu vas continuer d'écrire ton scénario ?

— Un scénario, c'est un peu grandiloquent, je relis ses notes, je fouille ses papiers, ça me fait un effet un peu dégueulasse, mais c'est sa faute, après tout, il m'a menti… oui évidemment, ce serait un beau sujet, un de ceux que tous les producteurs refusent !

— Et si on essayait d'écrire autre chose, tous les deux ? hein ? dit-elle, rêveuse. Je flashe un peu sur les étudiants, en ce moment, et…

— J'ai remarqué, ricana Arnaud.

— On pourrait faire ça ? 68-86, une drôle d'anagramme, ça fait presque vingt ans, ce sont les enfants des soixante-huitards qui manifestent aujourd'hui. Imagine le portrait de deux générations, le bilan à l'épreuve de deux décennies…

— La saloperie, les petites trahisons minables, répliqua Arnaud, les révolutionnaires fougueux qui s'enlisent dans les compromissions ? Tu as raison : Berthenier sauterait au plafond d'enthousiasme !

— Mais non, on ne montrerait pas seulement les reniements, les mesquineries du quotidien, ne noircis pas tout !

Arnaud but le fond de sa tasse de café, caressa la joue d'Annie.

— Paradoxalement, je dirai que c'est précisément ce qui m'intéresse : une biographie de Berthenier, par exemple ! L'odeur fade de la soupe que l'on va laper sagement en balançant l'utopie dans le caniveau. Mais non, tu vois, je suis pris au piège du passé : je vais essayer d'écrire la vie de Werner. Et je ne trouverai personne pour s'y intéresser. En clair, ça s'appelle une conduite d'échec.

— *Mamma mia !* pleurnicha Annie. Voilà que ça le reprend !

Arnaud éclata de rire. Elle se pencha vers lui et chuchota quelques mots à son oreille. Ils quittèrent alors la table et se dirigèrent vers l'escalier qui menait aux chambres.

— Et c'est reparti ! s'écria Sganarelle B.

Il soupira d'aise. Il venait de se rincer la bouche d'une gorgée de bourgueil, et alluma un cigare. Le repas lui avait presque fait oublier les épuisantes séances forcées de jogging aux Buttes-Chaumont et la matinée pour le moins humide qu'il venait de passer sur la falaise.

Il haïssait ces gens, qui passaient leur vie à raconter des histoires, à triturer des souvenirs, à s'inventer des vies. Sganarelle B ne connaissait rien à la *commedia*. Intrigué par ce pseudonyme dont on l'affublait lui et ses collègues, il avait feuilleté les classiques Larousse de son fils et retrouvé les personnages de Molière : Harpagon, Scapin, Léandre et Sganarelle, bien entendu. La bibliothèque du gosse contenait également *Le Capitaine Fracasse* : les aventures du baron de Sigognac, abandonnant son manoir pour partir à l'aventure en compagnie d'une troupe de baladins, éveillèrent en lui des réminiscences enfantines ; il n'avait cependant plus l'âge de se passionner pour les duels au clair de lune, et les simagrées des saltimbanques le laissaient froid. Il ne comprenait pas bien le sens de toute cette mascarade. L'idée l'effleura que tout cela était peut-être gratuit. Le capitaine Matamore, le personnage de Théophile Gautier, meurt de froid, lors d'une marche forcée à travers une forêt enneigée.

Sganarelle B expliqua la scène à sa collègue.

— Et le nôtre, dit-il, c'est pas pareil, il est là-haut, bien au chaud, à sauter cette salope !

Sganarelle C hocha la tête, un peu effarée. C'était une femme revêche, réservée, et personne dans l'équipe ne savait à quoi elle pouvait bien occuper ses loisirs.

— Et toi, qu'est-ce que tu penses de tout ça ? lui demanda Sganarelle B.

— Ce que je pense de quoi ?

Ils quittèrent Étretat au milieu de l'après-midi, et reprirent la route de Paris. La chaussée glissante ralentissait la circulation et ce ne fut qu'en début de soirée qu'Annie déposa Arnaud sur le trottoir de la rue Manin. Ils échangèrent un long baiser, sous la pluie, puis la 4 L s'éloigna.

Arlequin D somnolait sur le lit de camp, installé près de la console. Il se leva, tripota les plots multicolores durant quelques minutes, puis, devant le silence qui régnait chez Matamore, conclut que celui-ci s'était couché. Il fit de même.

Le lendemain matin, Matamore se leva tard. Il descendit vers dix heures et se dirigea vers le métro. L'équipe Sganarelle, reposée, lui emboîta le pas. Sa destination était déjà connue : le juge d'instruction chargé de l'affaire Krüger l'avait convoqué. Arlequin avait vu la lettre, arrivée au courrier du samedi. Matamore se rendit donc à Créteil, à la cité administrative.

Defosseux, le juge d'instruction, n'était pas antipathique. C'était un grand type squelettique, au menton orné d'une barbiche anémiée ; il parlait presque à voix basse et, plusieurs fois, en présence d'Arnaud, il s'était lamenté à propos des ennuis que lui causait sa voiture. Lors de la première entrevue, il portait un costume taché de cambouis.

Arnaud l'avait déjà rencontré deux fois. Il lui avait posé de nombreuses questions concernant Werner.

— La police n'est pas très tendre à votre égard, lui avait-il dit. Votre ami a rédigé un testament vous léguant ses biens, et, évidemment…

Arnaud était serein. Le jour de la mort de Werner, il avait traîné dans les couloirs de la SFP, et rencontré une foule de techniciens ou d'employés qui pouvaient témoigner de sa présence. Puis il avait accueilli Berthenier, chez lui, au beau milieu de l'après-midi, à l'instant même où Werner Kruger fut assassiné. Le juge ouvrit un dossier et lui tendit quelques feuillets de papier pelure.

— C'est votre déposition, la version définitive, vous signez en bas ?

Arnaud lut rapidement le compte rendu d'interrogatoire. Ses paroles n'avaient pas été déformées.

— Où en êtes-vous ? demanda-t-il en restituant les documents.

— Nulle part ! Werner était très habile : ses papiers n'étaient pas exactement faux ; le vrai Krüger est bien né à Oldenburg, mais il est mort en 48. On a retrouvé sa trace grâce à Interpol. Il y a une substitution d'identité, c'était imparable. Dans ces années de l'après-guerre, inutile de vous dire que l'état civil allemand laissait à désirer ! Votre ami aurait eu tort de se priver ! De plus, Krüger est un nom banal. Au regard de l'administration française, Werner était en règle. En réalité, il s'appelait Dahlem, Rudi Dahlem. La PJ a fouillé dans les vieux fichiers d'avant-guerre et a retrouvé sa trace, puisqu'il a séjourné à Paris. On a enregistré son arrivée en janvier 37.

Arnaud savait déjà que les flics avaient levé le lièvre en avertissant l'ambassade, suivant une procédure parfaitement habituelle lors du décès violent d'un ressortissant étranger sur le territoire national.

— Je ne voudrais pas vous décevoir, reprit le juge, mais l'histoire de l'héritage, ça ne va pas être simple… c'est en quelque sorte un cas d'espèce ! Rien ne prouve que ses biens ont été acquis frauduleusement, mais rien ne permet d'affirmer le contraire ! Il vous aimait bien. Le testament a été rédigé avec soin. S'il était mort de maladie, tout cela serait passé à travers le filet. Seulement voilà…

Arnaud rit silencieusement. Décidément, Werner faisait tout de travers.

6

Dahlem, je connaissais déjà. Quand nous regardions ensemble les films dans lesquels il a joué, je guettais l'apparition de son nom au générique. La musicalité de la langue allemande m'est totalement étrangère, mais je pouvais admettre sans broncher que *Dahlem* sonnait mieux que Krüger : c'était une manie de cabotin, une lubie d'artiste, une autre façon de se dissimuler derrière un masque. Werner avait un pseudonyme, c'était normal. Pour l'instant, la force de l'habitude aidant, je dirai Werner.

J'ai devant moi tous ces papiers, ces photos, les notes que tu as rédigées sans souci de chronologie, comme si, volontairement, tu avais voulu me compliquer la tâche.

Il me faut rassembler les fragments épars, mettre de l'ordre dans ce fatras, et trouver une ligne directrice, une trame permettant de raconter cette histoire dont j'ignore les points clefs. Facile à dire ! Le plus simple est de délimiter les repères chronologiques : ton arrivée en France, en janvier 37, ta participation à *La Grande Illusion*, et, au bout du parcours, en guise de conclusion provisoire, ton départ pour l'Espagne, après quelques brèves apparitions sur le tournage d'un autre film de Renoir, *La Marseillaise*, à la fin du mois d'août de la même année.

Le plateau de *La Grande Illusion* que tu viens de quitter, donc, les retrouvailles avec Juliette, et cette première nuit que vous passez ensemble.

Vous vous aimez. Ces choses-là arrivent parfois. Bon, c'est bien entendu une histoire d'amour, mais je ne vais pas m'étendre. Juliette vend *L'Huma* sur le marché de Belleville, tous les dimanches matin. Les soirées du lundi, elle les consacre à sa réunion de cellule, qui regroupe les militants du quartier. Le rêve continue : la grande fête fraternelle de juin 36, les congés payés, les bals populaires… pour elle, rien n'a changé. Toi, tu as vu l'accordéon éventré, sur le trottoir de l'avenue du Maine, dans le petit matin gris.

Tu es le héros du film : lucide, comme tous les émigrés, comme tous les héros. Tu le sens bien, la situation tourne au vinaigre, mille signes en témoignent. Le gouvernement Blum va de capitulation en capitulation ; en Espagne, les nazis interviennent ouvertement.

Il me faut montrer cela. Choisir des situations, condenser au maximum. C'est un problème de narration, au cinéma, on n'a pas le temps de musarder.

Juliette vend donc *L'Huma* au marché. Régulièrement, les Croix de Feu font des descentes dans le quartier. Ils arrivent en courant, armés de leurs cannes plombées, et cognent sur les juifs, les métèques. Le look ancien combattant, les bérets, les médailles accrochées au revers des vestons croisés, c'est classique, pour le moment, Berthenier s'y retrouverait presque.

À Berlin, tu as vu les SA parader dans les rues, avec leurs bannières, leurs uniformes noirs. En comparaison, les Croix de Feu font figure d'amateurs. (Là, cela va de soi, j'extrapole, c'est très facile, cinquante ans après, du fond de mes pantoufles, de me moquer d'eux.)

Le cours d'Albert Grelèche, les masques, Arlequin, Matamore, Brighella, Colombine. Les répliques tirées du texte de Théophile Gautier, la scène où Léandre se fait rosser. C'est une bagarre de théâtre, réglée comme du papier à musique, les coups ne portent pas. Toute la troupe, à la fin de la séance, va prendre un verre à *La Vielleuse*, la brasserie du coin de l'avenue. C'est un lieu de rencontre pour les amicales d'émigrés du quartier. Les Croix de Feu arrivent. On échange des insultes sur le trottoir, puis le ton monte, les cannes se dressent, de l'autre côté, on sort les couteaux.

Logiquement, tu ne participes pas à la bagarre. À la préfecture, on t'a prévenu. Le permis de séjour que tu as en poche est provisoire. Pas de bêtises, sinon…

Je montrerai la soirée du 16 mars 37 à Clichy, et, dans un raccourci plus efficace, j'évoquerai tes démêlés « politiques » avec Juliette. Ta sagesse, ta lassitude, opposées à son enthousiasme aveugle.

Clichy, tu me l'as raconté, un soir de 73. Je revenais d'une manifestation un peu chaude. Les héritiers des Croix de Feu tenaient un meeting à la Mutualité. Sur leurs affiches, le diable n'était plus juif, mais arabe. Tremblant d'excitation, je t'ai parlé des charges rue Maubert, des nuages lacrymogènes ; un vrai western ! c'était un remake de Clichy, heureusement moins sanglant.

Juliette était là-bas, le 16 mars 37. De La Rocque parlait dans un cinéma, en plein cœur de la banlieue rouge. Énorme provocation. Des quatre coins de la région parisienne, les contre-manifestants arrivaient, criant « Le fascisme ne passera pas ».

Juliette était absente, tu as donné ton cours de comédie, mais, quand tu es allé boire un verre avec les élèves, vers onze heures, une sourde agitation s'était emparée de la rue. Des cars de police sillonnaient le boulevard, des rumeurs folles couraient, il y avait des morts, disait-on.

Tu as convaincu Albert Grelèche — Dieu sait à l'aide de quels arguments ! — de te conduire sur place, dans sa vieille Juvaquatre. Et, au beau milieu de la foule, tu as retrouvé Juliette. Elle avait une estafilade au front.

Les suites de Clichy, c'est ce qui m'intéresse. Après la fusillade, Blum en personne est venu sur les lieux. Il sortait d'une soirée à l'Opéra et portait le frac.

Dès le lendemain, Juliette et ses copains se sont déchaînés : ah, la belle image de propagande ! Le massacreur des ouvriers vient contempler son œuvre, satisfait !

La chambre de Juliette, le lit, vous êtes allongés côte à côte, pelotonnés sous les couvertures, le timide soleil d'hiver perce au travers des volets clos. Sur une chaise, les vêtements de Juliette, ses dessous froufroutants. Un sein tout à fait charmant émerge des draps.

La TSF est allumée, Ray Ventura et ses Collégiens chantent *Tout va très bien, madame la marquise* (la couleur locale, pour Berthenier). Puis vient le moment du bulletin d'information. Vous écoutez. À Clichy, il y a eu sept morts, des centaines de blessés.

À présent, Juliette peut y aller de son couplet anti-Blum.

JULIETTE : Ces salauds ont jeté le masque, il faut les dénoncer… ils ne valent pas mieux que de La Rocque !

WERNER : Du calme, c'est toujours la même histoire. En Allemagne, les nazis observaient, goguenards, les communistes aller semer la zizanie dans les réunions social-démocrates. Ici, aussi, ça finira mal…

La guerre est déjà là. En Espagne, le sang coule. L'Espagne… tout comme les camps, tu le sais, c'est un des fleurons de ma petite mythologie. Je suis incollable sur la bataille de Teruel, la prise de l'Alcazar, le passage de l'Èbre.

Chez toi, à Chennevières, j'organisais des réunions. Des conspirateurs barbus sonnaient au portail et se retrouvaient dans la salle du sous-sol, au beau milieu des bobines de film. Des nuits entières, on palabrait à n'en plus finir, on votait des thèses touffues, et, pour se détendre, on picolait ; ça finissait par des chansons. Tout le monde connaissait par cœur celles de la guerre d'Espagne. *El Ejército del Ebro*, rum balabum balabum bam bam, *« una noche el rio pasó, ay Carmella, ay Carmella »*... J'étais assez fier : le petit vieux qui nous prêtait la salle, mon copain, y était allé, lui, sur l'Èbre.

Les lettres de Juliette m'apprennent que tu es parti là-bas sans prévenir personne. Tu n'as pas répondu à ses demandes d'explication.

Vous ne vous êtes jamais revus. Il ne te reste que les lettres, et ce formulaire que tu as arraché dans le registre du camp de Neuengamme.

À ton retour en France, elle était déjà partie.

Ton retour en France ?

Crasseux, la trouille au ventre, tu as posé le pied sur le sable de la plage, pour courir comme un fou vers les bunkers.

Tu n'étais pas revenu en paquebot, mais à bord d'un transport de troupes qui avait quitté l'Angleterre dans la nuit du 5 au 6 juin 44. Pour un coin de Normandie devenu célèbre : Omaha Beach. J'ai vu ça, comme tout le monde : au cinéma. À bord de la péniche, Robert Mitchum mâchonnait son cigare, John Wayne commandait les parachutistes, Bourvil incarnait un résistant débonnaire. À la récréation, pendant plusieurs semaines, on a joué au débarquement. Comme tous les autres gosses, je me battais pour ne pas être du côté allemand. Les marronniers rabougris de la cour de l'école devenaient des blockhaus, et les pissotières se transformaient illico en quartier général de la Wehrmacht.

Mais ne parlons pas encore de la Normandie ; en 37, c'est l'Espagne que tu rejoins. Contre toute attente ; en effet, le comédien Rudi Dahlem commençait à faire parler de lui. Il ne se contentait pas des soirées au cours d'Albert Grelèche mais montait sur les planches dans un vrai théâtre, le *Cabaret du Palais-Royal*, rebaptisé *Die Laterne.*

Le cabaret a fermé ses portes en 39. Une petite salle, mais un haut lieu : le rendez-vous de tous les artistes antinazis présents à Paris. Dans les papiers de Werner, j'ai retrouvé un prospectus, le programme d'une soirée. Certains noms sont aujourd'hui célèbres. Joseph Kosma, Francis Lemarque… On y jouait des sketches, on y chantait des chansons. Werner récitait des poèmes. Ainsi celui de Brecht, *Mein Bruder ist ein Eroberer* :

Mon frère est un conquérant
Notre peuple manque d'espace
Et conquérir des terres lointaines
Est chez nous un vieux rêve
L'espace conquis par mon frère
Est situé au mont de Guadarrama
C'est un trou en terre étrangère
Deux mètres sur un mètre cinquante…

Ou ce texte un peu lourdingue de Vaillant-Couturier qui commençait ainsi :

Ce soir, pour clôturer le bal,
Ils ont jeté dans le canal
Les corps de Rosa et de Karl…

C'est incontournable : il me faut *Die Laterne*. Décor très simple, figuration restreinte, on ne pourra pas me refuser cela. Je montre ainsi que Werner n'est pas isolé. Ils sont des centaines, qui ont fui la dictature.

On les a reçus comme des malpropres, les suspectant de toutes les tares. En 40, la police française les a remis entre les mains de la Gestapo. On les a parqués dans les stades, une répétition générale du Vel'd'hiv'.

À propos, tu te rappelles ce couple de réfugiés chiliens que tu avais accueillis chez toi, pour une ou deux semaines ? Ils sont restés six mois, à piller ton frigo, passant des journées entières à regarder tes films ! Il a fallu les secouer pour qu'ils déguerpissent. J'ai dû me charger de la corvée, toi, tu n'osais pas…

Retrouver le texte des sketches, sans doute très proche de l'esprit des cabarets berlinois des années vingt, les pitreries amères de Karl Valentin. « Ils peuvent bien y mettre tous les barbelés, tous les miradors, autour de leur camp, à Dachau, disait-il, ça ne m'empêchera pas d'y entrer : quand je l'aurai décidé ! »

Juliette, vêtue d'un petit tailleur noir, assise seule à une table proche de la scène. Une bougie allumée, plantée dans le goulot d'une bouteille, dégoulinant de cire jusque sur la nappe. Un verre de vin de Moselle, un petit bouquet de fleurs. Juliette fume, elle attend le numéro de Werner. Il entre en scène, son visage est éclairé par un projecteur qui jette une lumière crue sur ses traits marqués. Et, d'une voix sourde, il déclame *Mein Bruder ist ein Eroberer*.

À partir du mois de mai, de nombreux Allemands viennent passer une soirée dans ce cabaret. Des touristes en goguette, attirés par le panneau, au-dehors, qui indique qu'ici *« Man spricht deutsch »*. Ils ne sont pas déçus par le spectacle ! Eux qui croyaient voir des numéros déshabillés, on leur sert de la propagande bolchevique. Ils sortent de l'Expo, la grande Expo 37, qui se tient à Chaillot. La mine défaite, ils retournent à leurs cars. Certains vous insultent même.

Vous voilà pris en tenaille entre les Français qui vous observent d'un œil soupçonneux — ne seriez-vous pas de ces espions boches, une cinquième colonne qui ne se cacherait même pas ? — et les compatriotes qui vous renient.

Au sortir du cabaret, vous partez là-bas, en bande. Tes copains allemands, et Juliette. Bras dessus, bras dessous.

Voir le chantier de l'Expo. C'est la grande attraction, les Parisiens y vont par centaines, en famille, le dimanche.

Une longue balade, du Palais-Royal jusqu'au Trocadéro. Vous marchez d'un pas nonchalant en contemplant les eaux noires de la Seine éclairées par un rayon de lune. La ville est endormie. Malgré les plaisanteries des copains, dans ton regard, une intense tristesse. Ces heures d'insouciance sont peut-être parmi les dernières.

Vous voilà à Chaillot. Les carcasses des pavillons internationaux inachevés se dressent, dans un désordre provisoire. Au loin, dominant de sa stature gigantesque les autres constructions, vous apercevez le pavillon allemand. Un colosse de béton le surplombe. C'est l'Aryen arrogant sculpté par Arno Breker. Ses yeux aveugles fixent la nuit. Juliette frissonne, se blottit contre toi.

Vous longez les palissades du chantier. Les pergolas du pavillon de Roumanie sont déjà couvertes de fleurs, mais les minarets marocains, un peu plus loin, émergent à peine des échafaudages.

On entend des mugissements, des cris d'animaux : de pauvres bêtes ont été amenées des différentes contrées de l'empire colonial. L'Expo est une grande entreprise didactique. Le pécore du Charolais y apprend que l'indigène du Tonkin laboure son champ à l'aide d'une charrue tirée par des buffles.

Un peu plus loin encore, les manèges du parc d'attractions sont déjà en place, recouverts de bâches. Il vous vient des envies de fête, de joies enfantines.

La formule 1 filait à toute allure, distançant peu à peu sa concurrente. Ses flancs étaient recouverts de panneaux publicitaires et le casque du pilote, blanc et bleu, portait un petit écusson aux couleurs d'ESSO.

La piste s'étendait du canapé jusqu'à la bibliothèque, disparaissait un instant derrière les bacs de plantes grasses, contournait le téléviseur, longeait la piste de billard, et revenait vers le centre de la pièce, après avoir décrit deux boucles autour du lampadaire.

Comedia, les yeux rivés à sa voiture, la suivait de virage en virage. Il prit trop de vitesse dans une chicane ; le véhicule tangua durant quelques secondes, puis sortit du rail. Il disparut sous le canapé. Comedia dut se mettre à genoux pour le récupérer.

Le gosse riait aux éclats, fier de sa victoire. C'était un blondinet joufflu dont, ce soir, on fêtait les onze ans. Comedia avait longuement hésité entre un coffret de petit chimiste et ce « Circuit 24 ». Il comportait quatre voitures, dix mètres de piste, quelques petits personnages de plastique, les mécaniciens de stand, et le bonhomme qui brandissait son drapeau à damiers à chaque tour de circuit.

Les invités étaient déjà partis depuis une demi-heure, et le gamin avait exigé que l'on monte la piste pour jouer un peu. Ce soir, il dormirait chez ses grands-parents. Le lendemain, mercredi, il irait au zoo avec sa mamie.

Comedia, ravi du succès remporté par son cadeau, mais un peu las, lui dit d'aller se coucher. Il était tard. Le gosse obtempéra. Comedia alluma un cigare, se servit un cognac et se retira dans son bureau.

Arlequin avait effectué sa livraison quotidienne. Matamore peinait sur son ébauche de scénario. Il explorait à tâtons les souvenirs de Geronte, comme on progresse dans un conduit obscur. Comedia commençait à goûter le jeu, cette partie de cache-cache dont il était l'objet. Il relut les feuillets que Matamore avait tapés au cours de la journée. Rien de bien nouveau. Les faits d'armes de Geronte, sa participation au débarquement de Normandie, Comedia savait cela.

En 52, on lui avait remis un dossier biographique très complet. Du moins était-ce le sentiment qu'il éprouva, à la lecture des formulaires abondamment raturés de la main des analystes spécialisés dans ce genre d'exercice. Il se méfiait des techniciens, jaloux de leur compétence, mais inaptes à lire la réalité sans grille préétablie.

Le résultat était malgré tout impressionnant. Rien ne manquait. Ni la carte du KPD*, enregistrée le 2 septembre 1926, ni le permis de séjour délivré par la préfecture de Police de Paris, en date du 7 janvier 1937, ni le double du livret militaire, tiré des archives du 27e régiment US. Tous ces documents étaient établis au nom de Rudi Dahlem.

Comedia sourit en lisant les commentaires de Matamore à propos du débarquement de juin 44. Pour ce jeune homme, la journée du 6 ne représentait rien d'autre qu'un souvenir cinématographique, Henry Fonda, Sean Connery, déguisés en vaillants guerriers.

Comedia n'était pas en Normandie. Dans la nuit

* Parti communiste allemand.

du 5 au 6 juin il avait sillonné à bord de sa jeep les quais où s'entassaient les soldats en partance pour la France : il les enviait. Il aurait voulu partager leur nervosité, leur angoisse. Il dut se satisfaire d'une tâche moins noble ; il distribua les ultimes consignes aux officiers chargés de recueillir les premiers renseignements arrachés aux prisonniers allemands. Il attendit plusieurs mois avant de pouvoir à son tour regagner la France et participer aux combats sur le territoire du Reich.

Comedia sentit ses paupières s'alourdir. Le repas d'anniversaire de son petit-fils avait été copieusement arrosé. On avait bu deux ou trois bouteilles de pomerol, un champagne sec. Il se servit néanmoins un second cognac. Matamore buvait-il en écrivant ? Il faudrait poser la question à Arlequin. Comedia avait aperçu une carafe de whisky sur le bureau, à côté du manuscrit, lors de sa visite rue Manin.

L'alcool lui fit tourner la tête. Les images se brouillèrent. Et lui aussi se plut à imaginer les bribes d'un scénario, celui de ses rencontres avec Geronte.

Après tout, peut-être l'avait-il aperçu, dans les colonnes de GI's qui trépignaient sur les quais de Worthing au soir du 5 juin 44 ? Qu'aurait alors pensé Rudi Dahlem du lieutenant qui longeait les bateaux à bord de sa jeep ?

Aurait-il reconnu, sous le casque, le visage du jeune homme que Laurette avait congédié d'un grand éclat de rire, boulevard de Belleville, sept ans plus tôt, devant toute la petite troupe de comédiens ?

Comedia rit silencieusement. Oui, songea-t-il, ce serait vraiment amusant d'exciter le hasard, de le pousser à entrecroiser malicieusement les destinées.

Comedia n'avait donc pas vu Geronte, dans la foule des soldats se pressant sur les passerelles d'embarquement, le long des quais de Worthing, dans la nuit du 5 au 6 juin 44. Ils avaient cependant rendez-vous un an plus tard, dans un château de Bavière.

La guerre était finie, et l'Allemagne n'était plus qu'un champ de ruines que sillonnaient les convois militaires. Les colonnes de civils hagards encombraient les routes et les vainqueurs avaient ouvert des dizaines de camps pour parquer les prisonniers.

Comedia travaillait à les recenser, à trier le menu fretin, pour repérer les responsables. On les recherchait à l'aide d'archives incomplètes, de fichiers à demi inutilisables.

Les officiers avaient arraché leurs galons, abandonné leurs bottes, pour endosser des capotes pouilleuses et chausser de vieilles godasses. Contre une ration supplémentaire, un paquet de Camel, on amenait les troufions à les dénoncer, et de sourds règlements de comptes s'achevaient ainsi. Parfois, les accusations étaient totalement injustifiées.

Comedia pataugeait dans un univers de haine et de merde.

Il voyageait à travers le pays dévasté, les bras chargés de dossiers touffus. L'état-major de son unité était cantonné à Trausnitz. La forêt bavaroise s'étendait à flanc de coteau, et le château, épargné par les bombardements, se dressait sur les rives de l'Isar. Le village avait retrouvé sa quiétude habituelle. Les paysans ne se souvenaient plus des trains qui s'arrêtaient de longues heures durant sur la voie ferrée, des cris de supplication qui montaient des wagons. Les vaches somnolaient dans les prés. Le dimanche, les pêcheurs remontaient la rivière sur leurs barques.

Comedia voyait tout cela de sa chambre, aménagée sous les combles. Les grandes salles, au rez-de-chaussée du château, abritaient les bureaux. La paperasserie militaire y trouvait un espace à sa mesure.

Comedia trônait au beau milieu d'un labyrinthe de classeurs brinquebalants et vermoulus. Les plantons lui amenaient des suspects à interroger : morne défilé de pauvres types ou de salopards qui tenaient tous le même discours larmoyant. Comment s'y retrouver ? À l'étage supérieur, une commission spéciale se réservait le gratin nazi. Le calme régnait, là-haut. Personne ne gueulait.

Des auxiliaires féminines trottinaient dans les couloirs et les tapis étouffaient le choc de leurs hauts talons sur le parquet des salons, le marbre des escaliers. Comedia lorgnait parfois vers ces bataillons de petits culs nerveux moulés dans des jupes de tissu bleu nuit. De bureau en bureau, on échangeait des tuyaux plus ou moins crevés :

— La secrétaire du capitaine X — grande bouche charnue, rouge à lèvres incarnat —, une baiseuse insatiable ? Certes oui, mon vieux, mais essayez donc la blonde qui vient d'être affectée aux transmissions…

Puis il fallait redescendre sur terre :

— Alors, *Oberleutnant*, cette brûlure, pas très jolie, ça pourrait s'infecter ! C'est toujours un éclat d'obus ? Et si tu avais voulu effacer ton groupe sanguin, salopard ? Ah, tu ne savais pas qu'on tatouait les SS sous l'aisselle ? Mais oui, bien sûr, vous, dans la Wehrmacht, vous n'étiez au courant de rien…

Comedia brandissait alors des séries de photos. On y voyait des monceaux de cadavres vêtus du pyjama rayé.

— Et ça, *Oberleutnant*, tu n'as jamais vu non plus ?

Il régnait au château une atmosphère de beuverie permanente. Le bourbon arrivait par caisses. Les Américains avaient installé une sorte de night-club dans les caves. Des tentures provenant de la salle de bal du premier étage couvraient les murs encroûtés de salpêtre et le phono jouait des airs de Glenn Miller. Un saxophoniste noir s'installait parfois sur la scène et lançait de longues plaintes langoureuses dont l'écho se perdait parmi les voûtes, dans les galeries sombres. Des filles ramassées sur les routes, au hasard des rencontres, se déshabillaient en ondulant maladroitement de la croupe, sous la lumière blanche d'un projecteur démonté d'un half-track, contre un kilo de sucre, ou une cartouche de Lucky Strike. Il y avait des boxes fermés par des rideaux épais. Au petit matin, les femmes de ménage, recrutées parmi les paysannes du village, balayaient les capotes pleines et les bouteilles de brandy vides.

Comedia, tous les soirs, passait devant la fresque en trompe l'œil qui ornait l'escalier menant aux étages. On y voyait une scène de *commedia* des plus classiques : un vieux Pantalone grattait sa guitare sous les fenêtres de sa belle. Appuyé contre son épaule, bâillant à s'en décrocher la mâchoire, un Brighella lui soufflait les paroles de la complainte. L'humidité menaçait le tableau, et le dessin de la pierre apparaissait déjà sous la peinture écaillée.

Il y avait aussi une salle interdite, gardée par des MP, dans l'aile ouest du château. Des camions se garaient dans les jardins, labourant le gazon des pelouses ou les massifs de fleurs de leurs gros pneus, et on déchargeait des caisses de bois au couvercle clouté. Leur contenu était connu de tous : des documents cinématographiques que les services spécialisés de l'armée américaine collectaient aux quatre coins du pays. Des spécialistes écumaient les états-majors de la Wehrmacht, les locaux de la Gestapo, les KZ, mais aussi les studios de production de l'UFA.

Les membres de l'équipe chargée de cette tâche formaient une petite coterie qui ne se mêlait guère au commun des mortels. Ils appartenaient à l'OSS*. Certains avaient travaillé à Hollywood avant guerre, et leur travail était supervisé par un certain John Ford. Ils étaient en communication radio permanente avec un immeuble de Wannsee, à Berlin, qui dirigeait les opérations sur l'ensemble des territoires qu'avait contrôlés le Reich. Les documents rassemblés prenaient la direction du petit aéroport voisin, avant d'être acheminés vers les USA.

Pourtant, un soir d'août, Comedia rencontra l'un de ces spécialistes, dans le bordel installé au sous-sol du château. C'était une nuit d'orage ; le tonnerre grondait et on entendait la pluie crépiter dans les douves.

Comedia dansait avec une jeune femme qui se frottait à lui sans vergogne, le dispensant ainsi des manœuvres d'approche rituelles dans de telles circonstances. Il l'entraîna bientôt dans un box après avoir raflé une bouteille d'alcool au bar. La place était déjà prise. Un grand type dégingandé était vautré sur la banquette, et une fille à genoux s'activait entre ses cuisses en poussant de petits grognements sourds. Comedia bredouilla quelques mots d'excuse, mais le type se rajusta, et invita les nouveaux venus à boire en sa compagnie.

* L'Office of Strategic Services, service de renseignements américain durant la Seconde Guerre mondiale, est l'ancêtre de la CIA.

Les deux filles gloussèrent en se serrant l'une contre l'autre. Comedia transpirait, et il lui sembla que l'odeur était incommodante, mais les filles riaient et le type remplissait les verres, sans se soucier de ce qu'il renversait sur la nappe. Il était ivre.

Comedia crut alors le reconnaître. Il le questionna. Était-il allemand ? Ils étaient quelques-uns, dans l'équipe de l'OSS, Comedia le savait. N'avait-il pas vécu à Paris, avant guerre ?

Le type s'étira alors, et saisit sa compagne par l'épaule. Il chuchota quelques mots à son oreille. Elle ne semblait pas décidée à partir. Il la poussa d'une bourrade violente, et elle faillit tomber à terre. Le contenu de son sac à main se déversa sur le sol. La fille que Comedia avait amenée se leva à son tour, et elles disparurent toutes les deux après avoir récupéré la monnaie, et divers accessoires de maquillage, qui avaient roulé sous la table. L'Allemand tira le rideau.

— Alors ? demanda-t-il simplement.

Comedia lui parla de ce cours de comédie, boulevard de Belleville. Un des professeurs était allemand, un réfugié antinazi… il ne se souvenait plus de son nom.

— Dahlem, c'est bien moi ! Mais vous, je ne vous ai jamais vu, vous ne veniez pas à Belleville ?

— Si, ricana Comedia, un soir, à la fin du mois de juin 37. J'étais amoureux, figurez-vous ! Une de vos élèves, une étudiante qui s'appelait…

— Laurette ! coupa Dahlem. Elle avait vraiment le feu au cul, celle-là !

— Je le crains, en effet.

Le regard de Dahlem se perdit dans le vague.

— *Le Capitaine Fracasse*... soupira-t-il, ce n'était pas très sérieux, enfin, nous avions bien le droit de rêver.

Ils burent ensemble jusque tard dans la nuit et la suite de la conversation fut plutôt incohérente. Tantôt il fut question de théâtre, tantôt des talents de fellatrice de leur ancienne maîtresse. Au petit matin, bras dessus bras dessous, ils regagnèrent les combles du château, pour se coucher. En montant le grand escalier, ils firent une longue halte devant la peinture représentant Pantalone courtisant sa belle. Rudi s'assit sur une marche et détailla le tableau, expliquant au jeune Français le caractère des deux personnages, la signification quasi cabalistique de certains détails, notamment la verrue sur le front des masques que les comédiens, excommuniés, portent depuis la nuit des temps en signe de défi, et qui symbolise les cornes du diable, ainsi réduites à l'état de vestige.

Comedia dormit toute la journée du lendemain. Puis il partit à la recherche de Rudi, en fin d'après-midi. Il parcourut les couloirs du château, en vain : l'équipe de l'OSS avait déménagé le matin même, avec tout son matériel.

Il n'y eut pas d'autre rendez-vous avant 52, sept ans plus tard. Comedia était revenu en France en 48, pour une courte période. Ses études de lettres avaient été interrompues par la guerre, et la perspective de traîner à nouveau dans les amphithéâtres de la Sorbonne lui semblait une idée saugrenue. Ses amis usaient des relations nouées durant la guerre pour faire carrière dans le commerce ou la politique. Mais il n'était pas décidé à vieillir si vite. Il s'ennuyait.

On lui proposa autre chose.

L'affaire baignait dans une sauce vaguement romanesque. Il était question de pseudonymes, de valises à double fond, de postes émetteurs dissimulés dans des machines à coudre. Comedia, intrigué, inspecta ce bric-à-brac de manteaux couleur muraille et de stylos chargés à l'encre sympathique. On lui fit visiter une base ardéchoise où l'on entraînait de mystérieux personnages à sauter en parachute, de nuit. Il vit de pauvres types — des Yougoslaves, des Polonais, des Tchèques — tirer au pistolet, apprendre à égorger une sentinelle sans bruit. Des maquis blancs subsistaient en Ukraine et en Pologne, lui dit-on ; les volontaires étaient précieux. Sur un coup de tête, Comedia accepta.

Mais ce fut à Berlin qu'on l'expédia. Il découvrit la ville à la fin du mois de janvier 52, sous la neige. Dans cet énorme champ de ruines grenouillaient les trafiquants de tout poil. Il fit connaissance avec les bureaux de la Tauentzienstrasse. L'immeuble abritait le siège d'une organisation humanitaire qui se chargeait de ventiler des médicaments fournis par la Croix-Rouge. Personne ne se faisait d'illusions sur l'efficacité de la couverture.

Comedia se vit attribuer un bureau minuscule, au troisième étage. Des colonnes de caisses de gaze hydrophile et de pansements aux sulfamides montaient jusqu'au plafond.

Et, un matin d'avril, on lui remit le dossier de Rudi Dahlem. Le « professeur » du cours d'Albert Grelèche venait d'arriver à Berlin, côté RDA.

Il travaillait à la DEFA, la firme de production cinématographique. Il était en quelque sorte le factotum du responsable de la maison, Dietrich Schidloff, et, à ce titre, bénéficiait d'une voiture avec chauffeur et d'un sauf-conduit lui permettant de circuler où bon lui semblait. Il se rendait fréquemment dans d'autres pays du glacis soviétique pour négocier l'achat de matériel, ou organiser le tournage de certains films en coproduction. À la fin mars, on l'avait envoyé en URSS, dans les studios de la Mosfilm, prendre livraison des derniers longs métrages dont la diffusion commençait dans les grandes villes de RDA : *L'Inoubliable Année 19*, de Tchiaourelli, et le *Rimsky-Korsakov* de Rochal. Dietrich Schidloff était un vieil ami de Rudi Dahlem. Il avait participé avec lui aux tournées théâtrales de Piscator, à la fin des années vingt, et ils s'étaient retrouvés en Espagne, dans les Brigades.

Comedia descendait l'escalier du château de Trausnitz. Il faisait noir. Les marches étaient gluantes, il trébucha à plusieurs reprises. Là-haut, quelqu'un cognait sur un tambour, on entendait aussi des cris. Il courait à présent, dans un conduit au plafond bas, très sombre lui aussi ; là-bas, au loin, droit devant, il y avait une lueur blanche. Dans un recoin de la galerie, une pierre s'était descellée, et une famille de rats avait trouvé refuge dans ce réduit. La lumière crue les incommodait. Comedia vit leurs yeux rouges, injectés de sang. Il avait horreur des rats. C'en était assez. Il s'éveilla, trempé de sueur. Durant son sommeil agité il avait renversé son verre et la chatte Zoé reniflait avec délectation la tache de cognac, sur la moquette.

Il se leva brusquement mais une douleur violente, à la hauteur du troisième espace intercostal, le força à se rasseoir. Il ne pouvait plus respirer. Sa femme dormait, dans la chambre voisine. Il voulut appeler, mais aucun son ne sortit de sa gorge.

Il tendit la main vers une statuette chinoise qui reposait sur un des rayonnages de la bibliothèque ; s'il parvenait à la projeter contre la fenêtre, le bruit réveillerait Edwige… son bras tremblait. Il ne restait que quelques centimètres à parcourir. La courtisane d'ivoire, souriant sous son ombrelle, semblait le narguer. Puis la souffrance diminua peu à peu. Il reprit son souffle et tâta prudemment son pouls. Son cœur s'emballait. Était-ce l'effet de la peur ? Puis les battements ralentirent progressivement. Il essuya la sueur qui coulait sur son front, du revers de la manche de sa robe de chambre.

Que s'était-il passé ? L'infarctus ? Mais non, songea-t-il, les symptômes en étaient différents : une douleur dans le bras gauche, la sensation qu'un étau vous broyait le torse. Il se rassura. C'était sans doute cette grippe qui l'avait cloué au lit, quinze jours plus tôt, alors qu'il aurait tant souhaité assister à la rencontre de Schidloff et Dahlem, dans l'auberge d'Étretat. Elle avait réveillé un vieux rhumatisme qui ne demandait qu'à reprendre du service.

Il passa dans la salle de bains, s'aspergea d'eau froide et contempla son visage fatigué dans le miroir. Puis il avala un tranquillisant et se coucha.

7

Après son retour d'Étretat, le dimanche 30 au soir, et sa visite chez le juge d'instruction, le lendemain, Matamore s'enferma de nouveau chez lui, jusqu'au jeudi matin, 4 décembre.

Comedia, informé heure par heure de ses déplacements, crut tout d'abord que le jeune homme allait s'offrir un nouveau bain de jouvence en participant à la manifestation que la coordination étudiante convoquait cet après-midi et qui, de la Bastille, rejoindrait les Invalides. Mais, peu après dix heures, il prit le métro à Colonel-Fabien, et en sortit une demi-heure plus tard, à la station Trocadéro.

Il vint se placer en haut des marches de l'esplanade et embrassa la perspective du regard. Sganarelle D le vit fouiller dans ses poches, et griffonner quelques mots sur un calepin. Puis il traversa la place, contourna le cimetière de Passy, s'engagea dans une rue voisine et pénétra dans un petit immeuble dont la façade comportait plusieurs plaques de cuivre.

Sganarelle D vint jeter un coup d'œil. Il y avait un gynécologue au troisième étage, un cabinet d'avocats au second, et le siège d'une amicale d'anciens déportés au rez-de-chaussée. Il informa son supérieur de sa découverte.

Arnaud attendait, assis dans le salon. Quelques photos sous verre ornaient les murs. Des scènes de la vie des camps, célèbres : l'orchestre d'Auschwitz, menant les condamnés en fanfare à la potence, le bulldozer charriant des monceaux de cadavres vers une fosse, un appel de nuit, à Mauthausen. Une vieille dame à la voix très douce lui avait demandé d'attendre. Elle le reçut quelques minutes plus tard. Il lui tendit une pochette plastique qui contenait cette feuille que Werner avait arrachée, dans le registre du camp de Neuengamme.

La vieille dame lut en remuant les lèvres.

— C'est authentique, dit-elle, comment vous êtes-vous procuré ce formulaire ?

Il s'expliqua. La vieille dame hocha la tête.

— Et que pouvons-nous pour vous ? demanda-t-elle.

— Je souhaite retrouver la famille de cette femme… Juliette Boyer. Peut-être êtes-vous en contact ? Je sais qu'elle avait une sœur, un peu plus âgée qu'elle.

La vieille dame garda le silence. Elle hésitait. Arnaud alla au-devant de ses objections.

— Je ne voudrais pas vous importuner, ni aller déranger ces gens, dit-il. Si vous retrouvez quelqu'un, informez-le de ma démarche.

La vieille dame saisit la carte de visite qu'il lui tendait.

— Arnaud Grésard, murmura-t-elle. Le cinéaste ? Vous préparez un film ? Sur les camps ? C'est totalement démodé, vous savez...

Arnaud sourit. Non, il ne préparait pas un film sur les camps, il tentait d'écrire un scénario sur la vie de son ami, mais, peut-être, fatalement, serait-il question des camps.

Sganarelle D faisait les cent pas le long du trottoir, en s'abritant sous un parapluie. Matamore sortit de l'immeuble peu avant midi. Sganarelle D accéléra et rejoignit la voiture dans laquelle le reste de l'équipe venait d'arriver. Ils se scindèrent en deux groupes, l'un suivant Matamore, tandis que l'autre allait tenter d'identifier la personne à qui il avait rendu visite.

Matamore dîna dans un restaurant, près de la place de la Bastille, puis, comme l'avait prévu Comedia, assista à la formation du cortège étudiant, au début de l'après-midi. Il suivit le défilé jusqu'au soir, et, à la nuit tombée, déambula sur l'esplanade des Invalides, faisant l'aller-retour entre le podium, où s'égosillaient les dirigeants étudiants, et les abords du pont Alexandre-III, où la tension monta inexorablement, jusqu'aux premières charges de CRS, vers vingt et une heures.

Hébétés, pleurant après les grenadages de lacrymogènes, les membres de l'équipe Sganarelle maudissaient la hiérarchie en galopant avec les petits groupes de manifestants auxquels Matamore s'était joint. La comédie se prolongea après la dislocation du cortège et les affrontements au Quartier latin.

Matamore avait récupéré, Dieu sait où, un appareil photo, et s'en donna à cœur joie, mitraillant les CRS, boulevard Saint-Germain et dans les ruelles avoisinantes. Tard dans la nuit, il prit un taxi et se fit déposer rue de la Roquette, devant l'immeuble où habitait Annie.

Le lendemain matin, il revint rue Manin, sans pour autant monter chez lui. Il s'assit au volant de son Austin et prit la direction de la porte d'Orléans.

Sganarelle n'avait pas dormi de la nuit. La migraine l'empêchait de réfléchir. Il s'assoupit dans la voiture que conduisait Sganarelle C. Ils suivaient l'Austin en maintenant une distance d'une centaine de mètres. Au réveil, il lut les panneaux indicateurs, le long de la route ; Tours n'était plus qu'à quelques kilomètres.

Matamore traversa la ville. Il demanda son chemin à un flic réglant la circulation à l'entrée d'un pont qui enjambait la Loire. Il s'arrêta enfin devant une maison au toit de chaume, à l'entrée d'un village voisin, La Membrolle. Un gosse jouait dans le jardin. Matamore lui parla. Dix minutes plus tard, ils pénétraient tous deux à l'intérieur d'un parc ceint d'un muret couvert de mousse. Au loin, on apercevait une grande bâtisse grise. Sganarelle ne tarda pas à apprendre qu'il s'agissait d'un centre de rééducation pour handicapés.

— Allons bon, bougonna-t-il, ça n'a plus ni queue ni tête, qu'est-ce qu'il va encore foutre ?

Il fallait aller se renseigner. Quelques personnes entrèrent à leur tour dans le parc. Sganarelle D fut chargé de la corvée. Peu après, il pénétrait dans le hall du centre. Les malades, assis dans des fauteuils roulants, encombraient les couloirs. Il frissonna. Il avait une sainte horreur de toutes ces choses.

On ne fit pas attention à lui. Perdu parmi les visiteurs, il errait à la recherche de Matamore. Il le retrouva, près d'une salle de kinésithérapie, en compagnie d'une femme portant une blouse blanche. C'était un médecin : son badge de couleur en témoignait. Ils sortirent dans le parc et s'éloignèrent, en faisant les cent pas sur la pelouse. Puis Matamore serra la main du médecin, et se dirigea vers la nationale qui bordait le parc. Sganarelle D hésita. S'il ne relevait pas le nom de cette femme, il se ferait engueuler. Il l'aborda en lui demandant un vague renseignement et lut son nom sur le badge. Soulagé, il fit demi-tour et parcourut d'un pas rapide les deux cents mètres qui le séparaient de la sortie du centre. La voiture de l'équipe avait disparu. Il poussa un juron, remonta le col de son pardessus, et prit place dans la queue, devant un arrêt d'autocars.

Arlequin faisait une petite sieste. Aux dernières nouvelles, Matamore s'était offert une virée en

Touraine. Il avait déjeuné dans un routier, sur le chemin du retour. Sganarelle en avait profité pour téléphoner.

À seize heures, Matamore rentra chez lui, rue Manin. Arlequin mit en marche la console d'écoute. Il entendit le répondeur téléphonique :

— Allô, Arnaud ? Berthenier à l'appareil. Qu'est-ce que tu fous ? Tu devais passer me voir hier ! Si le projet ne t'intéresse plus, dis-le-moi, j'ai d'autres candidats... salut !

— Allô, Arnaud ? C'est Annie, appelle-moi.

Matamore composa un numéro. Il obtint le standard de l'agence et demanda le poste de son amie.

— Ah, enfin... dit-elle, dis, t'as vu, hier soir ? Tu étais aux Invalides, je t'ai aperçu ! Fantastique, non ? C'est fini les slogans gnangnan, hein ? J'ai cavalé toute la nuit, on a des images dingues, tu verrais ça, on est en train de les monter, on voit très bien les flics tirer à tir tendu... Alors, qu'est-ce que ça a donné, à Tours, le tuyau était bon ?

— Oui et non, j'ai rencontré sa fille ; elle est médecin. Mais la mère, la sœur de Juliette, est morte il y a deux ans... me voilà dans la panade.

— Et alors ? Bon, tu y tiens, à ton histoire ? Eh bien bouche les trous, quand tu ne sais plus, invente ! C'est pas un documentaire, choisis des éléments réels et bricole un peu de fiction !

— Non, je ne veux pas bidonner ; enfin, pas trop...

— Écoute, on me demande, je vais te laisser, tu me rappelles ? Dis-moi que tu m'embrasses !

— Je t'embrasse !
— Partout ?
— Partout !
— Vraiment partout ?
— Vraiment !
— Alors, la vie est belle ! Salut !

Arlequin éclata de rire, puis se servit une bière sortie du frigo. Il examina attentivement la plaie d'une coupure qui barrait son index : la veille, il s'était légèrement entaillé la main droite en réparant une prise de courant défectueuse.

Il entendit très distinctement le cliquètement de la machine à écrire : Matamore se remettait au travail.

Fiasco : la famille de Juliette ne pourra probablement pas me venir en aide. Mais peut-être, après tout, est-ce inutile ? C'est étrange, la chronologie. J'ai vu Marthe Jouanneau. Une femme charmante. Elle a soixante-sept ans et suit des cours à l'École du Louvre. Deux après-midi par semaine, elle tient la permanence de l'Amicale des anciens de Neuengamme. Nous avons bavardé longuement, elle m'a raconté. Elle était là-bas. Peut-être a-t-elle croisé Juliette, dans un baraquement, ou lors d'un transfert ?

Oui, c'est étrange, la chronologie. En juin 40, les nazis ouvrent Neuengamme. En juin 40, Werner est revenu aux USA et travaille avec Ford ; il a obtenu un emploi de preneur de son sur le plateau des *Raisins de la colère*.

Je recolle des bouts de vie. Juin 40, c'est aussi la date de l'arrestation de son vieux copain Dietrich. Après l'Espagne, il avait passé quelques mois au camp du Vernet, dans le sud de la France. Puis il était rentré à Paris, se planquer. Drôle d'idée. Il a fini au Vel'd'hiv', avec les autres réfugiés allemands. Les gendarmes français l'ont remis entre les mains de la Gestapo, après l'entrée de la Wehrmacht à Paris... il a passé toute la guerre à Sachsenhausen. Je ne sais pas ce qu'il est devenu. Je ne connais même pas son nom de famille. Werner m'a souvent parlé de lui.

Dietrich était un ancien de la troupe de Piscator. Il a traîné ses guêtres dans le cinéma, lui aussi. En 1930, il faillit obtenir un rôle dans *M. le Maudit*... un coupé Bugatti (noir, évidemment) en décida autrement.

Berthenier me poursuit. L'imbécile. J'en suis à évoquer Piscator, à fouiller dans la vie de Werner, de Dietrich ; ils ont travaillé avec Piscator et Brecht, connu Ford, rencontré Malraux, côtoyé Renoir. Berthenier ne jure que par Godard, et idolâtre Edern Hallier... *No comment !*

Piscator, inévitable ! Dans le film, il me faudra évoquer sa vie en Allemagne : nous aurons vu Werner traîner dans les rues de Paris, donner ses cours de *commedia*, jouer devant un public rameuté à grand renfort de coups de rouge par Albert Grelèche... mais comment pourrait-il oublier Piscator ?

Werner, seul sur scène, en Arlequin, expliquant en aparté au public comment il va rouler le vieux Pantalone. Son costume, bariolé et lumineux, sous le faisceau des projecteurs. Puis les couleurs s'estompent pour faire place au noir et blanc. Une foule apparaît sur l'écran, une foule dépenaillée, houleuse, avançant dans une rue sale ; l'Allemagne des années vingt, la misère.

Les gens se pressent devant le théâtre, tous ne peuvent entrer, la salle est trop petite. À l'intérieur, c'est le délire, les spectateurs hurlent, participent à la revue, encouragent les bons, fustigent les méchants ; c'est une sorte de guignol sanglant, pour adultes. Sur la scène, on voit un capitaliste obèse, fumant un énorme cigare, portant le haut-de-forme, gruger de pauvres ouvriers criant famine. Ridicule ? Non, la haine se lit dans les regards, ce n'est plus du théâtre, c'est la vie, les personnages de la réalité et de la fiction ressemblent aux caricatures de Grosz. Et Piscator se démène au milieu de cette masse excitée. Le magnat de l'industrie, auquel un oreiller roulé en boule sous la veste façonne un ventre imposant, et qui se moque de la plèbe affamée, c'est Werner. Il a toujours adoré se déguiser.

Annie a visité Berlin, l'an dernier ; elle participait à un reportage sur la jeunesse allemande. Elle s'est baladée dans la ville : le théâtre de Piscator est devenu un cinéma porno.

Puis une autre foule, enthousiaste et chaleureuse, un peu plus sage toutefois : Werner et Juliette sont assis au troisième rang, face à la tribune du manège Huyghens, une salle de réunion publique située près du cimetière Montparnasse.

Nous avons fait un bond d'une quinzaine d'années en avant, quitté Berlin pour Paris, le théâtre *Am Schiffbauerdam* et sa folie, pour un meeting unique dans les annales du cinéma : le 15 mars 37, Renoir invite le public à débattre de son projet de film sur la Révolution française.

Juliette et Werner applaudissent les orateurs. Werner est heureux : la veille, il a rencontré un des responsables de la production, qui lui a promis un rôle – un vrai, pas une figuration – dans le futur film. On s'est souvenu de sa prestation dans la caserne de Colmar, en *Feldwebel* hargneux, beuglant ses insultes, houspillant Gabin, Dalio et Fresnay.

J'ai retrouvé un carnet, une sorte de journal intime, dans lequel il a consigné ses souvenirs de tournage. Et il raconte la soirée de Huyghens, le 15 mars 37.

Il y avait du beau linge : Renoir, bien entendu, mais aussi Henri Jeanson, Jean-Paul Le Chanois, Léo Lagrange, Marceau Pivert, Aragon, Vaillant-Couturier.

Assis lui aussi près de la tribune, un carnet à la main, ricanant durant les interventions des orateurs, Rebatet en personne, qui écrira dans son journal, à propos de cette soirée : « L'assemblée est renforcée par un contingent de gentlemen crépus qui ont préféré la crème et les yoghourts du *Dôme* et de *La Coupole* tout proches aux camps de concentration de M. Hitler. Ces messieurs se prélassent aux places les plus visibles... » Werner avait découpé l'article, et je l'ai retrouvé, jauni, entre deux feuillets du carnet. Comment se priver de ce détail : ce type plein de morgue qui se gondole en écoutant Renoir, au point que Juliette lui demande de se taire... c'est Rebatet, bien entendu.

Henri Jeanson monte à la tribune, expose le synopsis, et dit : « C'est une histoire superbe, parce que les salauds y sont toujours châtiés ! » Renoir, un peu démagogue, s'écrie : « On m'a demandé, les gars, si on verrait la reprise des châteaux dans mon film. Et comment ! Et après la reprise, les massacres... Mais bien sûr, que peut-on voir de plus chouette pour réconforter des cœurs républicains ? Si nous avions vécu en 91 et 93, est-ce que nous n'aurions pas été des massacreurs ? Et puis, ces massacres, ça n'a pas tué tellement de monde. Septembre ? on en a fait tout un plat, tout ça pour douze cents clients supprimés ! »

Renoir poursuit : « Le film s'appellera *La Marseillaise*. Il racontera la montée à Paris d'un bataillon de volontaires du Midi, en 92. Ils participeront à l'insurrection du 10 août, prendront le château des Tuileries, et on les verra à la bataille de Valmy. »

Je montrerai le tournage de *La Marseillaise*, les techniciens préparant la charge des canons dans la cour du château de Fontainebleau, les figurants essayant leurs costumes et Werner, tout excité, se préparant à jouer.

Tu ne connais pas Tucholsky, Berthenier. C'était un journaliste, un écrivain allemand, qui dit un jour : « Par suite des mauvaises conditions atmosphériques, la révolution allemande aura lieu dans la musique. »

Et Werner, vivant à Paris durant l'année 37, voyant s'effilocher un à un tous les espoirs de juin 36, mourir le rêve, pourrait conclure : « Nous regrettons ces incidents techniques : en guise de lot de consolation, la Révolution française aura lieu au cinéma. »

Arlequin patienta jusqu'au soir. Son tour de garde s'achevait à vingt-deux heures. C'était Arlequin D qui devait passer la nuit dans le studio et écouter.

Vers vingt et une heures trente, Matamore donna un coup de téléphone à un certain Lazlo. Arlequin comprit qu'il s'agissait d'un critique de cinéma.

— Écoute, vieux, je suis un peu dans le pétrin, la télé m'a commandé une émission sur le cinoche du Front populaire… ça te dit de bosser là-dessus ? Je leur ai proposé une maquette, mais ils ont gueulé. Ils veulent un truc bien ringard, un montage de grimaces d'acteurs, des films connus et « le climat de l'époque », du moins l'idée qu'ils s'en font, tu comprends ?

— Il y a du fric ?

— Évidemment, tu seras au générique, et je te refile la moitié de mon salaire. Deux briques et demie. J'ai signé le contrat un peu à la légère et je travaille sur un autre projet. Alors ?

Lazlo hésita un peu. Puis il finit par donner son accord. Ils prirent rendez-vous le lendemain, pour déjeuner ensemble. Matamore appela aussitôt Annie.

— Ça y est ! claironna-t-il. Je me suis débarrassé de la corvée… Lazlo va faire le boulot. Il est emballé, il peut bricoler quelque chose de bien. C'est un dingue de Duvivier, de Prévert, il connaît les dialogues de ses films par cœur. Je suis libre… on se voit ?

Arlequin attendit que Matamore soit sorti de chez lui. Puis il prévint Sganarelle : inutile de s'acharner, Matamore passerait la nuit chez Annie. Les quelques pages qu'il avait rédigées durant la journée furent rapidement photographiées. Sganarelle arriva, essoufflé, après avoir grimpé les six étages. Arlequin lui tendit les feuillets qu'il venait de lire. Sganarelle les parcourut à son tour.

— Qu'est-ce que tu en penses ? demanda-t-il.

— On s'éloigne du sujet, non ?

Ils rirent amèrement. Avant de rentrer chez eux, ils devaient préparer le planning de la journée du lendemain, fixer la rotation des permanences, et aller livrer la moisson d'informations à Comedia qui avait prévenu le matin même qu'il était un peu souffrant : il ne sortirait pas de chez lui.

Arlequin monta dans un taxi et indiqua sa destination au chauffeur : rue Greuze, près du palais de Chaillot. Le taxi descendit vers République, puis gagna les Halles et les quais. Il était impossible de poursuivre, la route était barrée, après Saint-Michel. Une nouvelle manif étudiante bloquait le passage. Arlequin aperçut au loin une barricade de fortune, enflammée, derrière le mur noir et compact que formaient les casques des CRS. Le chauffeur du taxi fit demi-tour, et obliqua vers le Palais-Royal.

Comedia était allongé sur son lit. Il serrait les dents, en attendant la douleur. L'aiguille s'enfonça dans le gras de la fesse, et le piston éjecta le liquide jaunâtre que contenait la seringue. Il se diffusa lentement dans la masse musculaire ; Comedia grimaça sous la brûlure.

— Voilà, dit simplement le médecin, c'est terminé. Je reviendrai demain. Reposez-vous. C'est un simple rhumatisme, très banal, mais il vaut mieux se méfier. Vous menez une vie sédentaire et quand la crise sera finie, un peu de sport serait le bienvenu.

Comedia hocha la tête. L'idée d'enfiler un survêtement et d'aller courir le cross du *Figaro* dans la tranche vétérans ne le séduisait guère.

Le médecin lui serra la main et disparut. Comedia soupira, rajusta le pantalon de son pyjama et se leva. Il fit quelques mouvements d'assouplissement, puis palpa prudemment le carré de peau que l'on venait de piquer. Une petite boule roula sous ses doigts. Le produit anti-inflammatoire ne s'était pas encore totalement dilué.

Il entendit la voix d'Edwige, sa femme, qui donnait ses instructions à la bonne, dans la cuisine. La conversation lui parvint, à demi étouffée. Il était question d'un repas très léger, d'une purée et d'une tranche de jambon, d'eau minérale. Comedia blêmit : c'était cela, la vieillesse, un retour aux soins maternels, l'abandon du corps entre des mains affectueuses, mais tyranniques. Il s'assoupit et s'éveilla quelque temps après, vers vingt-trois heures. Edwige avait déposé sur la table de chevet la grosse enveloppe de papier kraft qu'Arlequin était venu déposer.

Comedia quitta la chambre et prit place dans un des fauteuils du salon. Il alluma le poste de télévision et ouvrit l'enveloppe. Elle contenait la livraison quotidienne des écrits de Matamore, mais aussi une cassette vidéo.

Comedia la libéra de son boîtier et alluma le poste. C'était l'heure du dernier journal télévisé. Il vit les images des scènes d'émeute au Quartier latin. Devant le pont Saint-Michel, les gardes mobiles se protégeaient des pavés que leur lançaient les manifestants en levant leurs boucliers au-dessus de leur tête. Puis les motocyclistes, le peloton des voltigeurs, entra en action sur le boulevard. Comedia haussa les épaules et enclencha la cassette vidéo.

Des hachures apparurent sur l'écran. Comedia plongea la main vers le pot d'étain qui contenait quelques pipes, en choisit une, la bourra, mais ne trouva pas d'allumette. L'image s'était stabilisée. Des chars montaient à l'assaut d'une colline défendue par une batterie de canons. Le commentateur vantait les mérites de ce dernier modèle de blindé : légèreté, maniabilité, parfaite tenue en terrain instable, remarquable autonomie en matière de carburant.

Comedia écoutait le commentaire, avec attention. Certains termes trop techniques lui échappèrent : le présentateur parlait vite et la langue tchèque lui était toujours restée en travers de la glotte. Une musique martiale accompagnait le reportage, puis le logo du journal télévisé tchèque succéda à ces images guerrières. Une jeune femme prit le relais et présenta le compte rendu de la réunion des ministres de la Défense des pays liés par le pacte de Varsovie, à Prague. Comedia aperçut le pont Charles, les tours du château de Hradcany, puis une salle de conférence, dont le décor n'évoquait en rien la Bohême de l'époque romantique. Les caméras montraient une longue table garnie de bouteilles d'eau minérale et de bouquets de fleurs, autour de laquelle siégeaient des bureaucrates cravatés de noir.

Il était question des missiles Cruise, du projet américain de « guerre des étoiles », des dernières manifestations pacifistes en RFA, de l'échec du sommet de Reykjavik. Un à un, les experts y allaient de leur laïus, dénonçant la machine de guerre que *l'impérialisme yankee* s'apprêtait à mettre en œuvre.

Comedia saisit la boîte de télécommande, pressa le bouton de marche arrière, et l'image défila à l'envers. Il l'arrêta sur la délégation est-allemande. Le ministre, un sexagénaire replet, au teint couperosé, levait la main au moment d'un vote des plus formels. Au second plan, on apercevait ses conseillers. Comedia parvint à isoler l'un d'eux.

Un collier de barbe dissimulait son double menton, et affichait une cinquantaine joviale. On le voyait se pencher vers le ministre et lui tendre un dossier. Comedia voulut lire dans ce regard, qui croisa un bref instant l'œil de la caméra, mais le conseiller détourna aussitôt la tête.

Comedia se leva, partit à la recherche d'un briquet. Il alluma enfin sa pipe et actionna la commande électronique dévidant la cassette à l'envers. Les chars apparurent de nouveau, puis le pont Charles, les toits de Hradcany couverts de neige. Il avait coupé le son. Les images défilèrent, désormais muettes. Les personnages gesticulaient sur l'écran, et l'absence de son rendait leur agitation ridicule.

Comedia affectionnait les vieux documents des années d'avant le « parlant » : il possédait toute une série de bandes d'archives du début du siècle et, à chaque projection, il éprouvait le même malaise à voir ces pauvres bougres se démener avec des gestes saccadés, comme s'ils avaient voulu rattraper le temps qui filait de plus en plus vite.

Il avait ainsi un faible pour les archives de la guerre de 14-18 : les poilus pataugeant dans les tranchées, Clemenceau parcourant les cantonnements de sa démarche claudicante que le déroulement rapide de la pellicule accentuait jusqu'à la caricature, et les attitudes martiales des généraux prussiens, coiffés de leur casque à pointe, arpentant fièrement le champ de bataille, bravaches et méprisants.

Cette frénésie de mouvements hachés — que le cinéma, en raison de ses imperfections techniques, avait involontairement marqués du sceau de l'hystérie — le fascinait.

La mort planait sur ces images. Les troufions moustachus de Verdun, qui se réconfortaient en buvant leur chopine, comme les uhlans hautains paradant à cheval aux portes de Paris, avaient tous été emportés par la mitraille.

À la fin de la bande, le logo du journal de la télévision tchèque réapparut. Comedia éteignit le magnétoscope. Cette conférence des pays membres du Pacte ne datait que de la veille. Mais Comedia avait déjà présenté à ses collaborateurs le conseiller qui siégeait aux côtés du ministre de la Défense est-allemand.

PANTALONE

1

Après l'entrevue qui avait réuni Rudi Dahlem et Dietrich Schidloff dans l'auberge d'Étretat, à la fin octobre, Comedia s'était lancé dans un petit exposé, commentant une diapositive prise lors d'une réunion du même type, à Varsovie, en septembre 86. Les deux chefs d'équipe que la hiérarchie avait mis à sa disposition l'écoutaient attentivement. Jusqu'à présent, ils s'étaient acquittés de leur tâche « à l'aveugle », et ignoraient pourquoi on les avait fait courir jusqu'à Berlin. Comedia tenait à leur livrer quelques éléments du dossier.

— Voici Scapin, dit-il en désignant le conseiller barbu, pourvu d'un double menton. Depuis 1978, il est membre du cabinet du ministre de la Défense de la RDA.

Comedia se lança alors dans une longue digression ; il parla du séjour de Geronte à Berlin, de 52 à 56, et de la catastrophe qui survint quand celui-ci disparut en dénonçant tout le réseau que Comedia s'était ingénié à mettre en place.

Puis, actionnant les commandes du projecteur,

il fit apparaître le visage de Geronte sur l'écran installé dans son bureau. Le cliché appartenait à la série réalisée durant la rencontre d'Étretat.

— Celui-ci, c'est Rudi Dahlem. Je le recherche depuis trente ans. Il est vieux, mais peut-être nous réserve-t-il encore des surprises. Notez la verrue, sur le côté droit du front. Je veux savoir ce qu'il a fait depuis sa disparition, en 56, quels sont ses amis, ses relations. Il connaît Scapin. De 53 à 56, ils se sont rencontrés à plusieurs reprises. Pourtant, en 56, quand il a dénoncé le réseau à la HVA*, il a épargné Scapin. J'aimerais comprendre pourquoi.

Le portrait de Pantalone se dessina à son tour sur l'écran. Il souriait et versait le chablis dans le verre de Rudi. Près d'eux, la servante de l'auberge, une jeune femme aux joues rouges, aux seins lourds, apportait les assiettes dans lesquelles elle avait servi le turbot. En arrière-plan, on distinguait parfaitement le tableau représentant le départ des bateaux pour Terre-Neuve.

— Inutile de vous présenter Schidloff, puisque vous l'avez suivi de Berlin jusqu'ici. Il vit là-bas depuis la fin de la guerre. Dahlem et lui se connaissent depuis les années vingt. *A priori*, Schidloff n'a jamais rencontré Scapin. Du moins, nous aimerions en être certains.

Les deux chefs d'équipe acquiescèrent. Comedia alluma sa pipe, et ses adjoints sortirent leur paquet de cigarettes.

* HVA : *Hauptverwaltung Aufklärung* : « Administration centrale de renseignements », service de contre-espionnage de la RDA.

— La discrétion est de rigueur, poursuivit Comedia. Mais n'allez pas imaginer je ne sais quelle aventure, il ne s'agit que d'une banale vérification : vous ne ferez pas carrière avec moi, on ne vous couvrira pas de lauriers. Néanmoins, j'exige que les règles conspiratrices soient appliquées avec la plus grande attention.

Comedia se tourna alors vers ce jeune homme au teint rougeaud dont on lui avait vanté les mérites.

— Vous dirigerez l'équipe mobile, lui dit-il, on vous désignera sous le nom de Sganarelle. Vous aurez sous vos ordres un groupe de cinq membres que vous décompterez ainsi : Sganarelle A, B, C, D, E.

La sonnerie du téléphone retentit alors, mais Comedia dédaigna le combiné et attendit que le correspondant se lasse.

— Quant à vous, ajouta-t-il à l'intention du second chef d'équipe, vous serez Arlequin. Dispositif semblable à celui de votre collègue Sganarelle, effectif identique. En ce qui me concerne, eh bien, disons que vous m'appellerez Comedia. Pour toute la paperasserie, comme lors d'éventuels échanges radio, ces seuls pseudonymes seront utilisés. Des questions ?

Arlequin toussota, écrasa le mégot de sa cigarette, fronça les sourcils et prit enfin la parole.

— Le gros problème consiste à découvrir pourquoi Geronte n'a pas dénoncé Scapin, n'est-ce pas ?

En bonne logique, il aurait dû le faire puisque tous les autres membres du réseau n'ont pas été épargnés. Vous insinuez que Scapin a survécu parce que, en fait, il travaille pour la HVA ?

— C'est cela même, admit Comedia.

— Dans ce cas, pourquoi ne pas interroger immédiatement Geronte ?

— C'est bien tentant, en effet, mais j'aimerais au préalable connaître ses relations ici, en France.

— Revenons à Scapin, poursuivit Arlequin, une hypothèse reste possible : la HVA n'a pu retrouver sa trace malgré les éléments fournis par Geronte. J'imagine qu'à l'époque ils travaillaient avec un cloisonnement efficace : la HVA n'est pas infaillible. Pas plus que nous, du moins.

Comedia joignit les mains devant son visage, dans un geste de prière, et ferma les yeux, un bref instant.

— Toutes ces questions, dit-il d'une voix blanche, je me les suis posées, et sachez que les objections que vous faites aujourd'hui valoir, on me les a rabâchées à de nombreuses reprises. On ne travaille pas uniquement avec des hypothèses, mais avec des convictions : je suis persuadé de ce que j'avance. Je n'exige pas de vous que vous adoptiez ce point de vue, mais simplement que vous vous acquittiez correctement de votre tâche.

Cette dernière intervention dissuada Sganarelle de demander lui aussi quelques éclaircissements.

Plus d'un mois s'était écoulé depuis cette première conférence réunissant Sganarelle, Arlequin et Comedia. Celui-ci se montrait toujours hautain, alors que, de jour en jour, il devenait de plus en plus évident qu'il faisait fausse route. Geronte était mort. Quant à Matamore, tout inclinait à croire qu'il n'était au courant de rien.

Le 6 décembre, la conférence quotidienne prit fin plus tôt que d'ordinaire. Arlequin lut rapidement les derniers écrits de Matamore.

Juliette… personnage étonnant. Quelques photos, ses lettres, ce que tu m'en as dit.

Un petit bout de femme, un caractère. Drôle de militante, qui ne rêvait que de devenir actrice. Elle achetait toutes les revues de cinéma, et les conservait soigneusement. *Cinémonde, Regards*, et les petits résumés illustrés, *Le Film complet* du mardi. J'en ai pris quelques-uns, chez toi ; il n'y a plus d'équivalent, c'étaient des revues populaires qui se vendaient à des milliers d'exemplaires. Rien à voir avec *Positif*. Certaines sont assez bidonnantes : *Hula, fille de la brousse*… avec Dorothy Lamour, sauvageonne vêtue d'un paréo largement fendu, qui fait craquer le bel explorateur égaré en pleine jungle !

Sganarelle éclata de rire, puis s'excusa de sa nervosité.

Quand elle avait payé les timbres de sa cotisation au Parti (et dépensé des fortunes dans les boutiques de lingerie coquine), Juliette n'avait presque plus de sous pour aller au cinéma.

Quand tu l'as connue, elle était au chômage, puis un

copain l'a pistonnée pour entrer dans une entreprise de transport maritime, où elle est devenue secrétaire du directeur. Tu lui donnais rendez-vous à la sortie de son travail, boulevard Haussmann.

Le patron était un type invraisemblable, une sorte de caricature de notable, débonnaire et moustachu, qui ne s'occupait guère des affaires de sa compagnie, mais passait son temps à courir les banquets. Il circulait dans une grosse Packard couleur caramel, et Juliette l'accompagnait parfois, au Havre ou à Bordeaux ; il signait les contrats sans même les lire, se pourléchant les babines à l'avance, en rêvant de la carte qu'on lui proposerait à l'auberge voisine.

— Vous pouvez relire ce passage ? demanda Comedia.

Arlequin soupira puis obéit.

— Désolé de vous décevoir, dit-il avant de poursuivre plus avant, vous voyez : Matamore en est resté au niveau de l'anecdote.

Il courtisait Juliette, par jeu. En revenant d'un voyage à Dunkerque, il laissa même sa main errer sur le genou de sa secrétaire, mais le repas de midi avait été copieux, et le sommeil le prit. Juliette t'a raconté la chose en riant, mais tu étais vaguement inquiet.

Un jour, sur le tournage de *Yoshiwara*, le film de Max Ophüls, auquel tu participais, tu as vu arriver la Packard, majestueuse, roulant au ralenti dans les allées des studios de Joinville. C'était la pause de midi, tout le monde se détendait dans la cour.

La Packard s'arrête juste devant toi. Juliette se penche à la vitre et t'invite à monter. Ophüls, interloqué, te voit disparaître dans cette voiture de maître. Vous partez sur les bords de Marne, déjeuner dans une guinguette. Le patron de Juliette est aux anges, voilà que sa secrétaire vit à la colle avec une vedette de cinéma ! Vers quatorze heures, on te raccompagne jusqu'au studio. Toute l'équipe du film attend, on te traite avec déférence, en fait, Pierre Richard-Willm lui-même, la vedette, ne possède pas une telle bagnole.

Yoshiwara ! La ringardise absolue. Une histoire d'espionnage embrouillée, censée se dérouler au Japon (les scènes d'extérieurs seront tournées dans les jardins de la porte de Saint-Cloud). Un capitaine russe, tsariste, meurt pour l'amour d'une geisha que sa famille a vendue dans un bordel. Le pauvre Gabriello, auquel on bridait les yeux avant chaque prise, incarnait le tenancier du claque. Toi, tu jouais un officier russe en bordée dans ce port japonais… magnifique dans ton uniforme blanc, à brandebourgs dorés.

Juliette fit la fête, à partir du mois d'avril. Tu te moquais gentiment de cette bolchevik en jupon qui déjeunait au *Fouquet's*. Mais cette vie luxueuse n'avait pas entamé son ardeur politique.

Dès qu'il était question de ces problèmes, vous vous engueuliez. Tu lui montrais les journaux donnant les comptes rendus des procès de Moscou, et, en mai, l'Espagne fut une pomme de discorde permanente entre vous. À Barcelone, le gouvernement de la République liquidait les anars, le POUM*, tout ce qui refusait de marcher au pas cadencé… sous les applaudissements des franquistes ! C'était la vieille histoire qui recommençait, celle d'Allemagne, des bagarres entre socialistes et communistes. Juliette savait à présent que tu avais arrêté de militer par écœurement. Et les chamailleries se terminaient par match nul, au plumard.

Juliette, un numéro matricule dans la foule des détenus de Neuengamme. Marthe Jouanneau avait raison : dans mon film, il y aura quelques images des camps.

* Parti marxiste espagnol, antistalinien, qui participa à la guerre civile (1936-1939) en luttant contre Franco.

Tu m'as raconté la guerre, ta vie dans cette unité que dirigeait John Ford et qui était chargée de faire main basse sur les documents nazis.

Vous fonciez sur les routes encombrées de réfugiés et de prisonniers, fouillant avec fébrilité dans les archives. Les premiers, vous avez visionné les pellicules qui montraient les expériences médicales des SS.

À la libération de Paris, tu t'es rendu chez Juliette, rue de la Grange-aux-Belles, et le voisin de palier t'a appris qu'elle avait été arrêtée en 42, et déportée. Une lettre était arrivée un jour chez sa sœur ; on te l'a montrée. C'était une carte postale de l'administration du camp, sur laquelle Juliette avait été autorisée à griffonner quelques mots. Tout allait bien, disait-elle.

Les beaux jours d'août, la foule en liesse sur les Champs-Élysées, Paris libéré, c'était bien loin. Vous pataugiez dans la neige qui couvrait l'Alsace. Les soldats de la Wehrmacht, prisonniers, étaient parqués dans la cour de la caserne de Colmar, celle-là même où tu avais joué sous la direction de Renoir. Ironie. Tu portais l'uniforme américain, mais tu étais encore geôlier. Et quand tu gueulais tes *streng verboten !* on te comprenait sans peine, cette fois-ci…

Struthof, au nord de Colmar. Le premier camp dans lequel tu es entré. Les pantins faméliques vêtus du pyjama rayé. Ils se jetaient sur vos boîtes de rations, et certains mouraient, libres, d'indigestion de corned-beef.

Puis il fallut encore quelques mois pour en finir. Toi et tes copains, vous entassiez vos prises — des kilomètres de bobines ! — dans des camions qui rapatriaient tout cela aux USA. La route était longue : Dachau, Mauthausen en Autriche, puis, plus au nord, Flossenburg, Buchenwald.

Les Anglais avaient libéré le Schleswig. En quittant Bergen-Belsen, tu as fait un crochet par Oldenburg, la ville où tu es né. Il n'y avait plus que des ruines.

Et Neuengamme, enfin, près de Hambourg. Les fosses de cadavres, le *Revier* et ses épais registres. La page que tu déchires en pleurant.

Les camps ? Quelques centaines de kilos de barbelés rachetés chez un ferrailleur, trois baraques en planches, un canon à eau pour noyer le terrain sous la boue.

Le Paris de 37 ? Du studio à peu de frais, et quelques extérieurs à Chaillot.

Un point positif, de nombreuses scènes en intérieur : le cabaret *Die Laterne*, le cours d'Albert Grelèche, l'appartement de Juliette.

— Après tout, dirait Berthenier, ce Werner, est-ce un personnage bien crédible ? Pourquoi reste-t-il en France, pourquoi ne part-il pas tout de suite en Espagne ?

Donc, objection de Berthenier. Werner n'a rien à faire en France ; si c'est un héros, il ne peut pas consacrer son temps à faire le guignol sur les planches, ou jouer les sans-culottes de pacotille chez Renoir. Il doit aller se faire trouer la carcasse à Madrid, et plus vite que ça.

— C'est la logique, ajouterait Gerbet, et puis, dites-moi, Arnaud, ce scénario, il ne raconte rien, c'est une chronique. Le spectateur va se lasser au bout d'une demi-heure, c'est très joli, cette amourette sur fond de drapeaux rouges, mais après ?

Évidemment, à l'autre bout du récit, il y a l'assassinat de Werner, sa fausse identité, le trou noir dans sa biographie au milieu des années cinquante.

Et je ne peux rien en dire.

— Vous voyez… constata Arlequin en refermant la chemise cartonnée. Ce type ne présente aucun intérêt, aucun ! Nous perdons notre temps.

Comedia ne fit aucun commentaire. Il se sentait humilié mais ne voulait rien laisser paraître. Il congédia ses adjoints.

Sganarelle et Arlequin avaient disparu dans le couloir, et attendaient l'ascenseur sur le palier. Comedia entendit les portes se fermer, puis le bourdonnement indiquant que la cabine quittait l'étage. Arlequin et son collègue n'avaient pour ainsi dire pas desserré les dents durant le briefing. Comedia n'était pas dupe de leur passivité. À présent, ils devaient cracher librement leur fiel.

Bientôt, dans une semaine, Comedia aurait à rendre compte de ses investigations. Il ne se faisait guère d'illusions : un contingent d'une dizaine de spécialistes, détachés sous ses ordres depuis le début du mois de novembre, les voitures, le matériel d'écoute : la facture serait salée ! En échange d'un tel prix, il n'aurait rien à offrir, sinon quelques vagues soupçons que la hiérarchie ne prendrait pas au sérieux.

Dès le début, il avait connu les pires difficultés à convaincre les responsables.

Il y avait eu cette note, qui arrivait sur tous les bureaux chaque quinzaine, en provenance de Berlin. Elle synthétisait les renseignements, secteur par secteur. D'ordinaire, les statistiques de production économique, notamment les bilans des usines d'armement, en constituaient l'essentiel. Une annexe l'accompagnait, qui résumait les petits échos glanés çà et là en RDA : déplacements, visites à l'Ouest de personnalités, mutations dans les divers ministères. Parfois aussi, des ragots concernant les coucheries des hauts dignitaires de la nomenklatura prussienne. Le correspondant en place à Berlin était méticuleux. Il avait eu vent des préparatifs de voyage du directeur de la DEFA.

À vrai dire, Dietrich Schidloff n'était plus qu'une potiche à qui on avait attribué ce poste honorifique en récompense de la besogne accomplie dans les années de l'après-guerre. Grâce à un travail acharné, il était parvenu à faire revivre les studios dévastés par les bombardements. On le disait médiocre acteur, mais les circonstances l'avaient révélé : il était de la trempe des grands producteurs. Hélas, les moyens qui lui furent alloués étaient sans commune mesure avec les fortunes dont disposaient la Warner, la Fox, et même Mosfilm.

Depuis 1966, Dietrich Schidloff passait sa retraite à lire des scénarios et à conseiller ses successeurs. Il était néanmoins présent à la plupart des premières et donnait de temps à autre une conférence télévisée.

Comedia avait obtenu d'être alerté à l'occasion d'un éventuel voyage de Schidloff à l'Ouest. Son nom fut donc retranscrit sur une liste dans laquelle figuraient des personnages autrement impliqués dans les affaires qui se tramaient à Berlin-Est.

La circulaire de la mi-octobre 86 prévenait Paris de l'escapade que projetait Schidloff. Le rédacteur avait été intrigué par le fait suivant : Schidloff avait congédié le chauffeur que la DEFA mettait d'ordinaire à sa disposition pour le conduire à son pavillon situé sur les berges du Grosser Müggelsee jusqu'au siège de la firme, près de l'Alexanderplatz. Le rédacteur indiquait également que Schidloff s'était procuré quelques milliers de francs français.

Ce paragraphe, noyé dans une foule d'autres données plus alléchantes, passa totalement inaperçu, et Comedia dut user de tous ses talents de diplomate pour que l'on mette une équipe aux trousses de Schidloff.

Et, du chalet dominant la rive du Grosser Müggelsee, Comedia pista Dietrich, jusqu'à l'auberge d'Étretat. Il se démena alors pour arracher les effectifs nécessaires. On les lui confia à contrecœur. Comedia n'avait que faire du mépris à peine dissimulé qui entourait ses démarches. À ses yeux, cette incompréhension relevait de la cuistrerie. Les petits énarques à l'esprit obtus, les militaires en civil qui n'avaient jamais vu un champ de bataille mais qui, malgré tout, exerçaient aujourd'hui leur influence, n'avaient pas connu l'époque des Schidloff, des Dahlem, des Frölich. Ils n'en conservaient que de vagues souvenirs de lecture. La haine ne s'apprend pas dans les manuels.

Comedia remporta une première victoire, quand il fut en mesure de présenter les photos de la rencontre Geronte-Pantalone. Il fit un exposé rapide devant un aréopage de technocrates sceptiques : le recrutement de Geronte, sa trahison, le problème Scapin. Les plus anciens des participants l'avaient déjà entendu exposer sa théorie.

Les réactions furent mitigées. Scapin ? Allons donc, lui répondit-on, s'il avait réchappé à la vague d'arrestations de 56, pourquoi devrait-on s'inquiéter aujourd'hui, presque trente ans plus tard ? La HVA n'était pas infaillible, après tout !

Comedia tenta d'argumenter, une fois de plus : précisément, fallait-il se fier à Scapin ? Il était passé au travers des mailles du filet, alors que les autres étaient morts, certains devant un peloton d'exécution, d'autres après de longues années de souffrances dans les prisons et les camps.

— Absurde, répliqua le chœur des technocrates, nous avons longuement étudié les documents que Scapin transmet, ils ont été recoupés avec d'autres sources, et force est de reconnaître qu'ils sont de qualité.

Comedia s'obstina. Puisque Geronte venait d'être repéré, que risquait-on à le surveiller ? Certes, Pantalone était retourné à Berlin, et jusqu'à présent aucun élément nouveau n'était intervenu. Scapin menait son petit bonhomme de chemin, et participait tantôt à un conclave d'experts, tantôt à un show de propagande, comme récemment à Varsovie.

La réunion traînait en longueur. Comedia emporta le morceau, à l'arraché. Il obtint ce qu'il quémandait : les moyens de mettre la villa de Chennevières sous surveillance.

— Au fait, demanda enfin un de ces technocrates que l'on venait de bombarder dans le service, existe-t-il une explication à propos du choix des pseudonymes ?

Comedia se sentit rougir. Les participants à la réunion rangeaient déjà leurs notes. Certains s'étaient levés. L'un d'eux ouvrit même une fenêtre en toussant : il ne supportait pas la fumée du tabac.

— Geronte, Pantalone ? bafouilla-t-il, après s'être éclairci la voix d'un raclement de gorge. Eh bien, je dirai que ces gens étaient à l'origine des comédiens, des saltimbanques. Dès lors, ce code s'imposait de lui-même.

Aujourd'hui, Comedia devait avouer sa déconfiture. Arlequin lui-même, pourtant si placide, commençait à sortir de ses gonds. Les quelques commentaires de Matamore à propos de la compagnie de navigation dans laquelle Juliette Boyer avait été employée étaient édifiants : il n'était même pas intrigué par ce détail.

Comedia ne se faisait aucune illusion : devant un tel bilan, la hiérarchie déciderait d'arrêter les frais et le renverrait au placard.

Un planton frappa à la porte et déposa sur le bureau les journaux du matin. Il était en retard, comme d'habitude. Comedia parcourut rapidement les titres. La nuit avait été marquée par de véritables scènes d'émeute à Saint-Michel. Il vit une photo montrant un corps allongé sur la chaussée, torse nu, le visage tuméfié. Des secouristes s'affairaient en tentant un massage cardiaque. La légende indiquait que le jeune homme avait trouvé la mort à la suite d'une charge de police*. Comedia jeta les journaux dans la corbeille à papier.

L'heure du déjeuner était déjà passée, et il n'avait rien avalé. Il se souvint brusquement des médicaments que le médecin lui avait prescrits. Il fouilla dans les poches de son pardessus, ouvrit la petite boîte. Il était expressément recommandé de prendre les gélules au milieu d'un repas. Il hésita, puis pressa la touche de l'interphone et demanda un chauffeur. Il ouvrit le tiroir dans lequel il rangeait jour après jour le manuscrit de Matamore, fourra celui-ci dans son porte-documents, enfila son pardessus. Cinq minutes plus tard, il prit place dans une CX qui l'attendait, garée dans la cour.

— Nous allons à Amboise, près de Tours, dit-il au chauffeur. Puis, devant la mine renfrognée qu'il entraperçut dans le rétroviseur, il ajouta : N'ayez crainte, nous serons rentrés en début de soirée. Vous aviez quelque chose de prévu ?

Il ne prit pas garde à la réponse du chauffeur. Il était question d'un match de foot à la télé, de la permanence qui durait jusqu'à vingt et une heures, des avantages du magnétoscope dans un tel cas.

* Malik Oussekine, vingt-deux ans, jeune étudiant français d'origine algérienne, est mort le 6 décembre 1986 rue Monsieur-le-Prince des suites d'une intervention des voltigeurs motocyclistes de la police française lors des manifestations estudiantines contre le projet de réforme universitaire présenté par Alain Devaquet. Le projet sera retiré deux jours plus tard par le Premier ministre Jacques Chirac

La route défilait rapidement. La CX remontait la file de gauche, dépassant les voitures qui traînaient trop. Après Blois, l'allure ralentit cependant, en raison de la pluie qui balayait la chaussée en rafales.

À l'annonce de la visite de Matamore en Touraine, le 5 décembre, Comedia s'était senti défaillir durant quelques secondes. Avec anxiété, il attendit que l'équipe Sganarelle rende compte de la destination exacte. Les talents de « détective » du cinéaste étaient bien modestes : il avait simplement retrouvé la nièce de Juliette Boyer.

De même, lorsque Sganarelle indiqua par la fréquence radio qu'il se dirigeait vers la rue Greuze, Comedia eut un petit pincement au cœur : le vieux Rudi Dahlem, durant toutes ces années de vie semiclandestine, connaissait peut-être son adresse ? Matamore, plus matamore que jamais, venait-il lui demander des comptes à domicile ? Extraordinaire ! Mais Sganarelle avait donné cinq minutes plus tard les coordonnées de l'immeuble abritant les locaux de l'Amicale des anciens de Neuengamme, à quelques pas de la rue Greuze.

Et cette scène, esquissée à grands traits dans le projet de scénario, et montrant une visite nocturne du chantier de Chaillot, après les numéros du cabaret *Die Laterne* — tout comme les allusions répétées à l'Expo 37 —, était après tout fort logique : Matamore cherchait à planter le décor de son film, et ne pouvait connaître Kurt Frölich. Après coup, Comedia sourit de ces étranges chassés-croisés qui amenaient Matamore si près du but, sans même qu'il s'en doutât.

Kurt Frölich avait pris sa retraite depuis 62. Il avait acheté une petite maison, située à la sortie d'Amboise, sur la route de Tours. Elle était adossée à une falaise de calcaire creusée de grottes dans lesquelles étaient aménagées des caves troglodytes, et faisait face à la Loire dont les remous bouillonnaient devant ses fenêtres.

Frölich occupait ses journées à peindre dans un atelier installé sous une verrière. On le voyait aussi, dès que le temps se montrait clément, arpenter les berges du fleuve, s'asseoir et installer son chevalet à l'ombre d'un saule. Frölich était un vieillard très sec qui ne s'était pas voûté. Une épaisse chevelure grise et frisottante entourait son visage couturé de rides. Son front était barré d'une profonde cicatrice.

Comedia l'avait rencontré pour la première fois à la fin 45, au château de Trausnitz. Mais, à cette époque, Rudi Dahlem et l'unité de l'OSS avaient quitté la Bavière depuis longtemps déjà. La fièvre des jours qui suivirent la capitulation nazie s'était apaisée. Les prisonniers qui défilaient dans les couloirs, d'interrogatoire en interrogatoire, étaient toutefois encore nombreux.

Comedia observa longuement l'homme qui se tenait devant lui. Il portait une blessure au front, un coup de couteau reçu lors d'une bagarre dans un de ces camps où étaient parqués les résidus de la Wehrmacht. Une capote crasseuse couvrait ses épaules. Selon le rapport que Comedia détenait, le type était un petit responsable de la Gestapo que des détenus avaient dénoncé comme tel. Ses papiers étaient faux. Comedia lui lut le rapport.

— Gestapo ? ricana-t-il. Écoutez, lieutenant, vous perdez votre temps, je voudrais rencontrer un officier supérieur.

Il parlait français à la perfection, et, sans attendre une quelconque autorisation, s'assit face au bureau. Comedia insista. Il montra les classeurs, derrière lui. Ils contenaient des milliers de fiches arrachées aux archives de la Gestapo.

— Nous en détenons beaucoup d'autres, dit-il, disséminés un peu partout dans le pays. Nous y mettrons le temps, mais nous retrouverons la vôtre !

Le type ricana encore. Il alluma une cigarette, avec le briquet qui traînait sur le bureau.

— Bien, dit-il, ne perdons pas de temps. Mon nom est Kurt Frölich. J'appartiens à l'Abwehr.

Comedia détestait ces gens. Ils mettaient un point d'honneur à ce qu'on les distingue des tortionnaires de la Gestapo, et insistaient sur leur qualité d'officier. Le dossier Frölich fut retiré des mains de Comedia. On emmena le prisonnier au premier étage du château. Il s'arrêta longuement devant la fresque qui ornait l'escalier, où l'on voyait un vieux Pantalone roucouler sous le balcon d'une demoiselle. Comedia retrouva Frölich quelques années plus tard, en 52, à Berlin, dans les bureaux de la Tauentzienstrasse.

Dès 45, Frölich avait repris du service… auprès des Français ! Du château de Trausnitz, où il ne resta que quelques jours, on l'expédia à Bregenz, sur le lac de Constance, un autre centre de tri. On s'y efforçait de récupérer les meilleurs agents allemands. Il revint à Berlin et fut affecté au département chargé de surveiller les personnalités en poste dans la capitale est-allemande.

Et, tout naturellement, quand Comedia arriva dans les bureaux de la Tauentzienstrasse, Frölich fut désigné pour l'initier aux combines qui se mettaient en place en direction de la RDA.

Comedia reconnut aussitôt l'ex-prisonnier du château de Trausnitz. Il avait légèrement grossi et sa blessure au front était cicatrisée ; la balafre courait de la racine des cheveux à l'arcade sourcilière.

Ils commencèrent par une petite excursion dans Berlin, et Frölich montra à son nouveau collègue l'ancien siège de l'Abwehr, un bâtiment gris et sans attrait, situé au coin du Tirpitz Ufer, le quai qui borde le Landwehrkanal. Une compagnie d'assurances avait racheté les locaux, et les bureaux où complotaient jadis les aristocrates de l'Abwehr étaient à présent occupés par des pools de dactylos.

Ils travaillèrent quatre ans ensemble, et partagèrent même un appartement, Potsdamerstrasse, jusqu'au lamentable ratage de 56.

2

La CX traversa Amboise, et se gara à proximité d'une petite maison coincée entre la Loire et une paroi rocheuse criblée de grottes.

Frölich était occupé à peindre dans son atelier. Il reconnut aussitôt son visiteur, abandonna sa palette sur un chevalet et s'essuya les doigts à l'aide d'un chiffon.

Ils se serrèrent longuement la main. Comedia faisait de rares visites à Amboise. La dernière remontait à l'automne précédent. Frölich conduisit son hôte dans la grande salle, et ils s'assirent tous deux devant la cheminée.

— Vous savez ce qui m'amène, je suppose ? demanda Comedia.

— Je lis les journaux, et j'ai vu ce reportage, à la télévision. Ainsi, vous avez fini par lui mettre la main dessus, et vous l'avez tué… On peut dire que vous avez la rancune tenace !

Comedia eut un rictus amer. Il expliqua l'accident de Chennevières, en quelques phrases. Frölich se dirigea vers un coffre de bois ouvragé, l'ouvrit et déposa une bouteille de marc et deux petits verres sur la table basse encombrée de revues d'art.

— Vous avez l'air anxieux, poursuivit Frölich, quelque chose vous tracasse ? Pourtant, vous devriez être satisfait : vous le cherchiez depuis si longtemps !

Comedia hocha la tête. Il ouvrit son porte-documents et montra le manuscrit de Matamore.

— Voulez-vous lire ceci ? demanda-t-il. Ce n'est pas très long.

Frölich acquiesça et saisit les feuillets. Comedia se leva et sortit de la pièce. Il pénétra dans l'atelier, sous la verrière, et examina les toiles, les aquarelles. Au-dehors, la pluie avait cessé, aussi il poussa le battant de la porte et sortit faire quelques pas dans le jardin. Un couple de ragondins s'affairait sous une souche d'arbre que la Loire recouvrait, et il observa leur manège durant une petite demi-heure, oubliant tout le reste. Puis il regagna la maison.

— Alors, qu'en pensez-vous ? demanda-t-il, après être revenu auprès de Frölich.

— Ce jeune homme, Grésard, vous le surveillez ?

— Bien entendu, mais vous avez vu, il ne sait rien.

— Méfiez-vous : avec un peu de chance, et beaucoup d'obstination… Et Dahlem, que faisait-il en France ?

— Comme vous, mon cher, répondit Comedia, il était en retraite : il pêchait au bord de la Marne, allait au cinéma, collectionnait les films.

— Et ses amis, en France, qui voyait-il ?

— Apparemment, personne, sauf Grésard, mais j'aimerais en être certain.

— Ça vaudrait mieux pour vous, en effet ! approuva Frölich. Et vous ne disposez que de ces documents ? Ce jeune homme est fasciné par la vie de Dahlem, une vie d'échecs, de déconvenues, sans doute parce qu'il éprouve lui-même des difficultés à mener sa propre barque… oui, restez sur vos gardes. À sa place, je m'acharnerais, je chercherais à comprendre. Il a le goût du scandale, de la provocation. Et c'est un romantique : il aurait voulu les vivre, ces années trente ! L'orage qui gronde, l'Histoire qui s'emballe, il y a de quoi enflammer l'imagination des jeunes gens… Bah ! il vieillira.

Comedia avala d'un trait le petit verre de marc. L'alcool lui brûla la gorge, et il grimaça. Frölich éclata de rire.

— Eh oui, dit-il, vous, vous êtes déjà vieux, vous avez passé l'âge de vous tourmenter avec toutes ces salades !

Il but à son tour et remplit de nouveau les verres.

— Évidemment, tel que je vous connais, reprit-il, c'est cette histoire Seydlitz qui vous poursuit ? Ça vous amuserait de démontrer qu'il n'est qu'une marionnette, mmh ? De quel surnom l'a-t-on affublé, à présent ?

— Scapin, nous l'appelons Scapin. Oui, c'est bien ce qui me tracasse, comme vous dites.

Ils demeurèrent silencieux durant un long moment. Ils avaient tous deux passé d'interminables nuits de veille, jadis, à attendre les nouvelles. Le bureau du quatrième étage de la Tauentzienstrasse restait éclairé jusqu'au petit matin. Ils partaient alors boire un café noir dans une *Kneipe*, accablés et moulus de fatigue.

Dahlem s'était appliqué à tout saccager. Il avait dénoncé tous les membres du réseau qui couvrait la RDA et possédait quelques ramifications jusqu'en URSS. Le petit Seydlitz, un jeune officier qui servait dans un régiment d'artillerie cantonné près de Leipzig, ne fut pourtant pas inquiété. En haut lieu, on en tira une conclusion des plus simples : le cloisonnement était efficace. La preuve ? Seydlitz était toujours en place !

Frölich cligna les yeux, comme pour interrompre les images grises qui défilaient sur l'écran de sa mémoire. Il feuilleta de nouveau le manuscrit qu'avait apporté Comedia, et s'arrêta à la page dans laquelle le cabaret *Die Laterne*, puis le chantier de l'Expo 37 étaient décrits.

— Comme c'est vieux, dit-il, j'y suis allé, dans ce cabaret, mais c'était avant que je ne repère Dahlem. J'étais accompagné par une décoratrice qui travaillait à l'Expo, au pavillon du Reich, elle préparait les fresques qui devaient orner le salon d'apparat… une espèce de grande jument en chaleur. Un soir, nous sommes partis nous balader dans le chantier, nous aussi. Il y avait un zoo, des cages avec des lions, des chameaux. Je l'ai baisée sur un tas de foin, il y avait des odeurs fortes et poivrées, et je ne savais plus qui rugissait, elle ou les fauves ! Dites-moi, vous bandez encore, vous ?

Comedia le dévisagea, interloqué. Du temps de la Tauentzienstrasse, les filles défilaient dans l'appartement que Frölich et Comedia partageaient. Les soutiens-gorge et les culottes de soie traînaient jusque sur le frigidaire.

— Quelquefois, oui… murmura Comedia en rougissant.

— Alors, reprit Frölich, vous avez de la chance. Obstinez-vous, ne lâchez pas prise, continuez de surveiller ce type.

Comedia fut de retour à Paris vers vingt et une heures. Le chauffeur s'était garé devant l'entrée de l'immeuble de la rue Greuze, mais, au dernier moment, Comedia changea d'avis.

— Conduisez-moi rue Manin, dit-il. Ça ne vous ennuie pas ?

La CX redémarra et, un quart d'heure plus tard, s'arrêta devant l'entrée des Buttes-Chaumont. Comedia remercia le chauffeur et leva les yeux vers les fenêtres de l'appartement de Matamore. Les lumières étaient allumées.

Comedia remonta la rue jusqu'à l'immeuble voisin, où l'équipe Arlequin avait installé ses tables d'écoute. Il prit l'ascenseur et sonna à la porte du studio. Arlequin C était de permanence.

— Rien de neuf ? demanda Comedia.

— Pas grand-chose, dit Arlequin C. Il tape à la machine depuis dix-huit heures. Cet après-midi, il est allé au Quartier latin, il y avait une nouvelle manifestation, pour le type que les voltigeurs ont tué, vous savez…

Comedia tendit l'oreille face à l'amplificateur et perçut le cliquètement des touches sur le clavier.

— Bien, dit-il, dans un soupir. Rien d'autre ?

— Il a reçu un coup de téléphone de son père, ce matin. Vous voulez écouter ?

Comedia hocha la tête. Arlequin C manipula la console, rembobina la bande et appuya sur une touche.

— Allô, Arnaud ? Ton père à l'appareil ! Comment va ?

— Doucement…

— Tu pourrais nous appeler de temps en temps, non ? Bon, je ne vais pas te casser les pieds, il y a une lettre pour toi.

— De qui ?

— Je n'ouvre pas ton courrier. Tu veux que je te l'apporte ? Je passe à Paris demain matin, j'ai des courses à faire au BHV, des pièces de rechange pour ma tondeuse à gazon… vers onze heures, ça irait ?

— Viens déjeuner, alors ?

— Je ne sais pas si je pourrai rester, j'ai une réunion du conseil municipal dans l'après-midi. Enfin, on verra, à onze heures ?

Arlequin C coupa le son du magnéto. Comedia haussa les épaules. Les parents de Matamore habitaient Montargis. Une lettre ? C'était sans importance. De toute façon, si son père la remettait en main propre à Matamore, Arlequin ne pourrait l'intercepter dans la boîte.

Des péripéties, des rebondissements ?

Annie a raison. Pour pimenter le tableau, je devrais arranger la biographie en ajoutant un épisode genre Série noire : le comédien déçu qui bifurque tout à coup, se fait truand, monte un coup fabuleux, et se range…

Les truands, Werner les a connus sur les plateaux de tournage ; leurs revolvers étaient chargés à blanc et le sang qui giclait des costumes croisés n'était rien d'autre que de la peinture rouge.

Il a tenu de tout petits rôles de gangsters dans des films oubliés, datant des années d'après guerre. On le voit aussi quelques secondes, en voyou des fortifs, dans *Casque d'or*. À cette époque, il jouait surtout au théâtre, du boulevard.

Pas d'espions ? Si, dans ce film de Raymond Bernard, *Marthe Richard, espionne au service de la France* ! C'était en 37, entre *Yoshiwara* et *La Marseillaise*. Il s'agissait d'une sombre histoire d'espionnage, durant la guerre de 14 : les méchants Teutons avaient installé une base de sous-marins en Espagne, mais la courageuse Marthe Richard séduisait von Ludow, le chef des conspirateurs prussiens… Werner présidait une cour martiale qui ordonnait à un officier félon de se suicider !

Non, je ne sais pas avec quels ingrédients fumeux je pourrais corser le récit.

Durant les mois d'août et septembre 37, Werner participe au tournage de *La Marseillaise*. Renoir a installé son petit monde à Fontainebleau. Il s'agit de reconstituer la prise des Tuileries, l'insurrection du mois d'août 92, l'arrestation de Louis XVI, convaincu de traîtrise, de complicité avec les émigrés réunis à Coblence.

Werner apparaît à plusieurs reprises, dans les scènes d'extérieurs. Il est figurant. Tantôt il marche au milieu des Marseillais qui se lancent à l'assaut du château, tantôt il tire sur eux, dans les rangs des gardes suisses… quand il ne braille pas au milieu de la foule parisienne qui acclame les bataillons fédérés lors de leur arrivée à Paris.

Le film était financé par la CGT, et le responsable de la production avait occupé, dans les années précédentes, un poste important à la tête du Comité Thaelmann, l'organisme qui menait une propagande intense contre le régime nazi, et auquel participaient tous les réfugiés allemands : Werner avait besoin d'argent, et les journées de figuration étaient les bienvenues.

Ce n'était qu'un hors-d'œuvre : le tournage des intérieurs était prévu pour novembre, et Werner devait incarner un des aristocrates émigrés qui entouraient le duc de Brunswick. C'était un rôle important. Il avait aussi d'autres projets : tous les soirs, il quittait son costume de sans-culotte ou de garde suisse pour aller répéter avec la troupe de *Die Laterne*, salle Adyar, près de l'École militaire. Slatan Dudow mettait en scène la pièce de Brecht, *Les Fusils de la mère Carrar*.

La générale, à laquelle il ne put participer, eut lieu le 16 octobre. Juliette lui envoya le prospectus-programme, dans une de ses premières lettres, adressées en Espagne.

Voilà, il tenait le bon bout, et brusquement, il a tout plaqué pour aller se battre en Espagne. Courageuse décision, mais totalement inexplicable, du moins dans une telle précipitation.

Tu en as eu assez, peut-être, de jouer les révolutionnaires à l'écran, alors que les révolutions n'en finissaient plus de pourrir : les vieux de la vieille d'Octobre avouaient des crimes insensés et terminaient leur vie devant les pelotons d'exécution. Platonov, Radek, Zinoviev, Toukhatchevski ? Des traîtres ! Douze balles dans la peau ! Et le Front populaire tournait en une mauvaise farce. Le gouvernement Blum avait été démis. Une clique d'affairistes revenait au pouvoir. Que restait-il ? L'Espagne. Enfin presque. Les franquistes tenaient déjà le Pays basque.

Tu es resté jusqu'au bout.

En mars 39, tu as quitté le port d'Almería à bord d'un paquebot qui parvint à évacuer quelques centaines de combattants républicains. Sur la plage, les carcasses des cabines de bain brûlaient et les avions franquistes survolaient le port en rase-mottes, mitraillant les malheureux qui n'avaient pu monter à bord du bateau ; des gerbes de sang se diluaient dans le sable blanc.

D'Almería, tu as gagné Oran. Puis les USA.

Là-bas, tu as retrouvé quelques copains. Dieterle, le metteur en scène de *Pasteur*, avec qui tu avais travaillé en 35, t'a aidé. Plus question de jouer la comédie, simplement de gagner ta vie. Tu as traîné dans les studios, à la recherche de petits boulots. Tantôt menuisier, tantôt électricien, preneur de son sur *Les Raisins de la colère* avec Ford, éclairagiste sur *Le Faucon maltais* avec Huston. À la déclaration de la guerre des USA, tu t'es enrôlé dans l'armée, et Ford t'a intégré à sa petite équipe.

Tes qualités de parfait germaniste – et pour cause ! – intéressaient l'OSS. On t'a chargé de visionner les bandes d'actualités en provenance de Berlin pour en tirer quelques renseignements.

Ah, oui, les espions, les voilà : l'OSS. Qui plus tard devait donner naissance à la CIA. Allons, soyons raisonnable : ce n'était qu'un poste de sous-fifre, tu n'avais accès qu'à des broutilles. Rien de conséquent à se mettre sous la dent. Évidemment, si je livrais ce détail à un des pisse-copie que Berthenier couve amoureusement sous son aile, il m'en tirerait tout un roman.

Mais revenons à l'année 37.

Une belle soirée, celle du 22 juin. Werner emmène Juliette et tous ses élèves du cours de Belleville au cinéma *Marivaux*. Albert Grelèche est là lui aussi, très fier de ce smoking qu'il a déniché Dieu sait où.

C'est la première de *La Grande Illusion*. Werner a obtenu une dizaine de places auprès d'un responsable de la production. Ils s'installent au troisième balcon, tout en haut. Les personnalités occupent les premiers rangs. Il y a des robes longues, des décolletés étourdissants.

Le film est salué par de longs applaudissements. Grelèche n'est pas rancunier : il passe l'éponge sur les mensonges de Werner à propos de ce soi-disant rôle important, et qui se résume en fait à quelques répliques.

La petite troupe se sépare. Avec Juliette, Werner se rend dans une brasserie voisine rejoindre quelques techniciens de l'équipe Renoir qui travaillent déjà à mettre en place *La Marseillaise*. Il ne les connaît pas tous. On le présente : voici un camarade allemand, vous savez, un des émigrés de Coblence… Tout le monde rigole, on se serre sur les banquettes pour vous faire une place.

Le champagne pétille dans les coupes, on boit au succès du prochain film. Il y a une discussion véhémente à propos du scénario. Au départ, il était question de Robespierre — que devait interpréter Louis Jouvet —, de son opposition à Brissot, des débats à l'Assemblée sur la guerre. Mais les résonances politiques, deux siècles plus tard, gardent leur acuité : les aristocrates ressemblent un peu trop aux deux cents familles, à moins que ce ne soit l'inverse ?

Oubliée, la tirade de Renoir sur les exécutions de septembre. Tout cela sera gommé. On ne montrera que les anecdotes vécues par le bataillon de Marseillais en route pour Paris : leurs maux de pieds, leurs amours passagères. Le chant de Rouget de Lisle, qu'ils ont répandu dans le pays, sera le véritable héros de l'histoire.

Les allusions directes à l'actualité seront évitées : Stroheim était pressenti pour le rôle du commandant de la brigade internationale (des Allemands, des Belges principalement) qui prit part à la bataille de Valmy, dans le camp français. On a renoncé à tout cela.

Juliette et Werner écoutent, sans prendre la parole.

— Et les curés ? demande un jeune homme un peu éméché.

— Plus question de dénoncer le clergé, tu penses, répond un vieux machino qui suit Renoir depuis ses débuts, tu lis pas *L'Huma* ? On « tend la main » aux catholiques, maintenant…

Le jeune homme lit à haute voix quelques feuillets du scénario. Les dialogues sont limpides : il y aura un vicaire très gentil, en révolte contre son évêque. Un personnage dénoncera bien les « capelans », les prêtres réfractaires, mais avec une telle naïveté que c'en sera ridicule.

Les volontaires de 92 seront dépourvus de toute haine, ce seront de braves gens… Werner comprend alors que la Révolution française n'aura même pas lieu au cinéma.

Ils quittent le bar et se promènent sur les Champs, en se tenant la main. Les hauts talons de Juliette résonnent sur le bitume. Elle chantonne : « Froufrou, froufrou, par son jupon la femme, froufrou, froufrou… » C'est l'air que fredonne Gabin, tout au début de *La Grande Illusion*. La rengaine s'est incrustée dans son esprit et Juliette la chante encore en montant l'escalier de son immeuble, rue de la Grange-aux-Belles…

Juillet. Il fait une chaleur accablante. Le 14, grand défilé du Front populaire, place de la Bastille : la foule en liesse, qui n'a pas encore saisi à quel point on est en train de la rouler dans la farine, chante à tue-tête *La Marseillaise* ou *L'Internationale*. Au bras de Juliette, Werner défile derrière la banderole de la Fédération des travailleurs du spectacle. C'est l'Espagne qui occupe la première place parmi les slogans.

Puis la manifestation se disloque. Sur la place de la Bastille, il ne reste que des milliers de tracts froissés, des papiers gras, des canettes de bière vides. Rien de neuf sous le soleil.

Elle pourrait parler, cette place. Sa mémoire n'en finit plus de résonner des pas de tous ceux qui l'ont foulée, soldatesques défilant au pas de l'oie ou manifestants qui piétinent en lançant leurs slogans. J'imagine sa voix, une voix de poissarde ravagée par le tabac et l'alcool, grésillant comme un vieux 78-tours, raconter ses souvenirs. Les sabots des sans-culottes, les galoches des grognards et celles des communards, les hauts talons de Juliette, les bottes de la Wehrmacht… et mes baskets.

Albert Grelèche a prêté sa Juvaquatre à Werner, Juliette a obtenu quelques jours de congé. Durant une semaine, elle peut échapper aux regards concupiscents de son patron, à la navette entre le siège de la compagnie, boulevard Haussmann, et les ports du Havre, de Toulon ou de Bordeaux.

Ils partent sur la route des vacances. Là, nous rejoignons l'image d'Épinal : les touristes aux mollets de coq pédalent au long des routes, sur leurs tandems. Et des groupes de jeunes, sac au dos, flânent dans les champs fleuris de coquelicots en chantant *Ma blonde, entends-tu dans la ville.*

La Juvaquatre traverse le pays de Caux et s'arrête sur la falaise d'Étretat. La mer moutonne, c'est marée basse. Les familles se prélassent au soleil. Des gosses armés d'épuisettes traquent le crabe ou la crevette dans les flaques remplies de goémon. Les maillots de bain sont bariolés, on saucissonne sur le sable humide, les nuques sont rouges sous les mouchoirs à carreaux.

Vous partez faire une promenade à travers les galeries creusées dans la falaise. Un peu plus loin, la plage est déserte. Juliette se déshabille et se lance à l'eau, nue. Werner la rejoint, puis ils font l'amour au pied des blocs de calcaire. Le sable colle à la peau et crisse sous les caresses.

Vous restez quelques jours à Étretat, dans une auberge du bord de mer très confortable. C'est un endroit douillet et calfeutré. On y mange très bien, et le patron a un cousin vigneron qui possède quelques arpents de chablis.

La salle de restaurant n'a guère changé depuis 37, ni les lits à baldaquin dans les chambres. J'y suis allé avec Annie, nous avons baisé comme des lapins sous une couette de plumes. Il y avait des senteurs d'encaustique, de lavande et de linge frais, et l'écho du fracas des vagues contre les falaises toutes proches.

Gerbet a raison, ce n'est rien d'autre qu'une amourette sur fond de drapeaux rouges.

Bleu-blanc-rouge, le drapeau.

Louis XVI passe en revue les troupes qui gardent le château des Tuileries. Il est irrité : son valet de chambre a mal ajusté sa perruque : elle penche sur son front.

Des canons sont pointés vers le grand portail et les autres entrées du château. Mais les troupes ne sont pas sûres. Un bataillon acquis à la royauté lance son cri : « Vive le roi ! » Aussitôt, les gardes nationaux répliquent par un « Vive la nation ! » tonitruant. Louis XVI, effrayé, blême, regagne le perron du château.

Renoir, perché en haut de la grue qui supporte la caméra, crie : « Coupez ! »

C'est le soulagement. Louis XVI arrache sa perruque trempée de sueur et allume une cigarette. Les soldats se débarrassent de leur képi, abandonnent leur fusil et s'épongent le front.

Il fait une chaleur étouffante, ce 28 août 37, dans la cour du château de Fontainebleau. Renoir décrète un quart d'heure de pause.

Les techniciens du son, les accessoiristes, les figurants se dispersent pour se rassembler aussitôt devant la buvette installée dans une courette voisine. Derrière les grilles qui entourent le château, les badauds affluent et se pressent contre les barreaux. L'escadron de gendarmes chargé de les contenir s'est lui aussi octroyé quelques moments de détente.

On se tord le cou pour apercevoir les vedettes : Jouvet ? non, il n'est pas là. Demain, peut-être. Mais voilà Andrex, assis sur un affût de canon, parcourant *L'Huma* d'un œil distrait. Ardisson discute avec une jeune journaliste de la revue *Regards*.

L'agitation habituelle des plateaux : les artificiers préparent les canons, les cascadeurs répètent, les maquilleuses s'affairent. Les figurants de la scène suivante patientent, sans quitter des yeux les repères tracés à la craie sur le pavé de la cour.

Werner, en garde suisse, sirote une bière au comptoir en compagnie d'un officier royaliste. Sifflets, haut-parleurs ; « Tout le monde en place ! » crie le régisseur.

Les Marseillais chargent dans la cour du château. Les balles sifflent à leurs oreilles. La fumée, les blessés qui s'écroulent, puis, de nouveau, le cri : « Coupez ! » Et les blessés se relèvent.

Autre scène : durant la bataille, un sans-culotte du bataillon des Marseillais se précipite vers les gardes suisses et leur tient un discours pathétique : les peuples n'ont qu'un ennemi, la noblesse qui les maintient en esclavage, etc.

Werner baisse la garde de son fusil, s'avance vers l'officier, et, d'une voix posée, clame : *« Er hat rechts ! »*, il a raison ! Les gardes suisses passent du côté des révolutionnaires… nous sommes au cinéma, c'est entendu.

Puis l'on range les fusils, les costumes rejoignent la buanderie, les bâches couvrent les canons.

La route de Paris, les journaux du soir. Il n'y a plus de *Carmagnole*, plus d'enthousiasme. Le franc flotte, Chautemps, dans un discours à la Chambre, explique qu'il faut stimuler la production pour rétablir l'équilibre de la balance commerciale.

Je relis cette lettre de Juliette, datée de mars 38, qui t'est adressée en Espagne. Tu ne la recevras jamais. Elle lui a été renvoyée : Juliette l'a conservée et tu la liras, ainsi que toutes les autres, à ton retour à Paris, en 45.

Elle t'explique que le film est très mal accueilli par la presse. Elle est allée le voir au *Marivaux*, avec toute la petite bande du cours de Belleville. Ils étaient très heureux de découvrir leurs visages à l'écran, coiffés des bonnets phrygiens. Quelques coupures de journaux accompagnent les feuillets dans lesquels Juliette, une fois de plus, s'étonne de ton silence.

Les coupures, elles sont là, devant moi, jaunies et cornées : Henri Jeanson assassine *La Marseillaise* d'une plume vacharde dans *La Flèche de Paris*. « Jamais, dit-il, nous n'avons vu de film soviétique plus réussi depuis *Potemkine*... Renoir a guillotiné la guillotine, il a rendu les émigrés sympathiques et transformé les prêtres en sans-culottes. »

Mais qu'importe la critique, dit Juliette. Elle évoque le dernier dimanche du mois d'août.

Il avait fallu se lever tôt, courir jusqu'à la gare d'Austerlitz, s'entasser dans le train qui partait vers Fontainebleau.

Les figurants bénévoles avaient été recrutés par de petits encarts publiés dans *L'Huma*. Singuliers sans-culottes qui chantaient *L'Internationale*, dans les wagons de seconde, entre Corbeil et Melun. Juliette n'était pas en reste.

À Fontainebleau, vaste déploiement de décors : il s'agissait de reconstituer la place de la Bastille, afin de fixer sur la pellicule la journée du 30 juillet 92, durant laquelle le peuple parisien accueillit les régiments fédérés. Des estrades dressées sur une place, et de vieilles maisons pavoisées de tentures bleu-blanc-rouge donnaient l'illusion du Paris de la Révolution.

Les élèves de Werner firent la queue le long des camions contenant les costumes. Juliette hérita d'une jupe rouge et d'un corsage blanc. Photographie de groupe, pour le souvenir, devant le panneau de bois indiquant : « Ci-gît la Bastille. »

Les haut-parleurs lançaient des directives dans la pagaille la plus totale. Des voitures de la production sillonnaient la place en klaxonnant pour se faufiler à travers cette joyeuse cohue.

Le silence, enfin. Chacun est à sa place. Juliette est debout sur une estrade, aux côtés de ses amis. D'une rue adjacente, retentissent les fifres et les tambours. En colonne par cinq, précédés de leurs officiers juchés sur des chevaux, voilà les Marseillais. Ils chantent :

Amour sacré de la patrie
Tu armeras nos bras vengeurs !
Liberté, liberté chérie,
Combats avec tes défenseurs !

La foule les acclame, les chapeaux s'envolent. Soudain, Renoir hurle dans son micro. Sempiternel « Coupez ! ». Conciliabule des assistants. La prise était correcte, pourquoi l'avoir interrompue ?

Pourquoi ? Parce que les figurants rigolards levaient le poing ! Délicieux anachronisme. Éclats de rire, nouvel essai, « Moteur ! ».

Amour sacré de la patri-i-ie
Tu armeras nos bras vengeurs…

Cette fois, c'est bon. Pas de poings farceurs résolus à narguer les siècles.

Juliette parle de la soirée qui suivit ces scènes. Vous n'avez pas pris le train pour regagner Paris. Dans un village voisin, Marlotte, il y avait une auberge accueillante, vous y avez passé la nuit. Je peux en déduire que ce fut la dernière.

3

Arlequin acheta quelques croissants à la boulangerie de la place Armand-Carrel, et du café frais dans une brûlerie, près de la mairie du 19e. Puis il remonta la rue Manin, dépassa l'immeuble où habitait Matamore et rejoignit le studio qu'occupait son équipe.

Arlequin D avait tenu la permanence toute la nuit. Les cernes qui marquaient ses paupières attestaient de ses longues heures de veille.

— Il est en forme, dit-il en réprimant un bâillement. Il a tapé à la machine toute la nuit. Le salaud, il est increvable !

— Allez dormir, vous en avez besoin, répondit Arlequin.

Il prépara du café. Son adjoint écrasa le mégot d'une Gitane dans le cendrier posé sur la console et mordit à pleines dents dans un croissant chaud. Il avala une tasse de café brûlant, enfila sa veste, noua une écharpe autour de son cou, et s'en alla.

Arlequin ouvrit grandes les fenêtres pour aérer la pièce et chasser les odeurs de tabac froid, puis il plia le lit de camp et balaya les restes du précédent repas.

Arlequin B arriva une demi-heure plus tard. Les consignes étaient simples. Attendre, écouter. Ils passèrent le temps en jouant aux échecs. Arlequin fut battu : Matamore dormait à présent, et l'écho des ronflements, que l'on entendait fort bien, l'empêchait de se concentrer.

À onze heures, comme prévu, on sonna à l'interphone. Matamore se leva et ouvrit la porte de l'immeuble à son père. Sganarelle A, qui traînait dans la rue, avait annoncé l'arrivée de cet homme qui venait de garer sa voiture le long du trottoir bordant les Buttes-Chaumont.

Arlequin B manipula les plots sur la console. Les voix retentirent dans le studio, sans aucun parasite. Le père et le fils échangèrent quelques banalités. Ils procédèrent à un rapide tour d'horizon familial, évoquant le bulletin de santé de la tante Isabelle, les ennuis fiscaux du cousin René. Il fut aussi question des travaux que le père avait entrepris : l'installation d'une piscine dans le parc de sa villa. Et autres broutilles.

Matamore se prépara un café, mais servit un apéritif à son père. Il était tard. Celui-ci s'enquit des projets professionnels de son rejeton, de l'émission que la télé lui avait commandée, du scénario qu'il était en train d'écrire. Matamore répondit évasivement à ces questions. Innocemment, le père remuait le couteau dans une plaie sensible.

Il y eut des bruits aquatiques, le jet de la douche

contre l'émail de la baignoire, les couinements d'un robinet récalcitrant, mêlés aux jingles du journal de midi sur France-Inter.

Puis les deux hommes sortirent de l'appartement et se dirigèrent vers la mairie, pour entrer dans un restaurant voisin. Arlequin donna le signal, et Sganarelle prit le relais. Il fallait encore se rendre chez Matamore et y photocopier la production de la nuit… Arlequin s'acquitta rapidement de cette tâche, et, de retour auprès de son adjoint, lui souhaita bon courage. Arlequin D viendrait prendre le relais à vingt heures.

Arlequin descendit l'avenue Secrétan et prit le métro à Colonel-Fabien ; il lut les feuillets tapés dans la nuit. Il n'y avait rien qui pût l'intéresser. Ce n'était pas une surprise.

Arnaud écouta son père lui brosser un tableau apocalyptique de l'état du chantier de sa piscine. Le terrain était en pente, la terre se révélait bien trop meuble, les maçons n'avaient pas prévu un coffrage de béton suffisamment solide, il fallait tout recommencer.

Au dessert, M. Grésard fouilla dans ses poches, étala des factures et des prospectus publicitaires sur la table, et trouva enfin la lettre qu'il était venu apporter.

— Elle est arrivée il y a trois jours, dit-il. Il y a eu aussi un coup de téléphone, la semaine dernière. J'ai répondu que tu n'habitais pas avec nous.

— Un coup de téléphone ? s'étonna Arnaud. Qui était-ce ?

— Je ne sais pas, un type qui voulait te parler… Assez âgé, à en juger par sa voix. Je lui ai donné ton numéro.

— Oui, il n'a pas pu le trouver dans le Bottin, je suis sur la liste rouge. Il n'a rien dit d'autre ?

— Non, rien. Et alors, où ça en est, cette enquête sur Krüger ? On n'en parle plus dans les journaux… Tu te rappelles, quand on s'est installés à Chennevières ? Le jeudi, il te faisait des séances de cinéma, le pauvre vieux !

Arnaud haussa les épaules et empocha la lettre. Son père se leva et régla l'addition. Ils quittèrent le restaurant et traversèrent la place en direction de la rue Manin. Grésard embrassa son fils et monta dans sa voiture, un 4 x 4 dont les flancs étaient couverts de boue. Arnaud le regarda s'éloigner en direction de la porte des Lilas, puis il pénétra dans le parc des Buttes, s'assit sur un banc au bord du lac et ouvrit la lettre.

Il la relut plusieurs fois, avec attention, avant de la plier et de la ranger dans son portefeuille. Il resta quelques instants assis, à observer de curieux personnages chaussés de cuissardes qui pataugeaient dans le lac en manipulant de longs tuyaux.

Arlequin B s'acharnait sur le récepteur, mais la voix de Sganarelle C ne lui parvenait qu'avec difficulté. Il écarta le rideau à la fenêtre et comprit la raison de ce dysfonctionnement : des ouvriers curaient le lac des Buttes, à l'aide d'un camion-pompe et le vacarme du moteur brouillait la transmission.

Peu à peu, la voix de Sganarelle C redevint audible.

— Il quitte le parc, dit-il, il a mangé avec son père, qui lui a remis une lettre ; il l'a lue, il s'éloigne maintenant vers le carrefour Simon-Bolivar.

Arlequin B soupira. Il eut une pensée pour l'argent des contribuables que l'on dilapidait ainsi.

Arnaud traversa un groupe d'immeubles, en contrebas du parc, et déboucha bientôt dans la rue de Belleville. De petits hommes aux yeux bridés s'affairaient à décharger une cargaison de fruits exotiques d'un camion garé en double file. Ils zigzaguaient sur le trottoir, se faufilaient entre les passants en poussant des diables où s'empilaient des cageots d'ananas.

Il traversa la rue devant *La Vielleuse* et poursuivit son chemin sur le boulevard. Il s'arrêta devant un restaurant oriental et chercha des yeux le numéro de l'immeuble sur la façade couverte d'affiches électorales. On lui tendit un prospectus vantant le savoir-faire d'un certain Touré-Dialo, grand mage africain qui promettait de résoudre les problèmes de cœur, ou de chasser les envoûtements. Il le froissa avant de le jeter à terre. Un groupe turbulent de gamins coiffés de kapelés et portant les traditionnelles papillotes chahutaient à l'entrée d'une école talmudique.

Arnaud pénétra dans l'immeuble, chercha la minuterie, et l'actionna. Elle était en panne. Il craqua une allumette et déchiffra un à un les noms inscrits sur les boîtes à lettres.

Jean-Louis Peignot habitait au troisième. Arnaud grimpa les marches quatre à quatre. Le conduit d'aération du restaurant installé au rez-de-chaussée débouchait près de la cage d'escalier et libérait des remugles de poisson frit. Sur le palier du troisième, il entendit le son d'une flûte traversière qui égrenait laborieusement ses gammes.

Il sonna enfin à la porte de droite, après avoir vérifié le nom inscrit sur la carte de visite punaisée contre le chambranle. La serrure grinça et le battant, retenu par une chaîne de sécurité, s'entrouvrit enfin.

Arnaud se trouva devant un homme d'une soixantaine d'années, vêtu d'une robe de chambre de tissu écossais dont le col était couvert de pellicules. Peignot grimaçait en plissant les yeux. Il était coiffé d'un bonnet de laine et de grosses lunettes rondes à double foyer pinçaient son nez proéminent, strié de veinules violacées. Peignot dévisagea le visiteur.

— Ah, c'est vous, murmura-t-il en dévissant le crochet de la chaîne de sécurité.

Arnaud pénétra dans la pièce où régnait un désordre impressionnant. Une flûte traversière reposait sur un chevalet, à côté d'un piano ; les touches étaient couvertes de poussière. Des boîtes de médicaments étaient empilées sur le châssis, près d'un bouquet de fleurs fanées dont les pétales noircis parsemaient le plancher. Des piles de revues s'entassaient devant la fenêtre et un puzzle géant, inachevé, couvrait la toile cirée de la table : les tours du château de Chenonceaux étaient criblées de trous.

Des cartes postales jaunies, scotchées sur les murs, voisinaient avec une petite collection de masques de cuir groupés en cercle, couverts eux aussi de poussière. Arnaud les reconnut aussitôt : Arlequin, Matamore, Brighella, Pantalone. On entendait un bouillonnement, en provenance de la cuisine. Les carreaux de la fenêtre étaient couverts de buée. Il y avait des odeurs rances, pharmaceutiques et vineuses.

— Asseyez-vous, asseyez-vous donc, bredouilla Peignot en chassant un matou eczémateux recroquevillé dans un fauteuil couvert de poils.

Arnaud sourit en voyant le personnage s'agiter pour remettre un semblant d'ordre dans son repaire. La robe de chambre l'enveloppait complètement et cachait même ses pieds, si bien qu'il semblait glisser sur le parquet.

— Je révisais mes exercices, expliqua Peignot, en montrant la flûte. Vous voulez boire quelque chose ?

Sans attendre la réponse, il écarta les pièces éparses du puzzle et déposa une bouteille de vin rouge et deux verres sur la table.

Il en avala une grande rasade. Arnaud but aussi, et réprima une grimace. La trogne joviale et couperosée d'un postillon luisait sur l'étiquette de la bouteille.

— Ah, jeune homme, jeune homme, dit Peignot, j'ai longuement hésité avant de vous écrire. Et je me suis décidé. Je n'avais pas votre adresse, elle n'est pas dans le Bottin. J'ai cherché, et des Grésard, il y en a quelques-uns ! J'ai fini par téléphoner à vos parents, et j'ai envoyé ma lettre chez eux. Ils ont fait suivre, à ce que je vois ?

Peignot s'était assis face à son visiteur, dans un autre fauteuil, délogeant une fois de plus le chat. Arnaud lui tendit une carte de visite à son nom.

— La prochaine fois, dit-il, vous pourrez me téléphoner directement à ce numéro.

Peignot approcha la carte de ses yeux et la lut.

— Rue Manin ? Mais c'est tout près d'ici… je vous ai vu, à l'enterrement, poursuivit-il. Oui, je lis les journaux, et puis, ils en ont parlé à la télé… alors, je suis allé au Père-Lachaise, le jour de l'incinération. Vous ne vous souvenez pas de moi ?

— Non, je n'ai pas fait attention. Vous connaissiez Werner, c'est ce que vous me disiez dans cette lettre ?

— Oui, Rudi, c'est comme ça qu'il s'appelait ? Enfin… allez donc savoir qui sont réellement les gens… encore un petit coup ?

Arnaud déclina poliment l'offre, mais Peignot remplit prestement son verre.

— Oui, ça ne date pas d'hier, reprit-il. Rudi ! Quel drôle de type ! Je l'ai croisé par hasard, il y a… il y a, je ne sais plus, trois ou quatre ans, peut-être ? Ici, en bas de la rue, sur le boulevard de Belleville ! Je lui ai demandé ce qu'il était devenu, et il m'a répondu qu'il vivait en Allemagne… il me mentait, il était en France depuis pas mal de temps, c'est ce que disent les journaux, en tout cas !

Peignot quitta son fauteuil, ouvrit un tiroir du buffet Henri IV qui occupait tout un pan de mur, et en sortit une pochette de plastique dont il répandit le contenu sur la table. Il avait soigneusement découpé tous les articles relatant l'assassinat de Werner. Du communiqué laconique du *Monde* aux hypothèses rocambolesques développées par le reporter de *Qui, police !*

— C'était un drôle de type, oui, un drôle de type, dit Peignot après avoir avalé une nouvelle rasade de vin. Vous le connaissiez bien, vous ?

Arnaud raconta l'installation de ses parents à Chennevières, les jeudis pluvieux égayés par l'intégrale des *Bunny* de la Warner, les balades en canot sur la Marne, les devoirs d'allemand bâclés à la hâte sous la houlette de Werner.

— Et vous ne savez pas ce qu'il faisait en France ? demanda Peignot, après une quinte de toux déchirante.

Il se leva, fouilla fébrilement dans le capharnaüm de gélules qui traînaient sur le piano, en avala quelques-unes.

— Il était en retraite, dit Arnaud. Mais vous, je ne comprends pas : depuis quand le connaissiez-vous ?

— Depuis quand ? ricana Peignot. Mais depuis 1937… ça fait un bail, un bail que je le connais… tenez, regardez !

Peignot disparut dans une pièce voisine. À cet instant, une forte odeur de brûlé envahit l'appartement. Arnaud secoua la tête et se dirigea vers la cuisine. Le contenu d'un faitout brûlait sur le feu du réchaud.

— Ça crame, votre tambouille ! s'écria-t-il en soulevant le couvercle.

— Éteignez, éteignez ! répondit Peignot.

Arnaud obéit puis revint dans la pièce principale. Peignot avait ouvert un album de photos et, de ses doigts maigres aux ongles crasseux, il tournait fébrilement les pages.

— Voilà ! dit-il. Là, c'est moi, évidemment, avec le masque, on ne me reconnaît pas. Je jouais Sigognac, et Rudi, Matamore. Vous avez lu *Le Capitaine Fracasse* ? Vous voyez, ces masques ? Eh bien, c'est lui qui les a fabriqués, il me les a offerts en 49 ; il était très habile.

Arnaud se pencha sur l'album. Peignot montrait un cliché noir et blanc ; on y voyait un décor de théâtre et des comédiens en costume. Il reconnut aussitôt le visage de la jeune femme qui se tenait entre Sigognac et Matamore.

— Là, c'est Juliette, n'est-ce pas ?

Peignot fronça les sourcils et dévisagea Arnaud avec étonnement. Les lunettes à double foyer, le bonnet de laine vissé sur le crâne chauve, le nez couperosé, les poils de barbe clairsemés qui couvraient les joues creuses : Peignot n'avait guère besoin de forcer la note, c'était un véritable personnage de *commedia*, une espèce de Geronte roublard et facétieux, mité à souhait. Arnaud sourit malgré lui.

– Ah… vous connaissez Juliette ? marmonna le vieux. Enfin, il a dû vous raconter, parce que quand vous êtes né, elle…

– Je sais ! dit simplement Arnaud.

Peignot s'était de nouveau levé ; il se planta devant la fenêtre. Arnaud le rejoignit. Il vit le boulevard en contrebas. L'enseigne électrique du restaurant voisin bouchait la perspective, mais, en se penchant un peu, on apercevait les trottoirs, de l'autre côté de la chaussée.

– Vous voyez, dit-il en écartant le rideau, ce truc-là, le McDonald's ? Eh bien, c'est là que j'ai connu Rudi. Et Juliette aussi… Avant la guerre, dans cet immeuble, au rez-de-chaussée, il y avait une école de music-hall ; on pouvait y apprendre les claquettes, le jeu dramatique, la musique ou la danse ! C'était assez connu, dans le quartier, on venait de Ménilmontant, de la Bastille. Rudi y donnait des cours. C'est là que je l'ai rencontré pour la première fois.

Ils se rassirent tous deux et Peignot fit un long récit entrecoupé de brèves pauses lors desquelles la bouteille de vin se vidait peu à peu. Une seconde attendait en réserve, près du bac à sciure du chat.

Peignot avait dix-neuf ans en 36. Passionné de théâtre, il ne rêvait que de devenir comédien, séchait les cours pour aller au cinéma ; sa terminale philo, au lycée Turgot, tourna à la catastrophe. Le monde du travail lui tendait les bras et il entama une brillante carrière de livreur chez un marchand de vins de la rue Popincourt. Il parcourut tout le 11e arrondissement en pédalant comme un damné sur son triporteur.

Trois années durant, il fréquenta assidûment les cours chez Albert Grelèche. Puis vint la guerre, et Peignot la termina dans un stalag de Poméranie.

— Ah, jeune homme ! dit-il en sifflant un coup de rouge. Là, j'ai connu les acteurs : des prisonniers, comme moi. Qu'est-ce que vous voulez, on s'emmerdait tellement, alors on montait des revues, des pièces pour distraire un peu les copains... À la Libération, j'ai trouvé du travail au boulevard. Et je n'ai fait que ça, pendant des années. J'ai joué les cocus naïfs, les amants cachés dans le placard, et Molière, quelquefois. Harpagon surtout. Oh, ce n'était pas la mauvaise vie, n'allez pas croire. J'ai eu ma part de rigolade ! Mais Hamlet ou Goetz, ce n'était pas pour moi. Et voilà, je suis devenu vieux, sans m'en rendre compte.

— Et Werner, enfin, Rudi ? demanda Arnaud, après un moment de silence dilué dans un nouveau verre de vin.

— Ah, Rudi ? Eh bien, j'ai suivi ses cours, en 37 ; et un beau jour, pffft, disparu ! parti pour l'Espagne. Je l'ai revu en 46. Il était revenu en France, après avoir quitté l'armée américaine. On a joué quelques fois ensemble, Feydeau, Labiche, Courteline... Mais lui, c'était le cinéma qui le travaillait ! Il réussissait toujours à décrocher des petits rôles. En 52, il est parti en Italie, avec Renoir, pour tourner dans *Le Carrosse d'or*. Et vous, vous êtes cinéaste ?

Arnaud parla de ses films, de son projet de scénario dont le sujet était la vie de Werner. Peignot écoutait attentivement. Il alluma une Gitane à l'aide d'un briquet à amadou et toussa abondamment.

— Je ne comprends pas, dit Arnaud. Pourquoi n'êtes-vous pas venu me voir, au cimetière ?

Peignot se tassa sur lui-même, remonta le col de sa robe de chambre, se racla la gorge ; puis, à voix basse, il dit :

— Rudi, c'est lui qui m'avait dit de me méfier ! La preuve, il est mort assassiné, et tout ce cirque, avec la police, j'ai préféré attendre un peu...

— C'est insensé, voyons !

Peignot pointa un index réprobateur.

— Vous ne savez pas de quoi vous parlez ! Je me rappelle très bien !

Il raconta les derniers jours d'août 37. Le tournage des scènes d'extérieur de *La Marseillaise* au château de Fontainebleau, auquel il avait lui aussi participé. Arnaud s'impatientait, voulait que le vieux en vienne au fait, mais celui-ci prenait plaisir à évoquer ses souvenirs, et il ne servait à rien de le bousculer.

— Bien, dit-il, on avait tourné le samedi et le dimanche, et le jeudi soir, comme d'habitude, il devait donner son cours. On l'a attendu plus d'une heure, Grelèche est allé chez lui, rue de Turbigo, personne ! Juliette n'était pas là non plus, à cause de son travail. Elle était secrétaire dans une... enfin, je vous raconterai ça aussi, elle partait souvent en voyage ! Et c'est trois jours plus tard que Grelèche a reçu une lettre, postée à Perpignan. Rudi disait qu'il allait se battre en Espagne. C'était bizarre, parce que ça marchait bien, pour lui, vous savez, il devait avoir un bon rôle, dans *La Marseillaise*, et aussi au théâtre, avec ses copains allemands.

Peignot toisait Arnaud d'un air satisfait. Son sourire dévoilait une dentition noirâtre.

— Ça, je le savais, dit Arnaud, j'ai retrouvé les lettres de Juliette, celles qu'elle a envoyées en Espagne.

— Ah oui, reprit Peignot. Il avait gardé tout ça ? Mais moi, j'avais menti, je le savais bien, qu'il partait s'engager dans les Brigades ! Ah, ça vous en bouche un coin !

Peignot dévisageait son interlocuteur d'un œil triomphant. Arnaud fut agacé de cette attitude.

— Écoutez, dit-il, j'ignore où vous voulez en venir, mais je préférerais que vous me disiez tout de suite ce que vous savez !

Peignot se rembrunit. Il se leva, s'empara de la seconde bouteille de vin et en dévissa la capsule qu'il enfouit au fond de la poche de sa robe de chambre. Il but et fit claquer sa langue en signe de contentement. Arnaud eut pitié de lui. Non, il ne fallait pas saboter le jeu. Ce pauvre type devait avoir préparé l'histoire, découpé les chapitres, ménagé des effets en prévision de sa visite.

— Bon, reprit Peignot, je vais essayer d'être bref. J'ai vu Rudi, le matin du jeudi. Il est venu chez moi. Pour déposer sa malle, avec toutes ses affaires, ses masques, ses manuscrits, il écrivait beaucoup : des scénarios, des pièces, et même des chansons ! Il m'a dit : « Voilà, je pars me battre là-bas, garde-moi mes affaires, et surtout, surtout, ne dis rien à Juliette ! Si on te demande quelque chose, tu feras l'étonné… Je ne peux pas emporter tout ça, hein ? » Qu'est-ce que je devais faire, à votre avis ? J'étais son ami, il me demandait de lui rendre service…

— Et vous avez gardé la malle.

— Voilà.

— Sans rien dire à Juliette ?

— Sans rien dire à Juliette ! Et je l'ai revu en 46. Il était revenu s'installer à Paris, mais Juliette est morte en Allemagne, vous savez ça ?

— Je sais. Ensuite ?

— Ensuite ? Eh bien, comme je vous l'ai déjà raconté, on a joué ensemble, pas mal de fois, à Paris ou en tournée. Et en 52 il est parti en Allemagne, mais à l'Est, chez les communistes.

— En 52, vous êtes certain ?

— Puisque je vous le dis… Il revenait juste du tournage du *Carrosse d'or*, à Cinecittà, c'était au mois de juin. Nous avions un projet, ensemble. On devait commencer à répéter *Cyrano de Bergerac*… il a fallu lui trouver un remplaçant, en catastrophe !

Arnaud considéra Peignot avec une attention nouvelle. 52, c'était la date approximative de la soi-disant entreprise de matériel cinématographique que Werner prétendait avoir gérée.

— Vous disiez tout à l'heure que Werner, enfin, Rudi, vous avait dit de vous méfier ?

— Oui ! Parfaitement ! Quand je l'ai revu, après la guerre, je lui ai demandé pourquoi il avait soudain disparu, sans donner un seul mot d'explication à Juliette… Elle ne comprenait pas. Avec elle, j'ai fait la tournée des amis allemands de Rudi : je n'étais pas très à l'aise, vous comprenez ? Il avait déposé ses affaires chez moi avant de filer là-bas, et moi, je n'ai rien dit à Juliette. Ses copains allemands se réunissaient fréquemment dans un petit restaurant de la rue René-Boulanger. Mais aucun d'entre eux ne pouvait nous renseigner. Puis nous avons fait le tour des officines de recrutement pour les Brigades. Juliette a fini par apprendre qu'il avait été affecté à un bataillon qui ne comptait que des Allemands. Elle lui a envoyé des dizaines de lettres, jusqu'en 39.

— Alors, que vous a-t-il dit ?

— Pardon ?

— Que vous a-t-il dit, à propos de ce départ précipité ?

Peignot cligna les yeux, secoua la tête et tendit la main vers la bouteille de rouge ; il restait à peine de quoi remplir un verre. Arnaud lui saisit le poignet avec fermeté.

— Vous ne croyez pas que vous avez assez bu, non ? s'écria-t-il.

Penaud comme un gosse que l'on vient de gronder, le vieillard baissa les yeux.

— Je lui ai demandé à plusieurs reprises, ça m'intriguait, cette histoire, vous vous en doutez bien. Eh bien, il n'a rien voulu me dire !

Arnaud hocha la tête, dépité. Peignot se ressaisit et remplit son verre.

— Rien, jusqu'à son retour ici ! murmura-t-il.

— Son retour ? après la guerre ?

— Non, en 56… il est revenu en France en 56.

— Selon vous, il était donc en RDA de 52 à 56, n'est-ce pas ?

— C'est ça. Il a débarqué ici un beau matin. En décembre. Il m'a demandé si je pouvais l'héberger durant quelques jours. En fait, il est resté trois semaines. Il ne sortait jamais. Je ne l'hébergeais pas, je le cachais !

— Vous le cachiez ? Pour le protéger de qui ? De la police ?

— Ah, ça, je l'ignore. Je me suis mis en colère, j'ai voulu savoir ! Oh, je ne l'aurais jamais chassé, mais j'avais tout de même droit à quelques explications, non ? Il m'a alors parlé de son histoire avec Juliette. S'il était brusquement parti en Espagne, à l'automne 37, c'était à cause de Juliette, de cette compagnie maritime, dans laquelle elle était employée : la compagnie, c'était un truc des rouges ! Il m'a dit que tous ses ennuis découlaient de là, encore en 56. Et c'est tout.

Arnaud était perplexe. Peignot poursuivit son récit ; après trois semaines, Rudi avait disparu, et il ne l'avait jamais revu. Ils se croisèrent dans la rue, inopinément, en 80, et Werner mentit une fois de plus, prétendant vivre de nouveau en Allemagne.

— Alors vous comprenez, reprit le vieux, il m'avait dit de me méfier. S'il s'est fait assassiner, c'est à cause de ces vieilles histoires, ça, j'en suis sûr ! Et moi, je suis vieux, mais je tiens encore à la vie, même si la mienne n'est pas très belle...

D'un geste las, il désigna les bouteilles vides, et les murs de la pièce, le papier peint défraîchi que marbraient de grandes plaques d'humidité. Ému, Arnaud lui posa la main sur l'épaule. Peignot se renfrogna. Il restait immobile, et son regard était fixe et vide. Il respirait avec difficulté. Une toux caverneuse le secoua de nouveau, et le sang lui monta au visage.

— Je... je peux faire quelque chose ? demanda Arnaud.

— Non, rien, balbutia le vieux, laissez-moi, maintenant. Vous reviendrez plus tard, un autre jour, hein ? Vous ne m'oublierez pas ? Dites, vous tournez des films, si un jour vous aviez besoin d'une vieille cloche...

Arnaud prit sa veste et se dirigea vers la porte. Avant de sortir, il se retourna. Peignot était recroquevillé au fond de son fauteuil et agitait doucement la main en guise d'au revoir. Le chat se frottait contre ses jambes en ronronnant.

Sganarelle faisait le pied de grue devant l'étalage d'un marchand des quatre-saisons qui vendait des ananas. Matamore avait disparu dans cet immeuble du coin de la rue Ramponneau depuis près de trois quarts d'heure. À toutes fins utiles, Sganarelle avait envoyé un de ses adjoints vérifier qu'il n'existait pas d'autre issue que celle qui donnait sur le boulevard de Belleville. Dans ce quartier, les constructions s'imbriquent, et il est très facile de se rendre d'une rue à l'autre en suivant un dédale d'arrière-cours et de passages, mais il n'y avait rien à craindre : l'immeuble ne comptait qu'une entrée.

Matamore sortit enfin, et se dirigea vers le métro. Sganarelle C et D le suivirent. Sganarelle B s'engagea à son tour sous le porche et nota le nom de tous les habitants de la maison. Le responsable étudia rapidement la liste.

Skriwowitz, Ben Haled, Azziz Taliq, Portal, Nikoladze, Dialo-Nkoro, Ligot, Vergeois, Peignot, Youssous, Attal, N'Guyen Hoc, Ben Sadek, Peyrisseire… Sganarelle hocha la tête. Cet immeuble était une annexe de la tour de Babel.

Il regagna sa voiture garée au carrefour voisin et transmit les noms sur la fréquence radio, en les épelant soigneusement afin qu'Arlequin ait le temps de tout noter.

— Tu n'as pas pu repérer à quel étage il est monté ? demanda-t-il.

— Non, impossible. Il faut comparer avec son carnet d'adresses, tu l'as photocopié, hein ?

— Eh bien, ricana Arlequin, Comedia va être content.

— Patience, répliqua Sganarelle, dans quelques jours, les vacances...

Ils échangèrent quelques commentaires techniques à propos du calcul des récupérations auxquelles les nuits de veille ou de filature donnaient droit.

Matamore sortit du métro quelques stations plus loin, sur la ligne Châtelet-Porte des Lilas. Il descendit à Rambuteau, et se dirigea vers le centre Pompidou. Sganarelle C et D fendirent la foule des touristes et des zonards qui s'agglutinaient autour des bateleurs et des cracheurs de feu, traversèrent le parvis et pénétrèrent dans le centre.

Ils virent Matamore dans la queue qui s'étirait à l'entrée des escaliers mécaniques, et s'y engagèrent à leur tour. L'attente était assez longue ; des vigiles fouillaient les sacs, à la recherche d'une bombe hypothétique. Matamore monta jusqu'au second étage et entra dans la bibliothèque.

Arnaud attendait. L'hôtesse renseignait une étudiante qui voulait consulter la collection du *New York Times*. Son tour vint enfin.

— Vous avez les journaux d'avant guerre ? demanda-t-il.

— Sur microfilm. Quelle année, quel titre ? répondit l'hôtesse.

— Quelle année ? Arnaud réfléchit quelques instants. 37, 38… c'est possible ?

— Quel titre ? Vous ne savez pas ? *Paris-Soir*, ça vous irait ?

Arnaud acquiesça. L'hôtesse quitta son siège, ouvrit un tiroir à glissière et lui tendit deux boîtiers.

— Vous savez comment ça fonctionne ?

Il avoua son ignorance. Elle le précéda dans les allées où étaient installés les pupitres garnis de visionneuses, et enclencha la première bobine dans l'appareil.

— Voilà, dit-elle, il n'y a pas plus simple. Ce bouton, c'est la marche avant, celui-ci la marche arrière, et vous pouvez régler la précision en tournant la manette.

Arnaud la remercia. Il actionna les commandes et, bientôt, les feuilles imprimées défilèrent sur l'écran. Les faits divers, les résultats de courses cyclistes, les publicités, les commentaires politiques s'égrenaient, jour après jour, dans une farandole étourdissante.

Il vit les titres, tantôt dramatiques, tantôt anodins, que Werner ou Juliette découvraient, cinquante ans plus tôt, au kiosque du coin de la rue. La bataille de Teruel, la dernière revue du *Tabarin*, une interview de Daladier, les manœuvres de la Wehrmacht en Rhénanie, une terrible collision entre deux trains dans la gare de Villeneuve-Saint-Georges, la première *d'Ignace*, avec Fernandel, les réclames pour la Boldoflorine, la-bonne-tisane-pour-le-foie…

La bande du microfilm se dévidait rapidement, et il fallait lire les pages en mouvement, saisir un gros titre d'un bref coup d'œil, en chercher un autre, revenir en arrière, passer d'une colonne à l'autre. Arnaud arrêta l'appareil et ferma les yeux. La tête lui tournait. Il eut la nausée ; c'était un malaise comparable à celui qui survient quand on lit dans une voiture qui roule vite. Il reprit sa lecture plus posément. Le travail était fastidieux, abrutissant.

Sganarelle C avait pris place dans la salle toute proche. Les magazines de la semaine étaient disponibles ainsi que les quotidiens. De gros volumes reliés encombraient les étagères, et Sganarelle C s'empara d'un des tomes de la collection de *L'Illustration*, de l'année 18.

Il s'assit dans un fauteuil, ouvrit largement le livre et parcourut quelques pages en surveillant du coin de l'œil le pupitre où travaillait Matamore.

Sganarelle D traînait dans les parages. Il demanda une bobine de microfilms à l'hôtesse, *Le Canard enchaîné* des années 60-62, et vint s'installer lui aussi devant une visionneuse. Au passage, il aperçut les titres de *Paris-Soir* que déchiffrait Matamore.

Deux heures plus tard, Arnaud n'était guère plus avancé. Il ne pouvait plus supporter le scintillement de l'écran et sentait poindre une migraine. Il ôta la bobine de l'appareil, la rangea dans son boîtier, la rendit à l'hôtesse et se dirigea vers la sortie.

Sganarelle C abandonna *L'Illustration* et lui emboîta le pas, suivi de son collègue. Ils quittèrent le centre Pompidou. Il faisait déjà nuit.

Matamore se dirigea vers une brasserie et se fit servir un croque-monsieur ainsi qu'un ballon de rouge au comptoir. Puis il demanda un jeton de téléphone et disparut dans l'escalier menant au sous-sol. Cinq minutes plus tard, il était de retour. Sganarelle C avait profité de cet intermède pour mettre le responsable de l'équipe au courant des dernières péripéties de l'après-midi.

Matamore régla son addition et quitta la brasserie. Il héla un taxi en maraude rue de Turbigo. Sganarelle C et D eurent tout juste le temps de regagner la voiture où les attendait Sganarelle A, au coin de la rue Rambuteau. Il parlementait avec un flic qui le menaçait de verbaliser pour stationnement sur les clous.

Arnaud descendit du taxi boulevard Voltaire, près de l'église Saint-Ambroise. Il pleuvait à verse et ce fut en courant qu'il s'engouffra dans le hall d'un immeuble moderne, faisant face à l'église.

Il monta au quatrième et sonna à la porte de l'appartement de Marc Merchant. Merchant était enseignant à Jussieu, au département d'histoire. Il avait publié plusieurs livres sur les années trente, la guerre d'Espagne, le fascisme. Arnaud l'avait connu dans les assemblées étudiantes, celles-là même que fréquentait assidûment Berthenier.

Ils ne s'étaient pas revus depuis longtemps. Arnaud avait conservé son numéro, à tout hasard.

Le nom de Merchant avait survécu aux épurations que l'on fait subir à la liste des amis, lors de la séance rituelle de recopiage de l'index alphabétique de l'agenda, au début janvier ; certains ne franchissent pas cette épreuve, tandis que d'autres résistent durant des décennies, sans explication logique.

Merchant salua le revenant et ils prirent place dans le salon. Le rituel exigeait de consacrer quelques dizaines de minutes à faire la tournée des amis perdus de vue, et à philosopher vaguement sur les rigueurs toutes relatives de l'époque. Ce n'était pas vraiment désagréable, ni fastidieux, et, l'alcool aidant, Arnaud y trouva même un certain plaisir. L'actualité du mouvement étudiant, la manifestation en hommage à Malik Oussekine qui devait se dérouler le lendemain, de Denfert à Nation, fournissaient de surcroît la matière propre à raviver les souvenirs.

Puis Arnaud en vint au motif de sa visite. Il exposa rapidement les circonstances de l'assassinat de Werner, sa tentative d'écriture d'un scénario racontant cette vie gâchée, et l'intervention de Peignot, incongrue, mais prometteuse.

— Voilà, conclut Arnaud. La fille, Juliette, travaillait dans une compagnie de navigation, elle était vaguement secrétaire, et le vieux m'a tout à l'heure laissé entendre que c'était là un point intéressant. J'ai essayé de voir un peu, dans la presse de l'époque… mais j'attends tes lumières !

Merchant éclata de rire. Arnaud attendit qu'il se calme.

— C'est drôle ? demanda-t-il. Le vieux m'a raconté des conneries ?

— Des conneries... non, pas vraiment, répondit Merchant. Est-ce que je sais, moi ? Ah ! mon pauvre Arnaud, tu as toujours négligé l'histoire ! Si je me souviens bien, tu séchais les stages de formation théorique... mmh ?

— Alors ? demanda Arnaud, irrité.

Merchant était volontiers méprisant. Quelques années auparavant, il avait pris un certain plaisir à malmener les sympathisants auxquels il enseignait l'œuvre des maîtres. Il avait lu Lénine et Trotski comme d'autres le Talmud ou saint Augustin. Il se lança alors dans un long exposé.

Le récit emprunta de longs détours pour en arriver à l'Espagne. Peu après le pronunciamiento franquiste, expliqua Merchant, le problème de l'approvisionnement en armes de la République fut rapidement posé. Les nazis et Mussolini intervenaient ouvertement, tandis qu'en France la politique de non-intervention fut adoptée.

— Et les Russes ? dit Merchant. À ton avis, qu'est-ce qu'ils ont fait ?

Il raconta la création de la compagnie France-Navigation, dirigée en sous-main par le Komintern. L'appareil clandestin, qui rassemblait des milliers de militants, fut mobilisé pour contribuer au succès de l'entreprise.

— Ils ont acheté des bateaux pour livrer des

armes en Espagne, dit-il. Il fallait prendre les chargements à Odessa ou à Mourmansk et les acheminer vers les ports : Málaga, Barcelone, ou Alicante... évidemment, c'était risqué : les torpilleurs franquistes, ou les sous-marins allemands, leur faisaient la chasse ! C'était une affaire colossale, un trafic d'armes d'une ampleur sans précédent ! Tu veux faire un film là-dessus ? Tu arrives un peu tard, mon vieux ! *L'Ombre rouge* de Comolli, tu n'as pas vu ? C'est ça : le nom de la compagnie n'est pas cité, mais tout y est. On y voit Brasseur et Dutronc jouer les bolcheviks endurcis !

Arnaud garda le silence. Merchant était parti chercher des glaçons dans le frigidaire. Il en versa dans les verres et servit une nouvelle tournée de whisky.

– Oui, reprit-il, c'était énorme, du jamais vu ! Le siège était boulevard Haussmann. Si je me souviens bien, le directeur s'appelait Fritsch. C'était une potiche, un notable tout à fait respectable, qui ignorait le contenu exact des cargaisons. En sous-main, les gens du Komintern réglaient tous les détails. Jusqu'en 38, tout a bien fonctionné, puis l'extrême droite a découvert le pot aux roses, le journal de Doriot a mis les pieds dans le plat. En fait, on ne sait pas grand-chose, encore aujourd'hui, des dessous de l'affaire. Mais je peux te dire que des centaines de militants ont participé au trafic. Il a dû s'en passer de belles, en coulisses ! Alors, tu crois que ton copain Werner a été mêlé à cette histoire ?

4

Matamore quitta l'immeuble du boulevard Voltaire vers vingt et une heures. Il se dirigea vers la place, obliqua sur la gauche dans la rue de la Roquette. Les membres de l'équipe Sganarelle durent abandonner leur véhicule : la rue était en sens interdit. Un quart d'heure plus tard, Sganarelle C parla sur la fréquence radio.

— Il est chez sa nana, dit-il simplement. On peut aller se coucher ?

Sganarelle réfléchit quelques instants. Il y avait assurément de fortes chances pour que Matamore passe la nuit chez Annie.

— Attendez jusqu'à vingt-trois heures, dit-il. Après, rentrez chez vous. Demain matin, vous serez relayés.

Il informa ensuite Arlequin des derniers déplacements de Matamore.

— Tu ne connais pas le nom de la personne qu'il est allé voir boulevard Voltaire ? demanda celui-ci.

— Non, c'est une résidence, il y a une cinquantaine de boutons sur l'interphone. Je les ai tous notés...

— Comedia veut nous voir ! soupira Arlequin. Rendez-vous dans vingt minutes au coin de la rue de Belleville. À *La Vielleuse*.

Comedia, attablé devant un steak, étudiait les noms relevés sur les boîtes à lettres de l'immeuble dans lequel Matamore s'était rendu en début d'après-midi, avant sa visite à Beaubourg. *Skriwowitz, Ben Haled, Azziz Taliq, Portal, Nikoladze, Dialo-Nkoro, Ligot, Youssous, Peignot*… Il était furieux.

— Bon sang, mais vous savez comment procéder en pareil cas ! dit-il. Il fallait y aller, se poster dans la cage d'escalier et attendre qu'il sorte ! Repérer au moins l'étage, ne fût-ce qu'approximativement ! Allez vous y retrouver, dans ce galimatias !

La responsabilité de la bévue incombait à Sganarelle. Arlequin se taisait. Du coin de l'œil, il vit celui-ci pousser la porte de la brasserie et plier son parapluie avant de les rejoindre.

— Je ne vous félicite pas, dit Comedia. Alors, boulevard Voltaire ?

Sganarelle s'assit et déplia la feuille de papier sur laquelle figuraient tous les noms qu'il avait pu relever sur le tableau de l'interphone.

— Ah ! s'écria Comedia, la gabegie continue !

Sganarelle pâlit.

— C'est une résidence, dit-il, il y a plusieurs bâtiments, trois ascenseurs, si vous voulez qu'on lui colle aux talons et qu'il nous repère tout de suite, dites-le, ce sera plus facile, beaucoup plus facile !

Comedia ne répondit pas. Il avala une bouchée

de bavette, s'essuya la bouche et but une gorgée d'eau minérale.

— Ce n'est pas grave, annonça Arlequin. Voilà…

Il tenait devant lui, dépliées sur la table, les photocopies de l'agenda de Matamore. Il avait comparé la liste alphabétique avec celle relevée par Sganarelle, boulevard Voltaire.

— Il y a un nom qui correspond, dit-il, Marc Merchant. Vous ne connaissez pas ? C'est un historien, il a publié plusieurs livres sur les années trente.

Sganarelle cligna discrètement les yeux en direction de son collègue, en guise de remerciement. Comedia repoussa son assiette.

— Un historien…, murmura-t-il. Et à la bibliothèque de Beaubourg ? Qu'a-t-il fait ?

— Il a consulté de vieux journaux, sur microfilm, des collections de quotidiens des années 37, 38.

Comedia commanda un café. Il bourra sa pipe, l'alluma et étudia de nouveau l'autre liste. Il raya quelques noms à l'aide du stylo qu'Arlequin lui tendit.

— Bon, dit-il, éliminons les Arabes et l'Asiatique. Restent Portal, Peyrisseire, Vergeois, Ligot, Peignot… Nikoladze ? À votre avis ?

— C'est d'origine géorgienne, enfin, je crois, dit Sganarelle.

— On le raye aussi ! soupira Comedia. Skriwowitz… ça, c'est juif, juif polonais. On le garde. Vous allez essayer de voir, avec le concierge, qui sont les autres.

— Maintenant ? demanda Arlequin.

— Évidemment, dit Comedia en sucrant son café.

Peu après, Arlequin était de retour. Il s'assit lourdement sur la banquette et commanda un cognac qu'il but d'une traite.

— Alors ? demanda Comedia, en feignant d'ignorer le regard furieux que lui adressait son adjoint.

— Le concierge s'est montré coopérant, dit Arlequin. Au début, il crevait à moitié de trouille, puis il s'est défoulé : il passe son temps à épier les locataires, ceux qui abandonnent leurs sacs-poubelle dans l'escalier. Il y en a même un qui pisse régulièrement sur le palier du troisième, et il le traque depuis six mois, sans résultat ! Il s'est soulagé en me confiant ses ragots.

— Épargnez-moi les détails, je vous prie, au fait ! répliqua Comedia.

— Récapitulons, murmura Arlequin, d'une voix sourde. Skriwowitz, rez-de-chaussée, est un survivant d'Auschwitz, il est grabataire et ne sort jamais de chez lui.

— Il vit à Paris depuis quand ? coupa Comedia.

— 68, il a quitté la Pologne après le…

— Éliminez ! lança Comedia sans attendre la suite.

— Portal, premier étage droite, vingt-deux ans, il travaille chez Darty.

— Rayez-le.

— Ligot, premier étage gauche, quarante ans ; il est vigile dans une…

— Rayez-le !

— Peignot, troisième étage droite, soixante-sept ans, comédien à la retraite… alcoolique, assez bruyant, joue de la flûte la nuit, les voisins s'en plaignent ; ça vous intéresse ?

Le visage de Comedia, jusqu'alors crispé, s'éclaira tout à coup :

— Je vous libère, vous pouvez rentrer chez vous. Vous me récupérez Matamore demain matin, comme d'habitude. Bonne nuit, messieurs !

Il se leva, enfila son pardessus, coiffa son chapeau et sortit de *La Vielleuse* en se mêlant aux passants qui traînaient devant les restaurants asiatiques.

Il marcha rapidement jusqu'au coin de la rue Ramponneau, puis pénétra dans l'immeuble que lui avait décrit Arlequin. Le concierge avait déjà éteint la lumière dans sa loge. Comedia monta les escaliers et s'arrêta sur le palier du troisième ; il entendit divers bruits : des pleurs de bébé, les beuglements d'un journaliste qui commentait un match de foot à la télévision, les cris d'un couple en pleine dispute. Il colla son oreille à la porte de l'appartement de Peignot. Celui-ci sifflotait *Comme la plume au vent*. Comedia cogna contre la porte. Le sifflotement s'arrêta sur une note aiguë. Comedia entendit des frôlements, des chuchotements. La porte s'entrouvrit ; une chaîne de sécurité la retenait.

— Qui est-ce ? demanda Peignot.

— Je veux vous parler… dit simplement Comedia.

— Je ne vous connais pas !

Peignot tenta de refermer la porte mais Comedia la bloquait avec son pied. Peignot le contempla, stupéfait. Sa bouche s'était arrondie et il s'apprêtait à crier, mais il ne parvint qu'à émettre un gargouillement étranglé.

— Ouvrez-moi, chuchota Comedia, sinon, je reviendrai demain matin.

— Ce sera la même chose, répliqua Peignot. Allez, ouste !

— Je viens vous parler de Rudi Dahlem…

Cette fois, Peignot lâcha la porte. D'une main tremblante, il déverrouilla la chaîne. Comedia fit un pas en avant. Il balaya la pièce d'un regard froid, aperçut les masques de cuir accrochés au mur, près du buffet, et ne put réprimer un petit gloussement de plaisir. Peignot l'observait, affolé. Sans attendre d'y être invité, Comedia s'assit.

— Que lui avez-vous raconté ? demanda-t-il.

— À… à qui ? bégaya Peignot.

— Voyons, monsieur Peignot, vous et moi, nous avons passé l'âge des gamineries.

— Vous êtes de… de la police, hein ?

— En quelque sorte, admit Comedia. Alors ? Arnaud Grésard est venu cet après-midi. Que lui avez-vous dit ?

Peignot enfouit son visage dans ses mains et sanglota. Comedia frappa du poing sur la table. Ce geste n'eut aucun effet.

— Asseyez-vous, ne restez pas planté là, reprit Comedia, en s'efforçant de maîtriser son agressivité. Et racontez-moi, n'ayez pas peur, je veux simplement savoir ce que vous avez dit à Grésard. Vous lui avez envoyé une lettre pour le rencontrer : pourquoi ?

Peignot extirpa un chiffon de la poche de sa robe de chambre et se moucha bruyamment. Puis il raconta la visite de Grésard.

Comedia voulut, lui aussi, voir les photos du cours d'Albert Grelèche, et Peignot, docile, ouvrit une nouvelle fois son album défraîchi.

— Bien, reprit Comedia. Dites-moi, monsieur Peignot, vous n'aimeriez pas avoir des ennuis, n'est-ce pas ? Alors, je vous demanderai de ne plus recevoir M. Grésard, c'est clair ? S'il vous contacte, vous lui direz que vous êtes malade, c'est une explication simple et tout à fait plausible. Je vais vous laisser, mais, s'il le fallait, je reviendrais.

Il saisit délicatement une pièce du puzzle dont les pièces encombraient toujours la toile cirée posée sur la table et l'encastra entre deux autres, achevant ainsi le dessin d'une des tours de Chenonceaux. Puis il se leva et ouvrit la porte. Les deux hommes se dévisagèrent longuement. Peignot baissa les yeux.

— Et alors ? demanda Annie en buvant une gorgée de thé. Qu'est-ce que tu en conclus ?

Arnaud venait de lui faire part des résultats de

ses rencontres successives, avec Peignot et Merchant. Elle était assise dans le lit, et Arnaud, allongé à ses côtés, lui caressait doucement le dos, les aisselles, à la naissance des seins.

— Je ne sais pas, dit-il. Juliette côtoyait de drôles de zozos : des durs, d'après Merchant. Tu l'as vu, toi, le film de Comolli ?

— *L'Ombre rouge* ? Oui… Dutronc en agent soviétique, qui craque et passe chez les trotskistes, tu vois le genre : « J'aime les filles, de chez Lénine/J'aime les filles, de chez Staline/J'aime les filles, de chez Boukharine/J'aime les filles… »

Ils éclatèrent de rire. Annie en renversa sa tasse. Du temps du gauchisme triomphant, ils avaient passé de longues soirées à jouer au jeu des refrains détournés : le répertoire était varié. Arnaud avait un faible pour le pastiche d'une chanson de Montand, *La Marie Vison*, qui devenait : « Elle a roulé sa bosse/Elle a roulé carrosse/Elle a roulé bien des prolos/La bande à Duclos… », etc.

— Mais, d'après ce que tu dis, reprit Annie, le patron de la compagnie n'était qu'une marionnette. Les décisions se prenaient à son insu. Si Juliette était sa secrétaire, elle non plus ne savait rien ?

— Même dans le cas contraire, je ne vois pas ce que Werner avait à faire là-dedans… dit Arnaud en bâillant.

Il attira Annie vers lui et plongea une main entre ses cuisses. Elle frissonna, ferma les yeux, mais se dégagea et tira la couverture.

— Laisse-moi dormir… chuchota-t-elle à son oreille, demain matin, je me lève tôt !

Arnaud ne parvint pas à trouver le sommeil. Il se leva, enfila un peignoir, quitta la chambre, puis partit à la recherche d'alcool. Il trouva une bouteille de vodka dans le frigo et s'en servit une large rasade ; il s'allongea sur le sofa et réfléchit : le Komintern pointant le bout de son nez dans la biographie de Werner ? Après tout, pourquoi pas ? Le scénario s'infléchissait soudainement. Une amourette sur fond de drapeaux rouges ? Allons donc !

Le hic, c'était Berthenier : il faudrait lui expliquer que, quelque part à l'est, un peu plus loin que les Vosges, il y avait un pays que l'on appelait l'URSS, et que ce pays, dans les années trente… tâche titanesque !

Le lendemain matin, Arnaud fut réveillé par la voix nasillarde de Dutronc. Annie avait retrouvé un vieux 45-tours qui grésillait sur la platine.

Croyez-vous que je sois jaloux ?
Pas du tout, pas du tout,
Moi j'ai un piège à filles, un joujou extra
Qui fait crac ! boum ! hue !

— Alors, dit-elle, en déposant une tasse de café sur le tapis, près du sofa, t'as fait de beaux rêves ?

Arnaud tendit le bras pour couper le son de la chaîne ; le disque était rayé et Dutronc répétait ses *crac ! boum ! hue !* imperturbablement. Annie était déjà habillée. Elle enfila un blouson de cuir, ramassa son sac et fit un petit signe de la main.

— À ce soir, dit-elle. À moins qu'on se retrouve dans la manif.

— La manif ? dit Arnaud, en reposant la tasse brûlante.

— Mais merde, tu planes, ou quoi ? Denfert-Nation, pour Malik, allez, salut !

Arnaud ramassa la pochette du disque qui traînait par terre. Le visage de Dutronc appartenait déjà au passé, c'était une image des boums de son adolescence ; il revit Annie danser le jerk en agitant ses couettes : tous les garçons mataient son panty rose bonbon.

Il se dirigea vers la douche. L'eau glacée l'aida à redescendre dans le présent. Vingt minutes plus tard, il remontait la rue de la Roquette pour sauter dans un bus, place Voltaire. Il en descendit à Goncourt et marcha jusqu'au boulevard de Belleville. Les étals du marché encombraient les trottoirs et il dut fendre la foule hostile des ménagères pour atteindre le porche de l'immeuble où vivait Peignot. Il le surprit dans la cour, alors qu'il vidait sa poubelle dans un conteneur au couvercle de plastique orangé.

Le vieillard dévisagea Arnaud, stupéfait.

— Vous… vous êtes revenu… bégaya-t-il, apeuré. Allez-vous-en, je ne veux plus vous voir, allez, ouste !

Il bousculait Arnaud en brandissant un seau de fer-blanc au fond duquel quelques épluchures de pommes de terre étaient restées attachées.

— Vous êtes fou ! Écoutez-moi ! cria Arnaud.

Il saisit Peignot par le bras mais le vieux se débattait. Il se mit à tousser.

— Arrêtez votre cinéma ! dit Arnaud, à voix basse, entre ses dents.

— Partez, partez ! je ne veux plus vous voir... pleurnichait Peignot.

Il toussa encore et s'assit sur les premières marches de l'escalier. Arnaud s'accroupit face à lui. Peignot était pitoyable.

— Vous me reconnaissez, n'est-ce pas ? Alors, qu'est-ce qui vous prend ?

— Il ne faut plus venir, je vous l'avais bien dit, ils vous surveillent, méfiez-vous !

— Qui me surveille ?

— Est-ce que je sais ? Allez, laissez-moi tranquille, foutez le camp, ils sont venus, hier soir...

— Mais qui, bordel de Dieu !

Peignot se releva en s'agrippant à la rampe mais Arnaud lui barra le passage.

— Vous allez me dire qui est venu !

— Un flic, cria Peignot, dans la soirée, il savait que vous étiez venu chez moi !

— Un flic, vous êtes certain ?

Peignot, obstiné, tentait d'écarter Arnaud. Il s'essoufflait et ses charentaises dérapaient sur les marches gluantes. Arnaud le saisit par les épaules et l'obligea à lui faire face.

— Je vais vous laisser, dit-il. Croyez-moi, vous n'avez rien à craindre. J'ai une dernière chose à vous demander : l'ami de Werner, vous vous souvenez ? Dietrich… hein ? Est-ce que vous connaissez son nom ?

— Shidoff, Schlidoff, ou quelque chose comme ça, je crois qu'il vit à Berlin, maintenant foutez le camp ! Vous avez vu ce qu'ils lui ont fait, à Rudi, hein ? Allez, laissez-moi passer !

Arnaud libéra le passage. Peignot escalada les marches et disparut sur le palier. Arnaud l'entendit ahaner d'étage en étage, puis une porte claqua à la volée.

Il quitta l'immeuble et s'engagea dans la rue Ramponneau, après quoi il prit la rue de Tourtille et regagna les abords des Buttes-Chaumont et la rue Manin.

Il y avait de grandes banderoles noires, des couronnes de fleurs portées par des lycéens, et une foule énorme qui tantôt gardait le silence tantôt criait sa colère ; des pancartes, ornées du portrait de Malik, et qui tanguaient au-dessus du cortège, ou des cibles de tir forain, épinglées au revers des parkas ou des blousons, en signe de dérision. Arnaud, les mains enfoncées dans les poches de son veston, assistait au défilé, qui prenait fin en arrivant place de la Nation. La nuit était déjà tombée. Au coin du faubourg Saint-Antoine, il croisa Lazlo, le critique auquel il avait confié le projet d'émission commandée par Berthenier.

— Tu devrais être chez toi, devant ta machine à écrire, au lieu de traîner dans la rue avec la canaille ! lui dit-il en riant.

— Tais-toi, ou je clame partout dans Paris que je te sers de nègre ! répliqua Lazlo. Alors ? Une manif de plus, hein ? Une de celles dont on se souviendra…

Arnaud acquiesça silencieusement. Lazlo s'éclipsa après lui avoir serré la main. Ils étaient convenus d'un rendez-vous, la semaine suivante, pour faire le point concernant le projet Berthenier. Arnaud déambula sur la place, où piétinaient les manifestants qui continuaient d'affluer. Les traditionnels vendeurs de merguez et de canettes de bière faisaient paisiblement leur beurre. Arnaud s'approcha du podium près duquel les journalistes s'agglutinaient, mais il ne vit pas Annie. Un grand type aux moustaches tombantes le bouscula vigoureusement ; il s'apprêtait à protester, mais, quand il reconnut la brute, il éclata de rire. Jipé lui donna l'accolade. Jipé était un vieux copain, du temps du lycée. Plus personne ne l'appelait Jean-Pierre. Il était là, la poitrine couverte de badges, et dirigeait une escouade de syndicalistes barbus, qui formaient une chaîne martiale, devant le podium. Jipé était indestructible ; il menait ses troupes avec la même fougue que quinze ans plus tôt.

— Tu tombes bien, dit Arnaud, je voulais te voir. Tu peux m'appeler demain, vers onze heures, à ce numéro ? Tu demandes le poste 40 87, je te note tout ça, hein ? Je t'expliquerai…

Il griffonna une série de chiffres sur la page d'un calepin, qu'il déchira.

— Je compte sur toi, c'est important.

Jipé hocha la tête et empocha la feuille après l'avoir pliée en quatre. Arnaud l'abandonna à son sacerdoce : la sono étudiante réclamait des renforts pour le service d'ordre, à l'entrée du boulevard Diderot.

Le 11 décembre, Matamore quitta l'immeuble de la rue Manin à dix heures. Il prit le métro jusqu'aux Champs-Élysées, continua son chemin à pied jusqu'à l'avenue Roosevelt et pénétra dans l'immeuble qui abritait le siège de l'agence où travaillait Annie.

— Qu'est-ce que tu fais là ? demanda-t-elle, en le voyant entrer dans son bureau.

— On va m'appeler.

— Ici ? Pourquoi pas chez toi ?

Il lui fit part de sa seconde rencontre avec Peignot :

— Le pauvre vieux, il était complètement affolé. Il a reçu la visite des flics, et je crois bien qu'ils me suivent !

— T'es dingue, ou quoi ? S'ils voulaient te voir, ils te convoqueraient ! Et puis l'enquête est presque terminée, tu as signé ta déposition, non ?

— Je sais, dit Arnaud, en introduisant une pièce dans un distributeur automatique de café, mais je voudrais bien vérifier.

Annie le dévisagea froidement. Puis elle plongea le nez dans un classeur et brassa de la paperasse, après avoir haussé les épaules.

— Mais non, protesta Arnaud, je ne deviens pas parano, je t'assure, si tu avais vu le vieux, tu te poserais des questions !

À cet instant, le téléphone sonna. Annie décrocha, puis tendit le combiné à son ami.

— Allô ? dit Arnaud. Jipé ? Ouais, tout va bien, dis-moi, on peut se retrouver dans une heure, à ton boulot ? Merci.

Il raccrocha et but lentement le gobelet de café, avant de le jeter dans une corbeille pleine à ras bord. Annie était toujours penchée sur son classeur.

— Je t'appelle dans l'après-midi, dit-il. Il y a une autre sortie, ici ?

— Oui, monsieur le cow-boy, ricana-t-elle, par la rue Ruffin. Tu veux mon manteau, pour te déguiser ?

Arnaud secoua la tête et embrassa Annie.

Sganarelle regarda sa montre. Matamore était entré dans l'immeuble depuis plus d'une heure. Il regagna la voiture dans laquelle se morfondaient Sganarelle C et E.

— Il doit avoir un rendez-vous, dit-il, et il y a sans doute une cantine, enfin, un restaurant, à l'intérieur, ce n'est pas étonnant qu'il traîne comme ça.

— Si vous le dites… marmonna Sganarelle E en allumant une cigarette, avant de reprendre sa grille de mots croisés.

Arnaud sortit du métro à Saint-Paul. Jipé était prof de français et ils se retrouvèrent dans un bistrot, près du lycée Charlemagne.

— Je te dérange pas trop ? demanda Arnaud. Tu as cours, demain ?

— Deux heures, en début d'après-midi, mais la grippe peut me terrasser, d'ici là... Qu'est-ce que tu veux ?

— Écoute, je me trompe peut-être, mais je t'expliquerai en détail, plus tard. Voilà, je crois bien que je suis filé par les flics !

— Les flics ? Et pourquoi donc ?

— Tu te souviens de Werner ? Le vieux qui habitait à Chennevières ? Il est mort assassiné, et... c'est compliqué, enfin, ça n'a pas l'air très net, il y a toute une salade. Je pense, sans en avoir la preuve, que les flics me collent aux fesses. Alors voilà ce que je te propose : demain, tu viens traîner devant chez moi vers dix heures, je sors me balader, et tu essaies de voir, hein ?

— Si ça peut t'être utile... Mais tu es sûr qu'ils ne sont pas dans le coin, à nous observer ?

— Rassure-toi, j'ai pris mes précautions pour venir.

Jipé vida son verre. Arnaud appela le serveur et lui régla les deux demis.

— Je ne suis pas dingue, insista-t-il, on voit : deux ou trois heures, pas plus ! Je me promène dans le quartier, et je file jusqu'à l'avenue Franklin-

Roosevelt, où bosse Annie. Tu m'appelles au même numéro qu'aujourd'hui, d'accord ?

Après avoir quitté Jipé, Arnaud courut vers le métro et regagna les Champs-Élysées. Il rejoignit l'avenue Roosevelt et pénétra dans l'immeuble de l'agence par l'entrée de service, rue Ruffin. Annie n'était plus dans son bureau.

Dix minutes plus tard, Sganarelle C aperçut Matamore qui allumait une cigarette, sur le trottoir de l'avenue. Le jeune homme marcha jusqu'aux Champs et entra dans un cinéma.

Le lendemain, vendredi 12 décembre, Arnaud traîna un peu au lit et, comme prévu, partit se promener à dix heures. Il fit le tour du lac des Buttes-Chaumont, puis descendit vers Belleville, s'attabla à *La Vielleuse*, et lut *Le Matin*, puis se dirigea, toujours à pied, vers la République, en empruntant les petites rues parallèles à la rue du Faubourg-du-Temple. Il marcha longtemps, vers la Bastille, entra dans une librairie boulevard des Filles-du-Calvaire, flâna place des Vosges, remonta jusqu'à Saint-Paul pour prendre le métro, descendit à Franklin-Roosevelt, dîna dans une pizzeria, puis, vers quatorze heures, disparut dans l'immeuble de l'avenue Roosevelt. Il prit l'ascenseur et entra dans le bureau d'Annie.

— Alors, dit-elle, tu ne m'as pas appelée, hier soir, j'étais libre, pourtant ! Tu boudes ?

— Mais non, tu sais bien, je joue aux cow-boys.

— Ah, je vois ! Monsieur fait la gueule, monsieur est vexé ?

Arnaud ne prit pas la peine de répondre. La sonnerie du téléphone se mit à tinter et Annie décrocha, puis lui tendit le combiné.

— C'est Jipé. Il sait que tu es là ?

Arnaud lui montra l'écouteur, et elle le colla à son oreille.

— Alors ? dit-il, qu'est-ce que ça donne ?

— Salaud, dit Jipé, tu m'as fait cavaler !

— Mais encore ?

— Bon, tu as raison. Ils étaient trois. Un jeune, au teint rougeaud, qui porte un loden vert bouteille, un petit mec d'une quarantaine d'années, avec un imper macfarlane, kaki, et une fille, blondasse, entre deux âges, tailleur gris perle, petits escarpins à boucle. Ils ne t'ont pas lâché, depuis les Buttes jusqu'à Franklin ; ils se sont relayés devant la pizzeria où tu as bouffé, le jeunot est parti se taper un McDo pendant que les deux autres poireautaient devant l'Aeroflot, et…

— Ça va, coupa Arnaud, je te remercie. C'est tout ce que je voulais savoir.

— Bien, répondit Jipé, si tu as des emmerdes, il va de soi que tu peux compter sur moi.

Arnaud raccrocha et se tourna vers Annie. Elle se passa la main sur le visage et alluma une cigarette d'une main tremblante.

— Alors, dit-il, tu es convaincue ? Ils me collent au cul, et je ne sais pas depuis combien de temps !

— Arnaud, soupira-t-elle, je… enfin, dis-moi la vérité, tu n'as pas fait de conneries, hein ?

— Lesquelles ?

Elle se leva pour fermer la porte du bureau, puis s'approcha de lui et lui caressa la joue.

— Qu'est-ce qui se passe ? Ils ne croient tout de même pas que c'est toi qui as tué Werner pour toucher l'héritage ?

— Non, certainement pas ! ricana Arnaud. Je ne sais pas qui était réellement Werner... mais c'est de ce côté-là qu'il faut chercher.

Arnaud était assis face à Annie ; il se pencha en avant, posa ses coudes en appui contre ses genoux et enfouit son visage dans ses mains jointes.

— Qu'est-ce que tu vas faire ? demanda-t-elle.

Il réfléchit un long moment, puis releva la tête.

— Tu vas m'aider, hein, tu veux bien ? dit-il. Je vais sortir d'ici et rentrer chez moi. Réserve-moi un billet pour Berlin, dans une agence de voyages, sur les Champs : au départ de Bruxelles, pour demain après-midi. Je t'appellerai ici, vers cinq heures ; je te rembourserai au retour.

— Pourquoi Berlin ?

— Werner avait un copain, un vieux de la vieille, comme lui, ils ont traîné chez Piscator, puis en Espagne, ensemble. Tu te souviens de ton reportage en Allemagne ? Tu m'as parlé d'un type de la télé de RFA...

— Otto ?

Annie avait rougi. À l'époque du tournage de ce sujet — un bilan comparatif de l'état d'esprit de la jeunesse des deux Allemagnes, après les succès électoraux des Verts et l'émergence d'un courant pacifiste en RDA, en 82 —, Annie et Arnaud étaient plutôt en froid. Durant quelques semaines, elle ne parla plus que de Berlin, et disait vouloir vivre là-bas, pour rejoindre Otto Schaul, dont elle était amoureuse. Arnaud était habitué aux toquades de son amie et savait les apprécier à leur juste mesure ; généralement, elles ne résistaient guère à l'épreuve du temps. La liquidation du cas Schaul prit néanmoins quelques semaines : une peccadille en comparaison des trésors de séduction qu'Arnaud dut déployer, en 76, pour la dissuader d'épouser Edgardo, ce réfugié chilien dont elle voulait partager la vie, dans la clandestinité, après sa décision de retourner à Santiago.

Schaul était une petite vedette du milieu alternatif berlinois ; il vivait dans une maison communautaire de Kreuzberg ; il avait fui la RDA avec ses parents, en 1960, juste avant l'édification du Mur, mais gardait le contact avec les milieux intellectuels de l'Est.

— Oui, Otto, reprit Arnaud. Des vieux de l'âge de Werner, ou de Dietrich, il n'y en a plus tellement, là-bas. Avec un peu de chance, je retrouverai quelque chose.

— Laisse tomber, protesta Annie, si les flics t'en veulent, ce n'est pas pour rien. Si tu as raison, Werner était vraiment un type louche, ne va pas chercher les emmerdes pour le plaisir.

— Je n'ai rien fait de mal, bon sang, je veux seulement savoir, s'entêta Arnaud. Il n'y a aucun risque ! Appelle Otto et demande-lui s'il peut m'accueillir.

— Comment il s'appelle, le copain de Werner ?

— Je ne sais pas exactement : Schlidof, je crois.

— Ah, tu « crois », seulement ? Et s'il est mort ?

Arnaud ne daigna pas répondre. Annie, résignée, ouvrit son agenda, prit le téléphone et composa le numéro de Schaul. Une minute plus tard, Otto décrochait. Arnaud patienta, sans rien saisir de ce qui se disait. La conversation prit fin au bout de cinq minutes.

— Alors ?

— Ce n'est pas S-c-h-l-i-d-o-f, mais Schidloff. Tu avais raison, tout le monde le connaît. De 51 à 78, il a dirigé les studios de la DEFA, c'est la maison de production d'État de la RDA. Schidloff est un personnage assez célèbre, là-bas. Otto est d'accord pour t'attendre à Berlin, demain soir, je dois le rappeler pour lui donner le numéro du vol.

— Ah, tu vois ? s'écria Arnaud, triomphal.

— Le billet, je te l'apporte chez toi ?

— Surtout pas ! Tu le fais établir à mon nom, en attente, aux guichets de la Lufthansa, à Bruxelles.

Arnaud se leva et attira Annie vers lui. Il lui mordilla le lobe de l'oreille en caressant ses seins au travers du tissu du sweat-shirt. Elle le repoussa calmement et ouvrit la porte du bureau.

— Allez, file, dit-elle. Appelle-moi, de Berlin…

— Je suis puni ? demanda Arnaud, en tentant de refermer la porte.

— Abruti ! Je suis inquiète, c'est tout. Allez, je t'ai dit de filer, j'ai du boulot.

Il l'embrassa furtivement, sur la tempe, avant de quitter la pièce. Deux minutes plus tard, il se retrouva sur le trottoir de l'avenue Montaigne. Avec lenteur, il sortit son paquet de cigarettes et en alluma une, en scrutant les visages des passants. Il repéra la femme au tailleur gris, chaussée d'escarpins à boucle, qui sortait d'un tabac voisin. Il traversa l'avenue et se dirigea à grandes enjambées vers les Champs pour descendre dans la première bouche de métro.

5

Le samedi 13 décembre fut une journée éprouvante pour Sganarelle. Depuis la veille, Matamore semblait décidé à entamer une nouvelle période de réclusion volontaire ; il ne sortait pas de chez lui, mais Arlequin, de son côté, indiquait qu'il ne travaillait pas pour autant à son projet de scénario : la machine à écrire demeurait silencieuse.

Arlequin attendait impatiemment le début de la semaine ; il savait que le 15 — ou le 16, au pire le 17 — se tiendrait la réunion de bilan à l'issue de laquelle Comedia se verrait contraint de jeter l'éponge. Les équipes seraient dissoutes, le matériel rejoindrait les placards, et chacun pourrait enfin prendre quelques jours de vacances.

Mais le 13, vers quatorze heures, Arlequin reçut un coup de téléphone de Sganarelle. Celui-ci était passablement excité.

— On l'a paumé ! criait-il, impossible de le retrouver.

— Raconte sans t'énerver, répondit Arlequin en maîtrisant sa colère.

Il était furieux ; un quart d'heure plus tôt, tout allait bien : Matamore avait quitté l'immeuble de la rue Manin, il portait un petit sac de voyage sur l'épaule. Il était monté dans son Austin, garée devant les Buttes-Chaumont, après avoir négligemment déchiré les avis de contravention qui s'amoncelaient sur le pare-brise, coincés sous l'essuie-glace. Puis, en conduisant doucement, il était descendu vers Belleville et République avant de prendre le Magenta, passablement embouteillé.

— On le serrait d'assez près, bredouilla Sganarelle, et, tout à coup, il a abandonné sa voiture après s'être garé sur le trottoir. Le temps qu'on manœuvre, nous aussi, tu penses bien qu'il a eu tout le temps de foutre le camp !

— À ton avis, reprit Arlequin, il se méfiait ?

— Va savoir, c'était le cirque, sur le Magenta, on roulait au pas ! Il en a peut-être eu ras le bol ? Enfin, on ne peut pas écarter l'idée d'une astuce pour nous larguer… je suis dans une belle merde, hein ? Comedia va m'assaisonner !

— Ne t'inquiète pas, il est fini. Dans deux ou trois jours, tout le monde se foutra de lui. Avec les casseroles qu'il trimballe, il vaut même mieux être de ses ennemis !

— Ouais… soupira Sganarelle, à demi convaincu. En attendant ?

— En attendant ? Tu fais les gares, le Magenta, c'est l'Est et le Nord. Essaie de voir les trains qui partent, dans un délai d'une demi-heure. Ne te fais pas de bile, je vais appeler Comedia.

Arlequin raccrocha. Il se massa longuement la main droite, après l'avoir enduite d'une crème protectrice ; avec le froid grandissant, il souffrait et portait des gants. Malgré tout, la peau, fragile, gerçait avec une étonnante rapidité. Il attendit une bonne vingtaine de minutes, puis jugea que c'était là un délai raisonnable : si Sganarelle n'avait pas retrouvé Matamore durant ce laps de temps, il faudrait enquêter patiemment, éplucher les listings des départs de trains ou d'avions... puisqu'il était évident que le cinéaste envisageait de s'absenter quelques jours, le sac de voyage en témoignait.

Il ouvrit la fenêtre, avala une goulée d'air frais, puis composa le numéro de Comedia, au bureau. Celui-ci décrocha aussitôt. Arlequin, en quelques mots, l'informa des derniers événements. Contre toute attente, Comedia éclata de rire.

— Je l'aurais juré ! jubila-t-il. Ce petit salaud sait quelque chose et il nous a repérés ! Voilà bien la preuve qu'il n'est pas très net !

Arlequin coinça le combiné entre son épaule et sa mâchoire et, de ses mains libres, alluma une cigarette.

— Quelles sont vos consignes ? demanda-t-il.

— Les gares, il faut faire les gares ! Boulevard Magenta, m'avez-vous dit ?

— Sganarelle s'en occupe.

— Parfait ! Les équipes doivent être mises en alerte : tout le monde se tient prêt à partir dans l'heure qui suit.

— Vous pouvez préciser ? demanda Arlequin.

— À votre avis ?

— Peignot lui a parlé de Schidloff et Grésard est dans un train pour Berlin ? C'est bien ça ?

— Voilà ! Je ne quitte pas mon bureau, appelez-moi dès qu'il y a du nouveau.

L'équipe Sganarelle ne tarda pas à retrouver la trace de Matamore. Il était monté à bord du Paris-Amsterdam de 14 h 08 et en descendrait à 15 h 50 en gare de Bruxelles. Il avait réglé le montant du voyage au guichet de la gare du Nord avec un chèque de la BNP.

Comedia prit en main la direction des opérations. Tandis qu'un planton filait à son domicile de la rue Greuze récupérer la valise — un complet de rechange, du linge de corps, une trousse de toilette — qu'Edwige préparait, il fit appeler les correspondants dont le service disposait à Bruxelles, et leur transmit le signalement de Matamore. La réponse ne se fit pas attendre : il avait une réservation sur un vol de la Lufthansa, dont la destination était Berlin-Tegel, pour 18 heures. Comedia téléphona à Frölich.

Celui-ci était occupé à réparer une conduite d'eau que le gel avait fracassée et qui fournissait tout l'approvisionnement de sa maison des bords de Loire. Il poussa quelques grognements désapprobateurs lorsqu'il reconnut la voix de son interlocuteur.

— Il va à Berlin, susurra Comedia, j'avais raison depuis le début, Dahlem l'a mis au courant. De plus, il a repéré l'équipe qui le suit… Grésard n'est pas un simple pékin, j'en suis persuadé ! Écoutez, Frölich, j'ai besoin de vous ! C'est *vous* qui m'avez embringué dans cette histoire, vous vous souvenez ? Alors, aujourd'hui, j'aimerais que vous veniez m'aider. Il faut que vous soyez avec moi. Vous avez un express pour Paris d'ici quarante minutes. Je vous envoie un chauffeur à la gare. Nous partirons à 17 heures d'Orly pour arriver à Berlin à 18 h 30. De la sorte, nous y serons avant lui ! Venez, je vous en prie…

Comedia lisait les informations qui s'affichaient sur le panneau des arrivées. Un Boeing d'Air France, faisant escale à Tegel avant de poursuivre vers Leningrad, était annoncé pour 19 h 07. Le Tupolev de la liaison quotidienne Moscou-Paris venait quant à lui de se poser sur la piste enneigée. Comedia savait déjà que Matamore se trouvait bien à bord du vol de la Lufthansa dont l'atterrissage était prévu pour 19 h 16.

Le dispositif Comedia au grand complet était à Berlin depuis un peu plus d'une demi-heure. Arlequin avait conduit Frölich dans un hôtel de Wedding, en secteur français, et Sganarelle se démenait pour contacter le département que le service entretenait à Berlin. Il parvint non sans mal à mettre la main sur trois voitures, dont les chauffeurs connaissaient la ville. Un piéton les accompagnait et Sganarelle comprit qu'il s'agissait d'un responsable local. Celui-ci se présenta à l'instant même où le Boeing de la Lufthansa se posait sur la piste balayée par les bourrasques de neige ; c'était un petit homme au visage chafouin barré d'une grosse moustache grise.

— Je m'appelle Janvier, dit-il en serrant la main de Comedia, comme le mois. Vous nous prenez un peu au dépourvu. Je ne vous cache pas que nous avons d'autres chats à fouetter.

Ils s'installèrent au bar, face aux portes de sortie des zones de transit. Les passagers étaient peu nombreux et Matamore fut rapidement débarrassé des formalités de douane. Un grand type dégingandé, vêtu d'un parka et coiffé d'un bonnet de laine rouge, l'aborda. Ils se serrèrent la main.

— Qui est cet épouvantail ? demanda Comedia.

— Sais pas, soupira Janvier.

Comedia serra les poings dans les poches de son manteau et son visage se crispa dans un rictus amer. Il se tourna vers Arlequin B.

— Vous lui avez tiré le portrait ? demanda-t-il.

Arlequin B acquiesça d'un léger mouvement de tête et montra la pellicule qu'il tenait dans sa paume tendue.

— Par acquit de conscience, on a fait une petite physionomie de tous les gens qui attendaient les passagers.

Comedia s'en empara pour la remettre à Janvier.

— Faites le nécessaire rapidement, dit-il, je vous en serai très reconnaissant.

— C'est entendu, répondit Janvier, mais je crois que votre client est en train de filer…

Matamore et son hôte, en effet, quittaient le hall de Tegel et se dirigeaient vers le parking. Ils prirent place dans une Volvo flambant neuve, dont la lunette arrière était constellée de badges antinucléaires.

— En voiture ! ordonna Comedia.

Le cortège se mit en route, la Volvo en tête, les autres véhicules gardant sagement leurs distances. Ils roulèrent une bonne demi-heure, traversant Zehlendorf et Steglitz avant de s'arrêter à Tempelhof, dans un quartier de petites rues se coupant à angle droit et bordées de maisons de plain-pied. Matamore et son guide pénétrèrent dans un bâtiment dont le rez-de-chaussée abritait un café.

— Où sommes-nous ? demanda Comedia, un peu dépaysé.

— La *Fabrik*… expliqua Janvier, qui avait pris place à ses côtés, sur la banquette arrière d'une des Opel récupérées *in extremis* par Sganarelle.

— La *Fabrik* ?

— Oui, c'est un haut lieu des alternatifs ; ces bâtiments, ce sont les anciens studios de l'UFA. On tournait des films, ici, avant guerre : les alternatifs ont transformé tout cela en centre marginal, ils ont une école, là-dedans, des cours de théâtre, un cinéma, des bistrots…

Quarante minutes plus tard, Matamore fit sa

réapparition dans la rue, toujours aux côtés de l'olibrius coiffé de son bonnet rouge. Ils remontèrent dans la Volvo ; peu après, ils pénétraient dans le *Paris Bar*, un restaurant de la Kantstrasse.

– Bien, dit Comedia, je ne vais pas passer la nuit ici…

Il monta dans un taxi pour rejoindre Frölich, à son hôtel, Brahmsstrasse, tandis que Sganarelle organisait un tour de garde jusqu'au lendemain matin.

À une heure, le téléphone réveilla Comedia. Janvier l'appelait pour lui communiquer les coordonnées du type qui avait accueilli Matamore à l'aéroport.

– Schaul, dit-il, Otto Schaul… un vert. Les gauchistes du crû, si vous préférez. Dans les années soixante-dix, on l'a soupçonné de liens avec la RAF, sans élément probant : on a soupçonné tout le monde ! Il semble s'être assagi, en tout cas. C'est un des responsables de la *Fabrik* : il gère le cinéma. De temps à autre il collabore comme pigiste à la télé.

Comedia marmonna quelques mots de remerciement, puis se recoucha. La chambre était mal insonorisée, et il ne put s'endormir que très tard, à cause du vacarme provenant du night-club installé dans les sous-sols.

Le lendemain matin, 14 décembre, Comedia et Frölich prirent ensemble leur petit déjeuner, dans la salle à manger de l'hôtel. Ils parlèrent peu, n'éprouvant pas le désir de se confier mutuellement leurs sentiments après un retour inopiné dans cette ville pourtant si propice à l'épanchement de nostalgies poisseuses. Comedia mastiquait longuement ses toasts au goût fade. Arlequin vint au rapport à neuf heures trente. Matamore et Schaul n'avaient pas encore mis le nez dehors.

— Ils vont sans doute passer le Mur, vous avez prévu ça ? demanda Frölich en avalant le fond de sa tasse de café.

— Absolument ! rétorqua Arlequin. En cas de besoin, tous les membres du dispositif ont des papiers en règle. On peut obtenir un visa de séjour de vingt-quatre heures sans aucun problème. Ensuite, évidemment…

— Il n'y aura pas de suite, dit Comedia. Matamore va voir Schidloff, je suis prêt à le jurer. Ils ont peut-être beaucoup de choses à se dire, mais ça ne devrait pas excéder ce délai. Si c'est bien ce qui se produit, nous l'intercepterons au retour.

À dix heures trente, Comedia apprit que Matamore, après avoir pris un taxi et s'être fait conduire au coin de la Kochstrasse et de la Friedrichstrasse, était passé à Berlin-Est. L'équipe Sganarelle au grand complet l'avait accompagné discrètement. À midi, Arlequin vint une nouvelle fois au rapport. Il montra un jeu de photos à Comedia ; le papier n'était pas encore tout à fait sec et collait aux caches de plastique noir.

— Il s'est rendu dans un bistrot de l'Alexanderplatz, dit-il, et Pantalone est venu le rejoindre. Ensuite, ils ont pris le S-Bahn, jusqu'au bout de la ligne, et ils sont descendus à Müggelsee.

D'une main fébrile, Comedia examina les clichés. Aucun doute n'était possible : c'était bien Dietrich Schidloff qui figurait sur les photos, en compagnie d'Arnaud Grésard. Ils étaient attablés dans une brasserie, devant des verres de bière.

— Eh bien, dit Frölich, vous voilà rassuré : vous aviez raison…

— On va y aller, murmura Comedia, vous voulez bien ? Faire un tour près du Müggelsee. Tous les deux, hein ?

— L'idée ne m'enchante guère, avoua Frölich, mais je ne vois pas le moyen de vous faire tenir en place… Soit, en route !

Arlequin conduisit jusqu'au poste-frontière de la Friedrichstrasse. Durant le trajet, Frölich ne desserra pas les dents. Il observait d'un œil morne les trottoirs verglacés, l'humanité bigarrée qui y traînait ses guêtres sous le ciel lourd et bas. Les deux hommes franchirent sans encombre le point de passage, au milieu d'une cinquantaine de touristes belges et hollandais.

Suivant les recommandations d'Otto Schaul, Arnaud se présenta au poste-frontière entre Berlin-Est et Ouest, muni de son passeport. Un Vopo hagard lui décerna un visa valable pour la journée, en échange de 5 DM, et, d'autorité, lui en changea vingt-cinq autres qu'il lui remit en précisant qu'ils devaient être dépensés dans la journée.

La veille au soir, Schaul avait directement téléphoné à Schidloff, pour l'informer du désir du cinéaste français de le rencontrer. Schidloff se dit surpris et fut tenté de refuser, mais, dès qu'il apprit le nom de son futur interlocuteur, il accepta immédiatement. Impressionné par l'efficacité de Schaul, Arnaud le remercia.

— Tu le connais personnellement ? demanda-t-il.

— Oui, je l'ai interviewé il y a cinq ans, pendant un festival de cinéma, ici. On projetait des longs métrages des années cinquante, et il en avait directement produit quelques-uns. Tu verras, c'est un drôle de bonhomme… il a vu tes deux films, tu sais ? Ah, au fait, ne t'inquiète pas, il parle très bien français. Avant guerre, il a séjourné à Paris.

Arnaud n'eut aucune peine à trouver la brasserie, sur l'Alexanderplatz. Il s'assit sur la banquette, près de la vitrine, et commanda une bière. Au beau milieu de l'immense esplanade dallée et bordée de buildings couleur mica, un quarteron de touristes hollandais se faisaient tirer le portrait devant un Lénine en béton, sous le regard goguenard de quelques punks autochtones.

Peu après, un vieil homme marchant à l'aide d'une canne, vêtu d'un manteau gris et coiffé d'un ridicule petit chapeau tyrolien, prit place à ses côtés après lui avoir serré la main.

— Rudi m'a parlé de vous, dit-il. Arnaud Grésard, mmh ? En termes élogieux, au demeurant.

— Rudi est mort. Il a été assassiné.

— Je sais, j'ai lu ça dans la presse, enfin, on m'a transmis les coupures…

Schidloff ôta son chapeau et déboutonna son manteau. Il commanda une bière à la serveuse, puis, après avoir rempli son verre, avala deux gélules rouges.

— Assassiné… murmura-t-il. Votre visite n'a donc pas de rapport direct avec le cinéma, n'est-ce pas ?

— Pas exactement, répondit Arnaud. Je voudrais que vous…

— Mais comment m'avez-vous retrouvé ? coupa Schidloff.

En quelques mots, Arnaud lui fit part de ses démarches : les souvenirs de Werner, dans lesquels il avait fouillé, et, à la suite de la mort de celui-ci, la rencontre avec ce vieux comédien du cours de Grelèche, puis sa prise de contact avec Otto Schaul.

— Je vois, je vois, reprit Schidloff, et… que voulez-vous de moi, exactement ?

— Je voudrais que vous me disiez qui était réellement Werner, enfin, Rudi Dahlem, puisque ce semble être son vrai nom.

Schidloff dévisagea tout d'abord Arnaud avec malice, puis son regard redevint triste.

— Qui était Rudi ? murmura-t-il. Vous savez, si on ne l'avait pas assassiné, il serait mort, de toute façon. Il avait un cancer incurable.

— Je sais, répliqua Arnaud, ça ne change rien au fond de l'affaire.

— Vous êtes obstiné, c'est une grande qualité... Rudi m'a beaucoup parlé de vous. Je l'ai vu pour la dernière fois à la fin octobre. Il m'avait écrit, ici, pour me demander de venir le voir. Nous nous sommes rencontrés dans une auberge, à Étretat. Vous connaissez ?

Schidloff souriait, sans chercher à dissimuler à quel point Arnaud l'intriguait. Il alluma un cigare, après l'avoir humecté de quelques coups de langue.

— Je veux faire un film sur la vie de Rudi, expliqua Arnaud. Je ne sais pas encore quelle forme cela prendra, un montage de documents et d'interviews, ou bien un vrai film, avec des comédiens, des décors...

Schidloff exhala une bouffée de fumée et se mit à rire silencieusement.

— Et, dites-moi, qui cela intéressera-t-il ? Rudi ne mentait pas : vous êtes un peu dingue ! Venez, nous allons marcher un peu, ou plutôt, allons chez moi : je vous invite à dîner. Il faut prendre le S-Bahn, j'habite près de Müggelsee. D'accord ?

Schidloff s'était levé sans attendre la réponse et rajustait déjà son manteau. Il saisit sa canne et poussa la porte de verre de la brasserie.

Ils sautèrent dans un tramway qui se dirigeait vers l'est. Arnaud vit défiler les cités aux façades de briques sales, ornées de panneaux de propagande, puis les murs crasseux des usines et les cheminées crachant leur haleine noire, avant de découvrir les premiers bois de bouleaux. Il aperçut le château de Köpenick et son parc désert où des animaux de bronze, girafes, faons et sangliers, semblaient guetter les promeneurs, figés dans les taillis enneigés du parc.

Schidloff marchait d'un pas rapide, martelant le sol gelé du bout de sa canne, le long de la rive du lac. Des canots couverts de bâches étaient alignés le long des pontons. Quelques rares couples enlacés défiaient le froid, sous les branches des sapins.

Il entraîna Arnaud à l'écart vers une colline boisée sur le flanc de laquelle se dressaient quelques chalets. Ils franchirent une barrière couverte de ronces avant de pénétrer dans une petite maison dont la façade faisait face au lac, à quelques centaines de mètres en contrebas.

Tout comme chez Werner, Arnaud découvrit un antre à paperasse, un véritable musée privé. Schidloff lui présenta avec fierté la collection d'accessoires et de costumes qu'il avait conservés après le tournage de certains films. Dans une vitrine était exposé un casque de chevalier teutonique — un de ceux que portaient les comédiens *d'Alexandre Nevski*, et que l'acteur Tcherkassov lui avait offert, lors d'un de ses voyages en Union soviétique. Schidloff ajouta en riant que Tcherkassov avait cru bon d'accompagner son cadeau d'une petite tirade à l'encontre du nationalisme prussien. Les murs du salon étaient couverts d'affiches de cinéma, de portraits de comédiens qu'Arnaud ne connaissait pas : il s'attarda sur quelques photos de plateau du film de K. Maetzig, *Thaelmann*, ou *Der Sonnenbrück*, de Klaren. Et, tapies dans les moindres recoins, les piles de notes, les ébauches de scénarios croulaient sous la poussière dans l'attente d'être à nouveau compulsées, annotées, enrichies, tirées de l'oubli.

Une femme entre deux âges, aux jambes couvertes de varices, faisait un semblant de ménage ; Schidloff lui commanda un repas improvisé. Elle délaissa son aspirateur et disparut dans la cuisine, pour revenir un quart d'heure plus tard, les bras chargés de plateaux qu'elle déposa sur la table de la grande salle dont les baies vitrées dominaient le lac. L'eau était gelée ; quelques patineurs se lançaient sur la surface blanche et faisaient fuir les oiseaux.

Arnaud déclina l'offre de Dietrich qui, après avoir proposé saucisses et fromage, découpait à présent un gâteau bavarois, gluant de chocolat.

— Ma petite-fille est venue me voir hier, dit-il, elle habite Leipzig, et pour fêter sa réussite aux examens — elle a décroché son diplôme de médecine — nous avons mis… comment dites-vous ? les grands plats dans les petits ?

— Non, le contraire… ça n'a pas d'importance. Parlez-moi de Rudi.

Schidloff s'était installé dans un fauteuil, face à la cheminée, et agitait les braises à l'aide d'un tisonnier. Puis il posa une grosse bûche sur les chenets et actionna le soufflet.

— Rudi… ricana-t-il. Pourquoi devrais-je vous parler de Rudi ? Pour vous faire plaisir ? Si vous saviez… bah, après tout, il est mort, n'est-ce pas ? Et moi, je ne tarderai pas à le rejoindre. Oh, ne faites pas l'hypocrite, vous m'avez vu marcher ?

Du bout de sa canne, Schidloff tapota sa jambe, avec une hargne vengeresse, si violemment que le choc fut douloureux.

— Au printemps dernier, j'ai eu une attaque cérébrale. Tout le côté droit paralysé, durant plus de deux semaines. J'ai pris la décision de ne pas crever à l'hôpital. Si ça se reproduit…

Il eut alors un geste évocateur : il pointa son index sur sa tempe, et imita le mouvement du doigt qui presse une détente.

— Rudi… murmura-t-il. C'était un pauvre type. Oui, un pauvre type. Il s'est laissé ballotter par les événements sans jamais parvenir à les dominer. Je l'ai connu en 27, dans la troupe de Piscator. C'était une époque étrange, complètement folle, vous ne pouvez pas comprendre, il n'y a pas d'équivalent, vous ne pourriez comparer avec rien d'autre. Nous avons fréquenté les mêmes cours de théâtre, et le soir, les mêmes réunions du Parti. On allait jouer nos sketches à la porte des usines, moi, je faisais l'ouvrier famélique, et lui, le bourgeois obèse qui refuse de donner un pfennig d'aumône : c'était très didactique, à partir d'une situation toute simple, une scène de la rue, on démontait les mécanismes de l'économie, et, à la fin du spectacle, les agitateurs du Parti tendaient un drapeau rouge pour ramasser le pognon !

Dietrich parlait, les yeux perdus dans le vague. Il raconta l'anecdote du coupé Bugatti noir qui, un soir d'avril 31, le renversa sur le Kurfürstendamm, alors qu'il courait au rendez-vous que lui avait donné un assistant de Fritz Lang. Et les bagarres avec les nazis, durant les années 32, 33. Puis son exil en France, alors que Rudi était déjà parti aux USA.

— Nous nous sommes retrouvés en Espagne, poursuivit-il, et nous y sommes restés jusqu'à la fin, en 39.

— Je sais tout cela, dit doucement Arnaud.

— Vous savez tout cela, admit le vieillard.

La servante déposa deux verres et une bouteille de vin sur la table basse qui faisait face à la cheminée.

— Vous aimez le vin ? demanda Dietrich. Question stupide, celui-ci est excellent ! Débouchez-le pour le laisser respirer un peu.

Arnaud examina la bouteille. Il s'agissait d'un château-yquem 72. Avec précaution, il découpa la capsule de cire qui recouvrait le bouchon puis fit sauter celui-ci.

— Après la guerre, reprit Arnaud, vous avez retrouvé Rudi, en 52, n'est-ce pas ?

— Exact, murmura Dietrich. Ce que j'ai fait durant la guerre ne vous intéresse pas du tout ? Quatre ans de camp… non, vous ne voulez pas que je vous parle de tout cela ?

Arnaud secoua la tête et bredouilla quelques mots d'excuse. Dietrich quitta son fauteuil et servit religieusement le vin. Ils le goûtèrent.

— Je vous taquinais, s'excusa Dietrich, vous avez fait ce voyage pour entendre parler de Rudi, pas de moi. Oui, je l'ai retrouvé en 52 ; vous appreniez à peine à marcher, mais moi, à l'époque, je voyageais beaucoup. Je travaillais à la DEFA, dont j'étais le directeur. Je suis allé en Italie, à Cinecittà, pour acheter du matériel, en grandes quantités : il y avait des affaires à réaliser. Les Américains avaient débarqué avec toute leur camelote moderne, et les Italiens laissaient pourrir leur ancien matériel. Ici, en RDA, nous n'avions plus grand-chose. Je voulais racheter quelques centaines de projecteurs à bas prix pour équiper nos cinémas. Et de la pellicule, enfin, bref, tout le bric-à-brac qui nous faisait défaut !

— Rudi tournait là-bas, avec Renoir ?

— Exactement, nous nous sommes rencontrés par hasard, dans un restaurant de Cinecittà. Je le croyais mort, et c'était réciproque ! Nous avons vécu là des retrouvailles un peu… surréalistes ! Vous l'auriez vu, dans son pourpoint de soie, avec sa perruque !

— C'est vous qui l'avez convaincu de revenir en Allemagne ?

— Oui… nous avons passé toute une nuit à évoquer nos souvenirs. J'avais besoin de gars comme lui, ici. Il m'a parlé des scénarios qu'il avait écrits. En rentrant d'Italie, nous sommes restés quelques jours ensemble, à Paris. Je ne lui ai pas promis la lune, mais la perspective d'un travail sérieux, et, éventuellement, puisque ses scénarios étaient bons, la réalisation d'un long métrage, à terme : je ne mentais pas, c'était quelque chose de tout à fait possible ! Il voulait tourner une vie de Heine ; c'était très cher, mais le projet était séduisant. Je voulais qu'il fasse ses valises tout de suite et qu'il rentre à Berlin avec moi. Il a demandé un délai de réflexion, mais, une semaine plus tard, il débarquait ici, avec armes et bagages.

— Alors, que s'est-il passé, pour qu'il revienne en catastrophe à Paris, en 56 ?

— Ah… vous savez cela aussi ?

— Il ne me l'a pas dit, je l'ai appris par d'autres biais ; jusqu'à sa mort, je n'étais même pas au courant de ce séjour en Allemagne, de 52 à 56.

Schidloff fronça les sourcils, tendit la main pour servir le vin et but son verre, lentement, à petites gorgées. Puis il se leva et vint se poster devant la baie vitrée et y posa son front ; il contemplait la surface blanche du Müggelsee. Son haleine se condensa sur la vitre, et, comme s'il avait totalement oublié la présence d'Arnaud, il effaça lentement les traces de buée, du bout du doigt.

— J'ai failli passer à la casserole, à cause de Rudi, dit-il d'une voix sourde, sans quitter le lac des yeux. Il a disparu un jour, à l'automne 56, et je ne l'ai jamais revu, jusqu'à cette année, à Étretat. Il m'avait écrit pour me donner rendez-vous. Il savait qu'il allait mourir, et il voulait s'excuser, s'expliquer, se disculper… Qui l'a tué ?

— Je ne sais pas, la police fait une enquête, mais pour l'instant elle n'a pas abouti. Il peut s'agir d'un simple cambriolage qui aurait mal tourné, d'une agression de voyou.

Dietrich ricana en silence. Il revint s'asseoir dans le fauteuil et attisa de nouveau les braises. Arnaud était suspendu à ses lèvres mais ne voulait rien brusquer.

— Vous comprenez, reprit Schidloff, des jeunes gens de votre âge ont laissé leur peau devant un peloton d'exécution, à cause de lui !

— Prenez une décision, dit Arnaud d'une voix détachée, afin de dissimuler son trouble, racontez ou ne racontez pas, mais ne faites pas les choses à moitié…

— Bien, soupira Schidloff, vous allez savoir : durant le temps de son séjour ici, à Berlin, Rudi a travaillé pour le compte des services français. Ou des Allemands de la Bundesrepublik, ce qui revient au même. Je lui avais donné un poste important, à la DEFA. Il avait une voiture, un chauffeur, et pouvait se balader aux quatre coins du pays, sur les plateaux de tournage. Parfois, il se rendait à l'étranger, en Pologne, en Tchécoslovaquie, en Union soviétique, même. Il réglait des problèmes complexes de location ou de vente de matériel, de construction de décors, de recrutement de figurants, etc. En bref, il faisait ce qu'il voulait. Les Français l'utilisaient pour porter leur courrier, transmettre leurs instructions, rétribuer leurs agents… il avait une excellente « couverture », comme on dit.

Arnaud était abasourdi. Il revit Werner, coiffé de son vieux chapeau cabossé, qui pêchait sur son canot, au milieu de la Marne.

— Vous êtes surpris ? demanda Schidloff.

Il observa la robe du vin en faisant tourner son verre entre ses doigts, à la lumière des flammes.

— Tout cela a donc duré trois ans, reprit Schidloff. De 53 à 56. En fait, ils l'avaient repéré dès son arrivée à Berlin, en 52. Ils l'ont laissé creuser son trou, puis ils lui sont tombés dessus au printemps 53 : c'était assez habile, de leur part ! Vous savez ce qui s'est passé ici, en 53 ? Les révoltes ouvrières, les chars russes qui sont entrés dans la ville pour mater les grèves, hein ? C'était assez dégueulasse. C'est toute cette saloperie que les Français ont mise en avant pour le convaincre de… j'allais dire trahir ! Rudi n'a trahi que moi, il n'avait rien promis à quiconque. À l'automne 56, il a disparu. À cette époque, la DEFA se lançait dans une politique de coproductions internationales. Rudi devait partir au Danemark, négocier un contrat avec une firme locale, pour un important achat de matériel, assorti d'une participation dans un film à grand budget… il avait la signature pour notre compte, dans une banque de Copenhague. Il a retiré quelques milliers de dollars, et nous ne l'avons plus revu. Ce qui est étrange, c'est qu'il a dénoncé tous ses amis, enfin, les membres du réseau pour lequel il travaillait. Il a rédigé une note, contenant toutes les adresses qu'il connaissait, et qu'il a fait parvenir aux services de sécurité. Ici, cela s'appelle la HVA : ils se sont mis immédiatement au boulot, et les interrogatoires ont fait tomber des dizaines de pauvres types qui s'acharnaient à transmettre des renseignements aux Français. Je peux vous dire que c'était de la broutille, en fait : déplacements de troupes, description de matériel utilisé dans nos usines, quelques ragots sur le mécontentement de la population devant la pénurie de viande, etc. Aujourd'hui, la moindre photo prise par satellite doit leur en apprendre bien plus que des mois d'activité de ce genre de réseau… Voilà qui était Rudi.

— Et vous, on vous a inquiété ?

Schidloff partit dans un grand éclat de rire. Il se frappa les cuisses et les larmes lui vinrent aux yeux.

— Inquiété ? dit-il, *inquiété* ? Vous avez le sens de la formule, vous ! J'ai passé quelques sales nuits, oui. Les gens qui *m'inquiétaient*, je les connaissais bien : nous avions tremblé de peur ensemble, dans la cour du camp, pendant les appels des SS… c'est ce qui m'a aidé à tenir, peut-être. Oui, j'ai été *inquiété* : Rudi avait été nommé à ce poste sous ma responsabilité. Alors, vous pensez…

— Mais… s'il avait dénoncé tout son réseau ?

— La logique n'a rien à voir là-dedans ! Mon pauvre ami ! Justement ! personne n'y comprenait plus rien… Puis les gens qui s'occupaient de cette affaire ont peu à peu acquis la certitude que cette dénonciation n'était pas un leurre : de leur côté, les Français recherchaient Dahlem avec rage. Ils ne l'ont pas trouvé. Il leur avait extorqué pas mal d'argent... La suite, vous la connaissez. Il s'est réfugié à Paris, précisément là où les Français ne le cherchaient pas. Un peu plus tard, grâce à un de ses amis qui vivait à Cologne, un ancien d'Espagne, tout comme nous, il a pu se procurer des faux papiers. Et il s'est définitivement installé en France. Avec le magot que je lui avais confié, et ce qu'il avait soutiré aux Français, il a pu réaliser quelques petites opérations boursières, et a acquis une petite fortune.

Dietrich se tut soudainement. Il alluma un cigare à l'aide de la pointe rougie du tisonnier. Arnaud marchait de long en large dans la pièce.

— Vous comprenez à présent le sens de ma question de tout à l'heure, reprit Schidloff. Rudi a mis le doigt dans un sale engrenage, si bien que je ne crois pas à votre histoire de cambriolage qui aurait mal tourné.

— Permettez-moi d'en douter : trente ans après ! dit Arnaud en haussant les épaules. S'acharner sur un...

— Un vieillard ? Oui, n'ayons pas peur des mots, à mon âge, vous savez, on n'est plus très susceptible. Mon cher Arnaud, le temps ne compte pas. Vous avez connu quelques colères, mais vous ignorez la haine... c'est une drôle de bestiole, elle peut hiberner des décennies pour se réveiller brusquement.

Comedia soufflait sur sa tasse de café brûlant. Frölich frissonna en se frottant les mains pour les réchauffer. Près d'eux, un gros poêle de fonte ronronnait doucement ; le gérant de la taverne, une petite *Kneipe* située sur la berge du Müggelsee, venait d'y enfourner quelques pelletées de charbon. Au bar, les patineurs d'une équipe de hockey se réchauffaient tant bien que mal en buvant un Viandox, avant d'aller de nouveau affronter le froid. Comedia avala une gorgée de ce liquide fade qui fumait sous son nez, et dont le goût évoquait vaguement celui du café. Frölich quitta la banquette et examina les pièces d'un jeu d'échecs géant, hautes de plus d'un mètre, rangées dans un coin de la salle. Il caressa distraitement la tête phallique d'un fou noir, moulée dans une matière plastique lisse et brillante. L'été, les promeneurs envahissaient les rives pour y pique-niquer en famille ; de grands échiquiers de marbre étaient installés sur les pelouses, et l'on assistait à des parties acharnées.

Comedia leva les yeux vers la colline où se dressait la maison de Schidloff. Des volutes de fumée s'échappaient de la cheminée pour se dissoudre aussitôt dans le ciel gris.

— Il est en train de tout lui raconter ? marmonna Comedia. (Il avait posé sa question sur un ton qui n'appelait aucune réponse.)

— Évidemment ! Schidloff n'a plus rien à cacher, dit pourtant Frölich. Vous êtes satisfait ?

— Je ne sais même plus si tout cela a encore un sens. J'ai attendu trop longtemps. Dans l'hypothèse où je parviendrais à prouver quelque chose aujourd'hui, il serait trop tard.

Frölich s'assit face à lui et ils demeurèrent silencieux durant de longues minutes. Ils pouvaient apercevoir deux des membres de l'équipe Sganarelle qui erraient, les mains dans les poches, le long de la rive du lac, près des pontons où étaient amarrées les barques. L'une d'elles était renversée sur les lattes de bois et un ouvrier badigeonnait la coque à l'aide d'une brosse imprégnée de goudron.

— Vous m'en avez toujours voulu, n'est-ce pas ? demanda Frölich.

Comedia haussa les épaules, fataliste. Il commanda un autre café.

— Je ne vous en avais jamais parlé, dit-il, mais je connaissais déjà Dahlem, avant que vous ne me le présentiez.

— Vous perdez la mémoire, mon vieux, ricana Frölich, vous l'aviez rencontré à la fin de la guerre, au château de Trausnitz !

— Non, ce n'est pas à cela que je faisais allusion.

Comedia raconta sa liaison avec Laurette, et la représentation du *Capitaine Fracasse*, qui eut lieu dans la salle d'Albert Grelèche un soir de la fin juin 37.

— Eh bien, vous voyez, conclut Frölich, ce type était vraiment prédestiné à vous persécuter !

— Vous l'y avez aidé, reconnaissez au moins cela, murmura amèrement Comedia.

Frölich se tut. L'idée d'une *complicité objective* entre lui et Dahlem l'amusa. Après tout, songea-t-il, les lubies paranoïaques de Comedia pouvaient trouver à s'alimenter dans le petit chassé-croisé qui s'était mis en place entre le cours d'Albert Grelèche, les couloirs du château de Trausnitz et le siège de la DEFA.

Comedia avait raison : le premier acte, c'était cette soirée de l'été 37. On y faisait connaissance avec les personnages. Mais, pour voir l'intrigue prendre corps, il fallait patienter quinze ans, et attendre l'entrée en scène de Frölich, une entrée triomphale, un matin d'avril 52, dans le bureau de Comedia, Tauentzienstrasse.

Frölich brandissait un jeu de photographies prises lors de l'inauguration d'une nouvelle salle de cinéma, à Leipzig, trois jours plus tôt. Comedia examina un groupe d'officiels, au sein duquel un visage était entouré d'un trait de crayon rouge.

— Regardez, dit Frölich. Ce type, là… Il s'appelle Dahlem, Rudi Dahlem. Il est arrivé à Berlin il y a deux mois. C'est un des assistants de Schidloff, le directeur de la DEFA.

— Et alors ? demanda Comedia, intrigué.

— Alors ? poursuivit Frölich. Croyez-moi, on tient le bon bout !

Les informations de Frölich furent recoupées avec d'autres sources. Au fil des semaines qui suivirent, on établit avec précision le rôle exact de Dahlem au sein de la DEFA. Le personnage était assez séduisant : il se déplaçait où bon lui semblait sur le territoire de la RDA, bénéficiait d'une voiture avec chauffeur, effectuait de brefs séjours dans les autres démocraties populaires, et habitait un logement confortable dans un des quartiers de Berlin-Est récemment reconstruits, près de l'Alexanderplatz. À l'énoncé de ces données, Comedia manifesta une certaine impatience.

— Il faut organiser rapidement une entrevue avec lui, et le mettre au travail sans tarder.

Frölich couvait son protégé. Il penchait vers plus de prudence.

— Pas de précipitation, expliqua-t-il. C'est un pauvre type, jusqu'à présent, il n'a connu que des échecs. Il faut lui laisser le temps de goûter aux charmes de sa nouvelle vie ! Qu'il cuise un peu dans ce jus.

Comedia crut tout d'abord que Frölich voulait coincer Dahlem en lui rappelant son passage dans l'armée américaine, ses escapades au sein de l'unité que dirigeait John Ford et qui avait fait main basse sur de nombreux documents nazis.

Mais, expliqua Frölich, les gens de la HVA étaient déjà au courant. C'eût été les sous-estimer que d'imaginer le contraire : à son arrivée en

RDA, Dahlem avait subi un interrogatoire en règle et s'était montré très coopérant. Il ne pouvait mentir à propos des années de guerre. Bien entendu, cet épisode irritait les ronds-de-cuir de la Sécurité d'État, qui veillaient à ce que les éléments idéologiquement peu sûrs fussent tenus à l'écart de toute responsabilité. Et Schidloff avait dû mettre tout son poids personnel dans la balance pour que ces réticences n'interdisent pas la nomination de Dahlem au poste qu'il lui réservait, à la tête de la DEFA. Les gens qui, comme Rudi, connaissaient bien les milieux du cinéma américain ou européen n'étaient pas nombreux en RDA, et la DEFA avait besoin d'eux.

Le passage de Dahlem dans les rangs de l'armée américaine, expliqua Frölich, ce n'était que de la roupie de sansonnet. Pour le contraindre à collaborer, il disposait d'autres éléments.

— Pourquoi riez-vous ? demanda Comedia.

Sganarelle venait de partir. Ils étaient attablés dans la taverne, face aux eaux gelées du Müggelsee, depuis maintenant plus de deux heures, et rien ne permettait de prévoir quand Matamore allait sortir du chalet. Frölich s'était éclipsé aux toilettes durant le bref compte rendu que Sganarelle avait fait de la situation.

À présent, il gloussait stupidement et, à l'aide d'une cuiller, frappait à petits coups contre une grosse chope de bière ; le gaz s'échappait rapidement et une épaisse couche de mousse se formait à la surface du liquide, avant de s'écouler sur la toile cirée.

— Je pensais à toute cette histoire, dit-il, rêveur.

— Et alors ?

— Je serais bien embêté d'avoir à la raconter.

— Je ne vous suis pas.

— Oui, vous allez faire un rapport, à votre retour à Paris, n'est-ce pas ? Eh bien, adopterez-vous l'ordre chronologique ? Direz-vous réellement quand tout cela a commencé ? Hein ? Ça ne manquerait pas de piment : le gamin boutonneux qui va voir jouer sa maîtresse, dans une salle de patronage, sous la direction du futur espion...

Comedia eut un rictus amer. Il posa sa main sur l'épaule de Frölich.

— C'est ça, dit-il, foutez-vous de moi ! Non, voyez-vous, dans ce rapport, je parlerai surtout de vous, le grand spécialiste, le fin limier ! J'en ferai tout un roman, puisque ça vous amuse : votre arrivée à Paris, la belle vie aux frais du Reich, les secrétaires de l'ambassade qui bramaient de plaisir quand vous les baisiez, dans les jardins du Trocadéro... Je vous décrirai élégant, plein de morgue, tel que vous étiez : un flic qui traquait ses compatriotes exilés, et n'hésitait pas à torturer, hein ? Dans cette histoire, c'est vous, le salaud, ne l'oubliez pas.

— Oh, je n'oublie pas ! répliqua Frölich, j'exige de corriger les épreuves de votre texte, mon vieux !

Je veux m'y voir décrit avec un manteau couleur muraille, des yeux venimeux, un regard lubrique, et tout un attirail de tortionnaire médiéval : des fouets, des brodequins…

6

La nuit commençait à tomber quand Sganarelle C vit Matamore sortir sur le perron du chalet. Il avertit aussitôt Comedia et Frölich, qui quittèrent la taverne dans laquelle ils se morfondaient depuis le milieu de l'après-midi ; le serveur commençait d'ailleurs à lorgner vers eux d'un œil soupçonneux : les patineurs étaient partis depuis longtemps et les ouvriers qui travaillaient à l'entretien du parc avaient eux aussi disparu, après une dernière bière prise au comptoir.

Matamore descendait à présent le chemin bitumé qui menait jusqu'à la rive du Müggelsee.

— Il va prendre le S-Bahn, dit Comedia. On ne le lâche toujours pas.

— Vous voulez qu'on l'intercepte dès qu'il aura repassé la frontière ? demanda Sganarelle.

— Qu'est-ce que vous en pensez ? dit Comedia, après s'être tourné vers Frölich.

Celui-ci haussa les épaules ; il tapa du pied pour se réchauffer, puis contempla le bout de ses chaussures. La neige fondue y dessinait des auréoles blanchâtres.

— Le plus tôt sera le mieux, dit-il enfin. Autant l'interroger sans tarder, je crois que vous avez assez traîné.

Comedia se renfrogna. Ils se mirent en route d'un pas rapide et se dirigèrent vers la station de tramway, près de laquelle était garée leur voiture.

— Ne faites rien avant que je donne le signal ! ordonna Comedia.

Arlequin, qui s'était installé au volant, hocha la tête et enclencha la première. Il roula lentement, sur la route longeant la voie ferrée, pour ne pas dépasser la rame du S-Bahn qui s'arrêtait assez fréquemment.

Arnaud se laissait bercer par les cahots du wagon. Les voyageurs étaient plus nombreux qu'à l'aller ; des ouvriers qui travaillaient dans les zones industrielles de la périphérie regagnaient le centre-ville. Une ménagère s'installa à côté de lui, sur la banquette de bois verni. Elle tenait un cabas ouvert sur ses genoux ; un lapin y gisait au milieu d'une botte de légumes et son œil sanguinolent adressait de lourds reproches à qui croisait ce regard mort. Écœuré, Arnaud se leva, prit place dans la travée centrale et saisit une des boucles de cuir qui pendaient du plafond afin de conserver son équilibre.

Dietrich avait proposé de le raccompagner jusqu'au Mur, mais Arnaud avait décliné l'offre. Il voulait rester seul. Ses tentatives tâtonnantes pour reconstituer le passé de Werner, les misérables collages réalisés à partir des écrits que le vieillard lui avait légués lui paraissaient à présent pitoyables, presque risibles.

Pourtant, il ne ressentait plus aucun dépit d'avoir cru à ses mensonges. Werner avait effacé de sa mémoire les moments cruciaux qui avaient marqué sa vie pour construire un personnage calamiteux et lunatique. Il s'agissait d'une amnésie volontaire et impérative.

— Vous savez, avait dit Schidloff, en serrant la main d'Arnaud, sur le perron du chalet, il avait vraiment oublié. Lorsqu'il a appris qu'il allait mourir, le passé est remonté à la surface, brusquement. Je crois qu'il vous aurait tout raconté, s'il avait vécu quelques semaines de plus... Il ne faut pas lui en vouloir. À sa place, nous aurions sans doute agi de la même façon.

Le tramway poursuivit sa route durant encore une demi-heure. Il était à présent bondé et Arnaud, ballotté parmi les autres voyageurs, s'impatientait de la longueur du trajet. À l'aller, celui-ci lui avait semblé plus court, sans doute parce que Dietrich l'assaillait de questions.

À chaque arrêt de la rame, il y avait des éclats de voix. Le conducteur pestait contre les nouveaux venus, qui ne montaient pas assez vite. Arnaud faillit s'engueuler avec un Vopo qui lui martelait les côtes en jouant des coudes pour se diriger vers la porte coulissante.

Il ne comptait pas s'attarder à Berlin. Le manuscrit l'attendait, à Paris. Il faudrait le déchirer, tout reprendre de zéro, adopter un nouveau mode de narration. Définir un point de départ, arbitraire, à partir duquel s'ordonnancerait le récit, nécessairement ponctué de flash-back et de brusques avancées dans le temps. Que choisir : cette soirée de la fin juin 37 — la représentation du *Capitaine Fracasse* — ou, au contraire, les retrouvailles de Werner et de Dietrich, cinquante ans plus tard, dans l'auberge d'Étretat ? Arnaud était confiant : il ne s'agissait plus que d'un problème technique. Les événements s'imbriquaient parfaitement. Il n'y avait plus de trou noir, hormis ceux que le scénariste installerait consciemment, afin de ménager le suspense.

Il imaginait déjà le cadrage de certaines scènes : l'armée de sans-culottes rassemblée par Renoir dans les cours du château de Fontainebleau, et qui chantait plus volontiers *L'Internationale* que le *Ça ira*… Juliette et Werner, grimés en révolutionnaires enthousiastes, acclamant l'arrivée du bataillon des Marseillais à Paris.

Et, un peu à l'écart de cette cohue joyeuse et dépenaillée, des spectateurs nonchalants et blasés : les gens de l'Abwehr. Leur chef se nommait Kurt Frölich. Un homme très jeune, d'une élégance affectée.

Il serait adossé à la carrosserie d'une limousine aux chromes brillant sous le soleil d'août… Le spectateur ne serait pas surpris : ce Frölich ne surveillait-il pas Juliette, durant les déplacements qu'elle avait effectués, de Dunkerque à Bordeaux, aux côtés de Fritsch, le notable bedonnant qui présidait la compagnie de navigation dans laquelle elle était employée ?

Frölich, dont on aurait déjà aperçu la silhouette, le jour où Juliette était venue chercher Werner, à bord de la Packard, dans les studios de Joinville, lors du tournage du film de Raymond Bernard, *Marthe Richard* ?

Frölich, oui, qui, durant tout l'été 37, suivit Juliette et Werner, Frölich que l'on verrait aussi rôder dans les ruelles de Belleville…

Arnaud ferma les yeux : les images défilaient en accéléré. Il y aurait un plan fixe sur le visage de Werner, vieilli, amaigri, portant les stigmates de la maladie. Face à lui, Dietrich écoutant son récit, dans la salle à manger de l'auberge d'Étretat :

WERNER : Leur chef s'appelait Frölich, Kurt Frölich. Après la guerre, les services français l'ont récupéré… Je l'avais presque oublié, du moins j'essayais. Souviens-toi, tout marchait bien, à la DEFA : tu m'as envoyé à Paris, pour acheter les droits d'exploitation d'une série de documentaires… Ils me sont tombés dessus place de l'Opéra. C'était en juillet 53.

DIETRICH : Mais, à ton retour à Berlin, tu aurais pu…

WERNER : J'aurais pu ? Tout raconter, hein ? Aller voir les sbires de la Sécurité et leur dire : voilà, en 37, je me suis fait coincer par l'Abwehr, à Paris ? Comprends-moi, je n'avais pas envie de tout lâcher : nos projets, mon espoir de devenir metteur en scène. Et puis, il y avait toutes ces saloperies, à Berlin, les chars russes qui tiraient sur les ouvriers, tu te souviens ? Nous les avons vus avancer vers la foule… ça n'a aucun rapport, n'est-ce pas ? Mais si : je ne demandais qu'à me délivrer du sentiment de culpabilité qui me minait…

J'étais une ordure, un traître, et Frölich rigolait. « Regardez ce que vous trahissez, disait-il, ces salauds tirent sur des gens sans défense ! »

J'ai pensé qu'avec le temps je pourrais me débarrasser de Frölich, progressivement. C'était assez naïf. J'ai travaillé pour lui. Mon boulot consistait uniquement à relever le courrier, à remettre de l'argent à ses agents. J'étais le client idéal : je pouvais me déplacer sans encombre, alors que tous les Allemands de RDA étaient assujettis à des contrôles incessants… Quand j'ai décidé de tout balancer, en 56, je les connaissais tous : des minables pour la plupart, mais aussi quelques types de valeur, qui notaient sur des calepins crasseux tous les ragots qu'ils pouvaient collecter à droite, à gauche. Je ne les rencontrais presque jamais, mais je savais où ils déposaient leurs renseignements : dans les cimetières, les jardins publics ; c'était moi qui faisais la récolte. J'ai rédigé la liste de tous ces endroits et la Sécurité les y a attendus. Dans cette note, je précisais que tu n'avais rien à voir dans tout cela.

La rame du S-Bahn avait quitté la banlieue et approchait du centre-ville. Arnaud fut aveuglé par un arc électrique jailli des câbles d'alimentation du tramway. Mais d'autres scènes du film se bousculaient déjà sur l'écran, dans un désordre provisoire qu'il conviendrait de façonner en temps utile. Le récit de Dietrich en fournissait la matière. Il suffisait de le mettre en forme.

Les mains de Werner caressent le corps de Juliette. La fenêtre est grande ouverte et un vent chaud pénètre dans la pièce. Juliette tend la main vers la carafe d'eau posée sur la table de chevet. Ils sont dans une chambre aux murs ornés d'un papier peint désuet, au deuxième étage d'un petit hôtel de Marlotte, un village voisin de Fontainebleau. Le tournage des extérieurs de *La Marseillaise* vient de prendre fin.

Le lendemain matin, Juliette part rejoindre Fritsch, le directeur de France-Navigation. Werner a un rendez-vous en début d'après-midi, au cabaret *Die Laterne*, avec ses amis comédiens ; il s'agit d'organiser le planning des répétitions pour la pièce de Brecht, *Les Fusils de la mère Carrar*, qui sera jouée à Paris, salle Adyar, au mois d'octobre 37. Sans lui, mais il ne le sait pas encore.

La violence : Werner assailli par les gens de Frölich, jeté dans une voiture, assommé, inconscient. À son réveil, le paysage a changé : les panneaux indicateurs, le long de la route qui défile rapidement au travers des vitres de la limousine, sont rédigés en allemand. Werner, incrédule, déchiffre les caractères gothiques. Berlin n'est plus qu'à trois cents kilomètres.

Puis un décor très simple, dépouillé : un bureau aux murs gris et nus. Werner, assis sur un tabouret, les mains liées dans le dos par des menottes. Par la fenêtre, il peut apercevoir les eaux sombres du Landwehrkanal, celles-là mêmes où jadis les corps francs ont jeté les cadavres de Karl et de Rosa.

Il est prisonnier de Frölich, au siège de l'Abwehr, en plein cœur de Berlin. Jusqu'à présent, on a été courtois. Une infirmière est même venue soigner l'estafilade récoltée dans la chambre de l'hôtel de Marlotte, quand ces salauds lui sont tombés dessus !

On lui montre des photos. Le siège de la compagnie dans laquelle Juliette travaille, 1, boulevard Haussmann. Werner reconnaît l'immeuble : souvent, le soir, il est allé y attendre son amie... Le visage de Fritsch, le directeur : une bouille de notable radical, où s'épanouit une belle moustache blanche.

FRÖLICH : Tu connais cet homme ?

WERNER : Je l'ai rencontré, une ou deux fois, mais nous n'avons fait qu'échanger quelques mots.

Frölich tend un autre cliché : on y voit la Packard, garée dans une allée des studios de Joinville. Puis un autre encore : Fritsch, Juliette et Werner attablés dans le jardin d'une guinguette des bords de Marne. Un portrait de Juliette, enfin.

FRÖLICH : C'est ta maîtresse. Elle est jolie, tu as bon goût.

Werner se tait. Frölich lui montre à présent une fiche de police. Werner y est fiché comme militant du KPD.

FRÖLICH : Juliette aussi est communiste.

WERNER : Effectivement. Ce n'est un secret pour personne !

FRÖLICH : Tu sais ce qu'est cette compagnie, France-Navigation ?

Silence de Werner.

FRÖLICH : Je vais te le dire : c'est le Komintern qui est derrière tout cela. Ils trafiquent des armes pour l'Espagne. Les bateaux vont à Mourmansk chercher les cargaisons et les livrent aux rouges.

Werner ne peut dissimuler sa surprise. Frölich guette ses réactions.

FRÖLICH : Tu vas retourner à Paris. Continuer tes singeries et baiser cette fille : nous comptons sur toi pour obtenir des renseignements sur ce qui se passe au siège de la compagnie. Juliette n'est rien : seulement une poule qu'ils ont jetée entre les pattes de Fritsch pour l'amuser ! Mais elle peut sans doute nous aider. Ce que nous voulons obtenir, c'est le descriptif des bateaux : le nom, le tonnage, les dates et le port d'arrivée…

La rame du S-Bahn approchait de l'Alexanderplatz. Dans la voiture, au côté de Comedia, Frölich regardait le spectacle de la rue. Il ne reconnaissait plus rien ; autrefois, il avait pourtant habité tout près de là, dans une rue qui coupait Unter den Linden. Durant son séjour en France, de 37 à 44, il avait eu la nostalgie de cette ville ; puis, à sa libération, après la guerre, il y était revenu pour contempler les décombres.

Il s'était marié à l'automne 37, avec une décoratrice rencontrée à Paris, lors des travaux de préparation de l'Expo. Elle était originaire de Hesse, et il avait dû user de patience afin de la persuader de venir vivre à Berlin. Elle était morte dans les dernières semaines de la guerre, durant l'offensive soviétique. Il ne put jamais éclaircir les circonstances de son décès ; des amis qui habitaient le même immeuble lui dirent qu'elle avait péri dans un bombardement, mais le doute subsistait : il imaginait des scènes terribles, des hordes de soldats rouges — de ces sauvages kalmouks ou tatars — la violaient avant de l'éventrer à coups de baïonnette.

La cérémonie des noces avait eu lieu en septembre 37. Frölich pavoisait : la dot de sa fiancée autorisait quelques folies, et sa carrière dans l'Abwehr était tout aussi prometteuse.

Officiellement, Frölich était un des nombreux attachés culturels de l'ambassade d'Allemagne. Il était arrivé à Paris au mois de janvier avec une mission très simple : enquêter sur le milieu des émigrés allemands réfugiés en France.

Le plus célèbre d'entre eux s'appelait Willy Muenzenberg. Il avait créé une foule de comités destinés à dénoncer les atrocités commises en Allemagne à l'encontre des opposants, et ses réseaux faisaient passer sur le territoire du Reich une quantité impressionnante de matériel de propagande, tracts et brochures, camouflés sous des couvertures d'allure anodine. Puis, après le début des hostilités en Espagne, Muenzenberg se déchaîna pour venir en aide au camp républicain.

Dès le printemps 37, Frölich fit parvenir à Berlin, au siège de l'Abwehr, de volumineux rapports qui décrivaient avec précision ses activités.

Muenzenberg était assisté d'un nommé Otto Katz, qui travaillait quotidiennement à ses côtés, dans des bureaux installés boulevard Montparnasse. Katz était un personnage haut en couleur : talentueux journaliste, il avait été en outre imprésario des spectacles de Piscator, dans les années vingt.

Un soir du mois de mars, Katz passa la soirée dans une gargote minable de la rue René-Boulanger, où se réunissaient de nombreux Allemands, en compagnie d'un autre exilé dont Frölich ne tarda pas à découvrir l'identité : il se nommait Rudi Dahlem. C'était un ancien du KPD qui, lui aussi, avait appartenu à la troupe de Piscator.

Dahlem, comparativement à Katz ou Muenzenberg, n'était que du menu fretin. On s'intéressa néanmoins à lui, par excès de zèle… et Frölich aboutit à cette compagnie de navigation dont le siège se trouvait boulevard Haussmann. Les renseignements qu'il recueillit furent recoupés avec d'autres sources par les spécialistes de l'Abwehr ; on le félicita.

Et Frölich, en présence de Comedia, évoqua le souvenir d'Otto Katz, seize ans plus tard, en 53. La scène se déroulait dans un pavillon de la banlieue parisienne que Comedia utilisait pour organiser des réunions qui exigeaient une certaine discrétion. Les invités pouvaient crier tout leur soûl sans que personne prête attention à leur voix.

La nuit était tombée depuis un peu plus d'une heure. Rudi Dahlem, éberlué, ignorait où il se trouvait. En début d'après-midi, il était descendu de l'express Berlin-Paris, gare de l'Est. Il avait déposé ses bagages dans un hôtel de la rue du Faubourg-Saint-Denis et se préparait pour son rendez-vous avec les représentants d'une firme cinématographique avec lesquels il devait négocier l'achat des droits d'une série documentaire sur la reconstruction des villes européennes, après les dommages consécutifs aux bombardements de la guerre…

— Katz ! Otto Katz… susurra Comedia. Vous ne vous souvenez pas ?

Il brandissait le numéro du matin d'un journal est-allemand. Rudi, dont les mains étaient une fois de plus entravées par des menottes, détourna son regard de la feuille froissée que Comedia agitait sous ses yeux. De grosses manchettes annonçaient la mort de certains inculpés du procès Slánský.

— Otto Katz ! reprit Comedia, vous vous souvenez de lui ? Il a été exécuté hier à Prague : accusé d'être un espion britannique, ou un agent sioniste, au choix. Pendu, Katz !

— Et les chars russes… renchérit Frölich. Vous les avez vus, à Berlin, écraser les grèves ? Des pauvres types qui réclamaient une augmentation de salaire ! Vous vous êtes trompé de camp, monsieur Dahlem, il est temps de changer votre fusil d'épaule !

Rudi, enchaîné à sa chaise, dévisageait les deux hommes sans parvenir à dissimuler sa frayeur.

— *Le Prolétariat allemand*, camarade Dahlem, ironisa Frölich, pfft, balayé par les chars russes, ça ne vous donne pas la nausée ? Otto Katz, exécuté au petit matin, pendu dans la cour de la prison de Vinohrady : vous n'avez pas envie de dégueuler, camarade Dahlem ? Vous vivez dans un appartement confortable, vous vous baladez à Varsovie, à Paris, et pendant ce temps, on tire sur la sacro-sainte classe ouvrière ! Monsieur Dahlem se pavane dans les réceptions mondaines avec son ami Schidloff, et n'en a rien à foutre !

— Vous allez travailler pour nous, ajouta Comedia. Vous vous déplacez où bon vous semble, c'est tout ce qui nous intéresse. Nous vous donnerons de l'argent : un compte sera ouvert, sous un numéro de code que vous choisirez vous-même, dans une banque suisse. En échange, vous nous servirez d'agent de liaison. Vous irez relever le courrier là où nous vous le dirons et vous nous le transmettrez.

— Allez vous faire foutre ! articula lentement Rudi, en dévisageant Frölich. Vous m'avez fait le coup, avant la guerre, et je me suis sauvé. Dès que je sortirai d'ici, je filerai !

— La différence, expliqua Frölich, c'est que cette fois-ci nous allons vous reconduire à Berlin, en RDA. Si vous refusez de collaborer, nous raconterons à vos petits copains comment vous avez travaillé pour l'Abwehr, avant la guerre.

— Je n'ai jamais travaillé pour vous ! hurla Rudi. Je suis parti en Espagne, j'ai des témoins, je me suis battu là-bas.

— Bien entendu, murmura Frölich. Vous avez vu ce qui est arrivé à Otto Katz ? Entre ce que vous diriez aux gens de la HVA et ce que je me chargerais de leur faire savoir, ils ne feraient pas de détail ! Quoi qu'il arrive, demain matin, vous serez à Berlin. On vous y conduira, de gré ou de force : à vous de décider si vous voulez sauver votre peau. De deux choses l'une : soit vous acceptez notre proposition, et tout ira bien ; soit vous refusez, et nous vous amenons sur-le-champ chez vos amis en leur transmettant ceci.

Frölich montrait une photographie tirée d'un registre de l'Abwehr. Le rapport était rédigé de sa main et décrivait l'arrestation de Rudi dans l'hôtel de Marlotte, en 1937, son transfert à Berlin. Rudi comprit qu'après la lecture d'un tel document les gens de la HVA le condamneraient irrémédiablement. Il ferma les yeux, et demanda à ce qu'on le défasse de ses menottes. Il frictionna ses poignets ;

ses mains bleuies étaient douloureuses par suite de l'afflux soudain de sang.

— N'hésite pas, camarade Dahlem, murmura Frölich. Souviens-toi d'Otto Katz : il n'y a plus rien de propre, tout est devenu dégueulasse…

Il lui semblait s'enliser dans un cauchemar, un de ces rêves absurdes lors desquels il vous semble revivre sans arrêt les mêmes tourments : le temps bégaie. Il se souvint de ce qu'il avait subi, sous la coupe du même Frölich, seize ans plus tôt.

C'était le petit matin. Dans la chambre de l'auberge de Marlotte, Juliette s'éveillait de quelques heures d'un sommeil lourd. Rudi dormait encore.

Ils avaient fait l'amour, puis elle s'était habillée à la hâte avant de quitter la chambre : il était déjà tard et elle devait se rendre à son travail, boulevard Haussmann. Il y avait un train à huit heures, à Fontainebleau…

Il s'était attardé au lit. Puis, soudain, Frölich était entré dans la chambre, l'avait frappé, avant de le jeter dans une voiture, inconscient. Les gérants de l'hôtel avaient assisté à la scène, éberlués. Ils crurent que Frölich appartenait à la police.

À son réveil, Rudi vit les panneaux, sur la route, et le doute se dissipa : il était prisonnier de ces salauds, des gens de la Gestapo, sans doute.

Puis l'immeuble terne et sans attrait, qui, le long du Tirpitz Ufer, faisait face au Landwehrkanal. Frölich lui parlait de l'Espagne, du ravitaillement en armes de la République, ce trafic organisé par le Komintern auquel, disait-il, était mêlée Juliette...

Il avait ri : ils pouvaient le tuer, le découper en morceaux, il ne retournerait pas à Paris, il n'espionnerait pas Juliette, ni ce pauvre Fritsch. Il leur dit encore qu'il espérait que les rouges allaient écraser Franco, et qu'après la chute des nationalistes viendrait celle d'Hitler.

Frölich ne perdit pas son sang-froid. Il fit un geste négligent de la main et deux de ses sbires saisirent Rudi par les aisselles.

Ils lui firent dévaler les escaliers et le jetèrent de nouveau à l'arrière de la limousine, celle-là même qu'ils avaient utilisée pour l'amener jusqu'à Berlin.

Frölich s'installa à droite du chauffeur, sans dire un mot. Le trajet ne fut pas long. Une demi-heure plus tard, la voiture stoppait devant une barrière de barbelés, à l'entrée d'un camp situé au nord de la ville.

Rudi, dans les conversations que les exilés tenaient jusque tard dans la nuit, après le repas servi dans la gargote de la rue René-Boulanger, où se réunissaient ses amis, avait souvent entendu parler de Sachsenhausen, une ancienne brasserie transformée en centre de détention. Des détenus, incarcérés là-bas en 1933 et libérés depuis, racontaient la sauvagerie des SA qui dirigeaient le camp.

Il vit les bâtiments, et la cour cernée de miradors où les prisonniers charriaient de gros blocs de pierre. Frölich le fit descendre de voiture et, appuyant le canon de son pistolet contre sa nuque, le poussa devant lui.

Ils pénétrèrent bientôt à l'intérieur d'un bloc où courait un long couloir de chaque côté duquel étaient disposées des cellules. Frölich s'arrêta au milieu du corridor et manœuvra le judas de l'une d'entre elles. Il plaqua Rudi contre le battant de bois.

La cellule était minuscule ; il s'agissait plus d'un conduit de ciment que d'une pièce, si étroite fût-elle. Le prisonnier ne pouvait s'asseoir, à l'intérieur de cette cage d'une soixantaine de centimètres carrés. Des cris de supplication montaient de toutes parts.

— Tu le reconnais ? demanda Frölich.

Rudi hocha la tête. Dans la pénombre du réduit, il avait vu le visage de son frère Heinz. Celui-ci était inconscient. Sa joue était appuyée contre le mur couvert de salpêtre et ses yeux étaient cernés de traînées noirâtres.

— Nous l'avons préparé en ton honneur, expliqua Frölich. Voilà soixante-douze heures qu'il est là-dedans. Tu veux voir ses jambes ?

Rudi se laissa glisser sur le sol de terre battue. Il enfouit son visage dans ses mains et ne put réprimer ses sanglots. Heinz était de deux ans plus jeune que lui. Il avait été permanent du KPD et membre de ses groupes de combat. Rudi n'avait plus de nouvelles de lui depuis 33.

Frölich s'accroupit face à lui. Il alluma une cigarette, et en tira quelques bouffées avant de reprendre la parole.

— Demain matin, expliqua-t-il, tu seras à Paris. Tu iras voir Juliette. Essaie de te lier avec Fritsch : ce ne sera pas trop difficile, il adore les comédiens. Je te donnerai d'autres instructions une fois sur place. Évidemment, si tu refuses…

Frölich ferma les yeux. Il se souvenait parfaitement du retour à Paris, au lendemain de la visite à Sachsenhausen ; il faisait un temps radieux et il prit un grand plaisir à retrouver les cafés de Montmartre, la place du Tertre où il avait l'habitude de prendre son petit déjeuner, au soleil. L'automne était là : les marronniers de la place perdaient déjà leurs feuilles.

Quand, quelques jours plus tard, il apprit la disparition de Rudi Dahlem et son départ probable pour l'Espagne, il accepta la nouvelle avec fatalisme. Peu lui importait : les renseignements qu'il avait déjà recueillis étaient particulièrement appréciés en haut lieu.

Heinz Dahlem mourut quelques semaines plus tard. Quant à son frère, Frölich était bien certain de ne plus jamais croiser son chemin.

La voiture contournait à présent l'Alexanderplatz. Frölich, tout comme Comedia, avait vu Arnaud Grésard descendre de la rame du S-Bahn pour monter dans un taxi qui se dirigeait vers le point de passage entre l'Est et l'Ouest, à l'angle de la Friedrichstrasse.

Comedia avait allumé sa pipe et enfumait l'intérieur de la voiture. Frölich abaissa la vitre de la portière. Ils arrivaient eux aussi au poste-frontière. Le chauffeur tendit aux Vopos les passeports et le visa journalier qu'on leur avait décerné le matin même. Ils attendirent quelques minutes, puis la voiture traversa les quelques dizaines de mètres de la zone franche.

7

Arnaud, sitôt après avoir satisfait aux formalités de douane et quitté Berlin-Est, héla un nouveau taxi et lui donna l'adresse de la *Fabrik*, où il devait retrouver Otto Schaul. Il était à présent délivré de l'excitation qu'il avait éprouvée durant le trajet de retour. Il ne rêvait plus de travellings savants ni de décors pittoresques, mais ressentait une peur diffuse et tenace.

Il pouvait maintenant interpréter différemment la filature à laquelle il avait été soumis à Paris : elle ne résultait certainement pas d'un excès de zèle des enquêteurs de la PJ.

Dietrich l'avait mis en garde : sa curiosité risquait d'attirer l'attention de ceux qui avaient tué Werner. À son avis, il s'agissait bel et bien des services français (ou ouest-allemands ?) qui, trop contents de le retrouver après tant d'années, n'avaient pu se priver du plaisir de lui faire payer sa trahison passée. Dietrich ne chercha pas à dissimuler ses remords.

— Ils m'ont suivi jusqu'à Étretat, j'en suis persuadé ! expliqua-t-il. C'est comme ça qu'ils lui ont mis la main dessus, après notre rendez-vous ! C'est ma faute : si j'avais été plus vigilant... Faites attention, vous n'êtes pour rien dans tout cela, mais avec ces gens-là...

Le taxi se faufilait dans les embouteillages et approchait du quartier de Tempelhof. Un incendie ravageait un immeuble tout proche, et les pompiers barraient la route. Arnaud fit stopper la voiture à un carrefour, régla le montant de la course. Il s'apprêtait à poursuivre son chemin à pied lorsque deux hommes surgirent face à lui et le poussèrent vers la chaussée. Il fut projeté à l'arrière d'une camionnette dont le hayon se referma en claquant à la volée.

Janvier, le correspondant local, ne goûtait guère toute cette agitation. Il avait eu le temps de se renseigner, depuis la veille, et maudissait à présent Comedia.

Arnaud Grésard était un cinéaste connu, en dépit de sa marginalité ; il avait quelques relations dans les milieux journalistiques. Le traitement qu'on lui faisait subir pouvait fort bien provoquer des remous auxquels il valait mieux ne pas être mêlé.

Janvier obtempéra néanmoins aux injonctions de Comedia et mit à sa disposition un pavillon du quartier de Reinickendorf, dans le secteur de la ville placé sous contrôle français. La maison ne comportait qu'un étage et était entourée d'une haie de sapins qui la dissimulait aux regards des passants et des riverains. Janvier refusa d'en savoir plus. Après avoir remis les clefs, il s'éclipsa discrètement.

Frölich pénétra dans le salon et s'assit sur un canapé recouvert d'une housse de drap blanc. Tous les meubles qui garnissaient la pièce étaient ainsi protégés de la poussière. Il décapsula la bouteille de cognac qu'il avait dénichée dans la cuisine et essuya rapidement quelques verres sur lesquels une araignée avait tissé sa toile. Une ampoule nue éclairait la pièce d'une lumière crue et violente.

Les traits creusés par la fatigue, Arlequin contemplait fixement les rayonnages de la bibliothèque, où s'alignaient des ouvrages à la couverture dorée sur tranche. À cette distance, il ne pouvait lire les titres gravés sur la reliure. D'ailleurs, il s'en foutait éperdument. Il s'agissait probablement de cette littérature que les petits-bourgeois achètent au mètre, afin d'épater la galerie. Il sortit un tube de crème de la poche de son veston et se massa la main droite ; cette activité semblait mobiliser toute son attention.

Arnaud attendait dans un fauteuil, près de la fenêtre dont les volets coulissants étaient tirés. Il tendit machinalement le bras pour saisir le verre qu'on lui proposait et dévisagea avec curiosité le vieillard qui lui souriait.

— Vous êtes Kurt Frölich ? demanda-t-il, obéissant ainsi à une intuition aussi soudaine que gratuite.

Frölich n'eut pas le temps de répondre. Comedia entra dans le salon et s'assit près d'Arlequin. Sganarelle le suivait. Il resta là, planté près de la porte, les bras ballants, ne sachant s'il était autorisé à assister à l'entrevue. Puis, constatant l'indifférence de Comedia, il prit place dans un fauteuil, légèrement en retrait, près de la bibliothèque.

Arnaud ne put contenir un fou rire nerveux. Il avait reconnu le promeneur des Buttes-Chaumont, qui, quelques jours plus tôt, lisait *Le Monde* en grelottant sur son banc, près du kiosque à musique.

— Eh bien, maugréa Comedia, si ça vous amuse...

Arnaud avala son verre d'un trait puis le reposa à ses pieds, sur la moquette.

— Qui êtes-vous ? demanda-t-il.

— Qui nous sommes ? dit Comedia, après s'être éclairci la voix d'un raclement de gorge.

— Jeune homme, s'écria Frölich en s'approchant d'Arnaud, vous avez devant vous, pour une représentation exceptionnelle, une troupe qui a traîné ses guêtres sur bien des tréteaux.

Il parlait d'une voix enjouée, et pinça les lèvres en postillonnant, pour imiter le roulement du tambour.

— Voici Comedia, l'auteur de la pièce ! dit-il... et Sganarelle, et Arlequin. Vous êtes Matamore, mais sachez que vos rodomontades ne nous impressionnent guère ! Votre ami Dietrich a hérité du personnage de Pantalone. Quant à ce pauvre Rudi, il ne pourra plus jamais jouer Geronte… Et moi, demanderez-vous ? Ah, sachez qu'un accès de pudeur, une timidité maladive m'interdisent de briguer un rôle dans ce petit divertissement !

Frölich, sa tirade achevée, éclata d'un rire forcé, puis regagna le canapé et se servit un autre verre de cognac. Comedia but à son tour.

— Pardonnez-nous, dit-il, nous sommes fatigués. Parlez-nous de Dietrich. Vous êtes resté chez lui durant tout l'après-midi. Alors ? Rudi : sa disparition en 56, le travail qu'il a accompli pour nous, vous savez tout cela, n'est-ce pas ?

— En effet, admit Arnaud, comprenant qu'il ne servait à rien de finasser.

— C'était un beau salaud, reprit Comedia. Dietrich a dû vous dire que des dizaines de pauvres types ont été exécutés après qu'il les eut dénoncés ?

— Il me l'a dit, convint Arnaud, mais je ne crois pas que c'était un salaud. Enfin… tout dépend des critères de jugement que l'on adopte.

— Ha, ha, ha ! ricana Frölich en s'adressant à Comedia. Prenez garde, mon cher : voilà la *dialectique* qui pointe le bout de son nez !

— C'est vous qui l'avez tué ? demanda Arnaud.

— À quoi bon vous le cacher ? murmura Comedia. Reprenons, nous n'avons pas de temps à gaspiller. Schidloff a rencontré Rudi dans une auberge d'Étretat, à la fin du mois d'octobre dernier : vous connaissez l'endroit puisque vous y êtes allé, vous aussi, avec votre amie. Il a sans doute tenté de se justifier, d'expliquer pourquoi il s'est enfui, en 56 ?

Devant le silence d'Arnaud, qu'il interpréta comme une approbation, Comedia reprit le fil de sa démonstration.

— Nous nous sommes posé la question, figurez-vous ! dit-il en élevant soudain la voix. Je peux comprendre qu'il en ait eu assez. Donc, il disparaît, un beau matin, lors d'un voyage au Danemark. Les gars qu'il a dénoncés tombent dans les jours qui suivent. Vous savez ce que ça signifie ? La torture dans les caves, les années de camp, les pelotons d'exécution... ce n'est pas du cinéma, monsieur Grésard. À la fin de la séquence, personne ne crie : « Coupez ! » Je vais vous faire une confidence, j'ai toujours pensé que Rudi Dahlem nous avait roulés dès le début : sa disparition était un coup monté.

— Mais, protesta Arnaud, les services de sécurité de l'Est l'ont recherché ! C'est du moins ce que Schidloff m'a dit. Lui aussi a été torturé !

— S'ils avaient voulu nous faire croire qu'ils recherchaient effectivement Dahlem, répliqua Comedia, ils n'auraient pas hésité à malmener ce pauvre Dietrich ! Vous avez de ces naïvetés, monsieur Grésard... Pourtant, chez vous, j'ai aperçu quelques livres qui auraient dû vous délivrer de tant de candeur. Vous connaissez la musique, monsieur Grésard, tout du moins, vous vous êtes intéressé à la question ! Avec le recul auquel vous condamne votre âge, certes, puisque vous n'avez pas vécu cette période.

— Pardonnez-moi, reprit Arnaud, mais je ne comprends pas où vous voulez en venir ?

— Vous connaissiez bien Rudi, n'est-ce pas ? Il ne vous a rien dit, à propos de tous ces gens qu'il a dénoncés, en 56 ? Certains, dont il n'aurait pas révélé le nom et pour lesquels il aurait pu nourrir, disons, une certaine sympathie, seraient toujours en place, là-bas, en RDA…

Arnaud fronça les sourcils, puis ferma les yeux tout en se massant le front. Il sentait poindre un léger mal de tête. Il demanda de l'aspirine. Sur un signe de Comedia, Arlequin se leva et quitta la pièce pour revenir deux minutes plus tard ; il tenait à la main un verre d'eau dans lequel se dissolvait un cachet effervescent. Comedia attendait.

— Nous pouvons reprendre cette conversation demain matin, proposa-t-il. Nous allons vous emmener à Paris.

— Écoutez, dit Arnaud, je ne sais plus quoi vous dire. Vous m'avez fait suivre depuis plusieurs jours et…

— Nous avons également lu le manuscrit de votre scénario, précisa Comedia.

— Justement, reprit Arnaud, sans s'émouvoir de cet aveu, j'ai connu Werner quand j'étais gosse, et, à sa mort, j'ai voulu savoir qui il était réellement. J'ai fouiné un peu partout, dans ses papiers, j'ai interrogé ce type, Peignot, vous savez, le comédien à la retraite qui habite Belleville : grâce à lui, j'ai pu rencontrer Schidloff, qui m'a expliqué qui était Werner... mais je ne sais rien d'autre ! Werner ne m'a jamais parlé de tout cela !

À cet instant, Frölich abandonna le canapé sur lequel il somnolait et vint s'asseoir près d'Arnaud, sur un pouf lui aussi recouvert d'une housse blanche. Il posa familièrement sa main sur son genou et sourit. En dépit des deux ou trois verres d'alcool qu'il avait ingurgités, il ne manifestait aucun signe d'ivresse.

— Arnaud... soupira-t-il, vous n'espérez pas nous attendrir avec de telles jérémiades, n'est-ce pas ? Vous avez devant vous des hommes fatigués... Vous le voyez, nous sommes vieux, et les petites sauteries comme celle de ce soir ne nous amusent plus. Il y a quelques années, je ne dis pas, oui, nous aurions volontiers consacré quelques heures à jouer au chat et à la souris, mais aujourd'hui, quel intérêt ? La question que nous vous posons est simple : lors de sa disparition, en 56, Rudi a livré une liste de noms. Ces pauvres bougres ont été torturés, puis fusillés, n'en parlons plus. Seulement voilà : il y en a un, un seul, qui a survécu. Rudi ne l'a pas dénoncé. Pourtant, il le connaissait. C'était un tout jeune homme, à l'époque, mais aujourd'hui il occupe un poste de responsabilité... et nous voudrions savoir si les renseignements qu'il fournit depuis trente ans sont fiables, vous me suivez ? En d'autres termes, nous nous demandons si, depuis trente ans, il ne nous raconte pas des bobards... hein ? La Sécurité est-allemande, la HVA, aurait pu le retourner… ou, pire encore, si l'on en croit la thèse paranoïaque de notre ami Comedia — à laquelle je n'adhère pas, je vous l'avoue —, toute cette histoire ne serait qu'un coup de bluff, vous voyez le topo ? Rudi accepte de travailler pour nous en 53, mais court aussitôt raconter l'affaire à la HVA, laquelle se frotte les mains, nous appâte durant trois ans, puis liquide tout le réseau… Nous nous lamentons : tous les matins, dans le journal, nous pouvons lire les entrefilets qui annoncent l'arrestation de nos agents. Ils tombent tous, sauf un. Miracle ! Nous relevons la tête, ces ordures de la HVA nous croient laminés, mais un de nos petits gars est parvenu à leur échapper ! Et pendant trente ans, patiemment, il grimpe un à un les échelons de la hiérarchie. Victoire ! Puis le doute revient : obsédante litanie… Oui, après tout, pourquoi lui ? Qu'est-ce qui lui a permis de sauver sa peau ? Et l'idée, peu à peu, prend forme. Terrible, non ? La HVA aurait laissé ce salopard en vie pour pouvoir nous intoxiquer à loisir… ai-je été suffisamment clair ?

— Vous comprenez ? demanda Comedia qui supportait mal la gouaille de Frölich.

Arnaud se tassa dans son fauteuil. Durant les quelques heures passées chez Dietrich, il avait subi la douche froide de ses révélations concernant le passé de Werner. De ce point de vue, tout semblait clair : Werner avait refusé le chantage de l'Abwehr en 37, s'était enfui en Espagne pour couper les ponts, mais, quinze ans plus tard, Frölich avait retrouvé sa trace et était venu saccager la vie nouvelle qu'il menait à Berlin, au siège de la DEFA. Et Werner avait de nouveau disparu... Il en avait eu assez de toutes ces combines, c'était une explication suffisante. Frölich disait vrai : Comedia était un paranoïaque.

— Je comprends, répondit Arnaud, mais je ne sais rien. Schidloff non plus, j'en suis persuadé. Puisque vous avez fouillé dans les papiers de Werner, vous pouvez me croire : ce sont les seuls éléments dont je dispose.

Comedia se leva et quitta la pièce. Frölich le suivit dans le couloir et referma la porte derrière lui.

— Alors ? demanda Comedia.

— Alors rien, mon vieux ! souffla Frölich. Ce type est sincère, du moins je le crois. Il est trop tard pour réparer vos erreurs, c'est Rudi qu'il fallait coincer, pas lui.

— Mais nom de Dieu, insista Comedia, je ne rêve pas : il les a tous dénoncés, sauf Seydlitz. Il y a bien une raison, non ? Aujourd'hui, Seydlitz grenouille dans l'entourage direct des pontes qui définissent la doctrine de défense du Pacte et nous prenons pour argent comptant tout ce qu'il nous raconte !

— Eh bien, dit Frölich, Rudi a eu pitié de lui : en 56, Seydlitz avait à peine vingt-cinq ans, non ? C'est plausible.

— Et alors ? ricana Comedia, il y en a eu

d'autres, tout aussi jeunes, et il ne s'est pas privé de les envoyer à la mort !

Frölich haussa les épaules et sortit la dernière cigarette du paquet qui traînait dans ses poches. Comedia, machinalement, lui tendit son briquet.

— Écoutez, reprit Frölich, il est plus que temps de faire votre deuil de cette histoire ! Je comprends les raisons de votre acharnement... si Seydlitz travaillait réellement pour la HVA, vous seriez en quelque sorte *réhabilité*, n'est-ce pas ? On ne pourrait plus vous coller sur le dos la mort de tous les pauvres types que vous aviez sous vos ordres ! C'est ce que vous espérez, je me trompe ?

— Et vous, rétorqua Comedia, vous avez la conscience tranquille ? Le recrutement de Dahlem, c'était votre chef-d'œuvre !

— Mon pauvre vieux, soupira Frölich. Je m'en fous complètement... c'est bien ce qui fait la différence ! Laissez-moi vous donner un bon conseil : oubliez tout, et attendez. Tôt ou tard, on finira bien par connaître la vérité. Si Seydlitz est un salaud, on vous déroulera le tapis rouge. Mais je ne voudrais pas vous décevoir : le plus vraisemblable, c'est qu'il a eu de la chance, voilà tout ! Souvenez-vous, ces salauds les cueillaient à la pelle, un tous les matins. Seydlitz s'est tenu à carreau pendant quelques mois, puis l'affaire s'est tassée : ils ne sont pas extralucides, que je sache !

Comedia sortit un mouchoir et épongea son front, où perlaient quelques gouttes de sueur.

— Je sais, dit-il. Ce discours, je l'ai entendu quelques centaines de fois.

Il ne mentait pas : dans les mois qui avaient suivi la disparition de Rudi Dahlem, en 56, il s'était résigné à compter les coups. Inexorablement, tous les membres du réseau qu'il avait patiemment mis sur pied se faisaient arrêter au petit matin, par une escouade de la HVA. Il ne fallait pas beaucoup d'imagination pour se représenter la scène : la limousine — généralement une Jigouli dont les chromes étaient soigneusement astiqués — stoppait au coin d'un pâté de maisons, dans un quartier de Dresde, de Leipzig ou d'Erfurt, et les flics — tous semblables, sanglés dans leur gabardine grise — en descendaient, le pistolet à la main. Deux d'entre eux montaient la garde au pied de l'immeuble tandis que les autres grimpaient quatre à quatre les escaliers avant de cogner contre la porte d'un appartement ; quelques minutes plus tard, un type en chemise dévalait les escaliers à grands coups de pied dans le cul, et les voisins n'entendaient plus jamais parler de lui.

Tous, sauf Seydlitz. Un jeune élève officier de l'école d'artillerie de Dessau, avec lequel Comedia avait pris contact en 55.

Son père et ses deux frères aînés étaient morts, quelque part sur le front russe, pendant la guerre, et sa mère ne s'était jamais remise de son chagrin : elle croupissait dans une institution psychiatrique. Seydlitz ne demandait qu'à se venger des Russes. Du pain bénit pour les recruteurs que Comedia envoyait traîner dans les bars de Berlin ; à cette époque, le Mur n'était pas encore dressé, et les contacts entre le secteur soviétique et le secteur allié étaient monnaie courante.

Seydlitz était donc passé entre les mailles du filet. En 56, Comedia fut chargé de retrouver Rudi Dahlem, et on nomma un remplaçant au poste qu'il occupait jusqu'alors. Celui-ci reprit contact avec Seydlitz en 58, et, depuis, les résultats étaient excellents. En 77, Seydlitz, promu colonel, fut affecté à l'État-Major et, à ce titre, assistait à de nombreuses rencontres que le Pacte organisait, tantôt à Varsovie, tantôt à Prague ou à Berlin. En 83, il se rendit même à Kaboul, afin de participer à un stage d'étude.

Frölich tira une dernière bouffée de sa cigarette, puis, d'un coup de talon négligent, écrasa le mégot sur la moquette.

— Bien, dit-il, nous n'allons pas passer la nuit ici ? Qu'est-ce que vous allez faire de Grésard ? Vous avez vu juste : c'est vraiment *Matamore*, il est totalement à côté de la plaque, ne me dites pas que vous croyez encore que Rudi l'a mis dans le coup…

— Je vais le ramener à Paris. Là-bas, nous y verrons plus clair.

Il ouvrit la porte et appela Arlequin.

— Téléphonez à Tegel, dit-il. Nous prendrons le premier avion.

Arlequin retourna dans le salon et décrocha le combiné. Cinq minutes plus tard, il vint rendre compte de ses démarches : la météo était très mauvaise, une forte perturbation couvrait l'Allemagne, et les deux prochains vols à destination de Paris étaient ajournés. Il faudrait attendre le lendemain soir pour réserver des places sur la ligne régulière d'Air France. Comedia accueillit la nouvelle avec résignation.

— Tant pis, soupira-t-il, nous partons quand même, par la route ! Je suis pressé. On m'attend à Paris.

Ils quittèrent la villa. Arnaud prit place dans une Opel. Arlequin s'installa à l'arrière, à côté de lui, tandis que Sganarelle prenait le volant. Comedia et Frölich ouvraient le chemin, à bord de la Mercedes que conduisait un des chauffeurs mis à leur disposition par Janvier.

Ils quittèrent Berlin à vingt-deux heures. Une tempête de neige balayait l'autoroute, et la visibilité était presque nulle. Le trafic était réduit en direction de Herleshausen, la première ville de RFA.

Arnaud voyait défiler un paysage sans attrait. Comedia l'avait mis en garde, lors du départ : il était bel et bien en état d'arrestation, soupçonné de quelque complicité avec Werner, et devait donc s'abstenir de toute manifestation de mauvaise humeur.

8

Assis à l'arrière de l'Opel, Arnaud réfléchissait. L'aspirine avait chassé la migraine qui le menaçait quelques heures plus tôt.

Sganarelle conduisait prudemment. Il tripota le curseur du poste hi-fi et ne tarda pas à capter France-Inter. Un speaker enrhumé lisait le dernier bulletin d'information ; il parla du cours du dollar, des dernières négociations de Bruxelles à propos des montants compensatoires monétaires, mais surtout des grèves de cheminots, qui bloquaient le réseau SNCF. Le flash terminé, Sganarelle chercha la fréquence de France-Musique.

Arnaud se détendit, et cala sa nuque contre l'appuie-tête de la banquette. L'Opel filait le long du couloir routier reliant Berlin au territoire de la RFA. Des panneaux annonçaient la frontière à quelques kilomètres seulement. À son côté, un des sbires de Comedia, celui qu'il surnommait Arlequin, sifflotait doucement, sur un air d'opéra — « *... l'altra notte, in fondo al mare...* » — que diffusait la stéréo.

Arlequin caressait doucement le dos de sa main droite, dans un mouvement lent et régulier. Arnaud vit la peau fragile, chiffonnée comme une étoffe froissée ; les phares des voitures qui arrivaient en sens inverse lançaient de brefs traits de lumière à l'intérieur de la voiture et éclairaient le visage d'Arlequin à la manière d'un flash stroboscopique. Arnaud ne savait que penser ; sa notoriété, modeste mais malgré tout réelle, le protégeait. Annie pourrait témoigner — et aussi Otto Schaul — des raisons de son voyage à Berlin. Mais Comedia — ridicule pseudonyme — était dangereux. Il avait froidement avoué le meurtre de Werner, comme s'il s'agissait d'une peccadille. Ils allaient l'interroger, longuement, fouiller de nouveau sa vie…

Il était las. Il apprécia cependant l'ironie de la situation : quelques années plus tôt, il se serait réjoui d'avoir à affronter ces gens ! Il aurait provoqué leur colère, les aurait insultés. Il sourit tristement et Arlequin, surpris, le questionna du regard. Arnaud haussa les épaules. Oui, quelques années plus tôt, il aurait éprouvé une certaine fierté à affronter Comedia. Mais aujourd'hui il avait simplement envie qu'on lui foute la paix, qu'on le laisse écrire tranquillement son scénario.

La neige tombait et un pâle quartier de lune cerné d'un halo de brume trouait la nuit. Arnaud eut soudain envie de vomir et demanda au chauffeur de brancher la ventilation. Une coulée d'air frais lui fouetta le visage, mais le malaise ne se dissipa pas pour autant. Il se laissa aller à l'engourdissement qui le gagnait et frissonna. Peu à peu, il parvint à dominer son trouble, et préféra mettre la nausée qui lui serrait la gorge sur le compte de la fatigue.

La voiture avait ralenti et se rangeait dans la file qui conduisait au poste de douane. Il vit dans la lumière des projecteurs les silhouettes des soldats, armés de mitraillettes, avancer le long des barrières de chevaux de frise.

Arlequin tendit les passeports, par la vitre baissée. Dix minutes plus tard, ils lui furent rendus. L'Opel franchit la frontière, bientôt suivie de la Mercedes dans laquelle voyageaient Comedia et Frölich. Arlequin, après un instant d'hésitation, dévisagea Arnaud et lui restitua son passeport.

— On est chez nous ! claironna Sganarelle.

Il leur fallut se soumettre de nouveau aux formalités habituelles auprès des douaniers de RFA mais ce fut plus rapide. Arnaud alluma une cigarette.

Quelques centaines de mètres plus loin, la Mercedes les doubla, et Sganarelle se rangea sur la bande d'arrêt d'urgence. Arnaud vit Comedia se diriger vers l'Opel d'un pas rapide.

— Tout va bien ? demanda-t-il simplement.

Arlequin bâilla et marmonna une vague réponse qui ne pouvait être que positive.

— Demain dans la matinée, précisa Comedia, nous serons à Paris.

Il regagna la Mercedes en remontant le col de son pardessus et claqua la portière.

La route était bien meilleure à présent ; Sganarelle accéléra. Mais, un peu plus tard, alors qu'il s'apprêtait à doubler un camion, l'Opel tangua brusquement, dérapa sur la chaussée, et il eut toutes les peines du monde à redresser la trajectoire. Il y eut un bruit de métal froissé, et quelques étincelles : l'aile avant venait de percuter la glissière de sécurité. Enfin la voiture s'arrêta.

— Merde ! On a crevé ! dit Sganarelle.

Arnaud fixa le bout incandescent de son mégot, une brève fraction de seconde, puis, sans plus réfléchir, l'écrasa sur les doigts d'Arlequin. Celui-ci poussa un cri pitoyable et porta sa main à sa bouche. Arnaud ouvrit la portière, sauta sur la chaussée, enjamba la glissière, et courut droit devant lui. Il entendit Comedia crier, mais sa voix fut couverte par le klaxon d'un camion qui freinait dans le virage pour ne pas emboutir la Mercedes, à l'arrêt elle aussi.

Un épais tapis de neige fraîche couvrait le sol, et Arnaud s'y enfonçait à mi-mollet. La course était épuisante. Il s'essouffla assez vite. À une centaine de mètres, il vit le mur noir que formait la ligne des sapins. La nausée l'avait quitté, un air glacé coulait dans ses poumons.

Il rit comme un gamin. Comedia allait payer la mort de Werner ! Il retournerait voir Dietrich, écrirait un livre, non, une série d'articles !

Il n'avait aucune idée de l'endroit où il se trouvait : à une centaine de kilomètres de la frontière, tout au plus. Il marcherait jusqu'à la première ville, prendrait un train, regagnerait Paris et s'y cacherait pour écrire…

Il escalada un talus, buta contre une souche et s'étala de tout son long. La neige lui brûla le visage.

Il se retourna et aperçut deux silhouettes lancées à sa poursuite. Sganarelle et Arlequin approchaient. Ils se dandinaient comme des ours et progressaient à grand-peine.

Il se releva d'un bond et ressentit alors une violente douleur dans la cheville gauche. Son pied était resté coincé sous la souche et il ne pouvait se dégager. Il y parvint malgré tout en agrippant une racine à pleines mains pour la soulever. Un caillou acéré lui déchira la peau du pouce. Il se remit à courir, en sautillant à cloche-pied, et zigzagua entre les troncs d'arbres.

— Arrête ! cria Sganarelle. Arrête, on va tirer !

— Les jambes, éructa Arlequin, hors d'haleine, vise les jambes.

Arnaud avançait toujours ; les sous-bois devenaient de plus en plus sombres, il n'apercevait plus la lueur jaunâtre des pylônes électriques qui bordaient l'autoroute.

— On va le paumer ! balbutia Arlequin. Vas-y, tire !

Sganarelle s'accroupit à demi, tendit le bras devant lui et fit feu, à deux reprises. Le réducteur de son étouffa le bruit de la détonation. À une vingtaine de mètres plus avant, Arnaud s'était affaissé. Ils se précipitèrent, en écartant les branchages qui leur fouettaient le visage.

— Ça va ? cria Arlequin, en saisissant Arnaud par les épaules.

Sganarelle avait allumé son briquet et éclairait leurs deux visages, qui se touchaient presque.

— Ça coule, sanglota Arnaud, c'est chaud…

Il se tenait la cuisse. Arlequin vit le flot de sang qui s'étalait sur la neige. Il força Arnaud à s'allonger sur le dos. Le briquet s'éteignit et Sganarelle étouffa un juron.

— Allume, vite ! ordonna Arlequin.

— Je me suis brûlé, c'est bouillant !

La flamme jaillit de nouveau de son poing. Arlequin se pencha. Le sang coulait toujours, par pulsations régulières. Arnaud ne bougeait plus.

— Il est dans les vapes, merde ! grogna Arlequin, entre ses dents. C'est l'artère ! Tu lui as bousillé la cuisse ! Il va se vider, aide-moi !

Avec des gestes fébriles, il défit la ceinture d'Arnaud et baissa le pantalon jusqu'aux genoux. Il enfonça son poing dans l'aine et pressa de toutes ses forces. L'hémorragie se tarit momentanément.

Sganarelle lâcha son briquet.

— Excuse-moi, dit-il, ça brûle trop !

Ils restèrent quelques instants, seuls, dans la pénombre, à genoux sur le sol gelé. Arlequin sentait le sang poisser ses doigts. Au loin, le faisceau d'une torche électrique balayait la nuit.

— C'est Comedia, dit Arlequin, va le chercher… Allez, grouille !

Cinq minutes plus tard, Comedia s'agenouillait à son tour près d'Arnaud. Arlequin n'avait pas levé la pression et appuyait toujours son poing au creux de l'aine. À la lumière de la torche, il put examiner la blessure.

— La balle a traversé la cuisse d'arrière en avant, expliqua-t-il. L'artère est tranchée... On ne peut pas faire un garrot, c'est trop haut ! Il faut aller chercher une ambulance, sinon il va mourir.

Frölich arriva à son tour, en toussant. Il s'appuya contre un tronc et reprit son souffle. Comedia contemplait fixement le poing d'Arlequin, couvert de sang.

— Vous avez compris ? cria Arlequin. Décidez-vous vite, bordel de Dieu, je vous dis qu'il va crever si les secours n'arrivent pas ! Il faut le transfuser !

— On... on ne peut pas, murmura Comedia, vous vous rendez compte ? Non, on ne peut pas.

— Si j'enlève mon poing, il se vide !

— On ne peut pas... non, on ne peut pas ! répéta Comedia d'une voix blanche.

— Alors ? hurla Arlequin.

— Calmez-vous ! cria Frölich. Laissez-le, relevez-vous !

Arlequin secoua la tête, dévisagea Sganarelle, dont la lèvre inférieure tremblait spasmodiquement. Puis il se redressa. Frölich avait saisi la torche. Il braqua le faisceau lumineux sur la blessure. La tache de sang s'élargit rapidement et imbiba la neige alentour.

Arlequin prit le pouls d'Arnaud. Il était quasiment imperceptible.

— Il ne faut pas rester là, décida Frölich.

Comedia l'approuva d'un hochement de tête. Il tressaillit en s'apercevant que ses chaussures étaient couvertes d'une bouillie rougeâtre.

— Faites le nécessaire, dit-il. On ne devrait pas le retrouver avant quelques jours... Vous comprenez ? Il ne faudrait pas qu'on puisse l'identifier.

— Bien, soupira Arlequin. Foutez le camp et laissez-moi la torche. Attendez-moi à la voiture.

Il resta seul avec Sganarelle, tandis que Comedia et Frölich s'éloignaient.

— Aide-moi, murmura-t-il. Il faut le déshabiller.

Ils ôtèrent tous les vêtements, qu'ils roulèrent en boule. Arlequin en fit un ballot qu'il enveloppa dans son blouson.

— Donne-moi ton pistolet...

Sganarelle lui tendit l'arme. Il vérifia le chargeur, compta les balles ; il en restait cinq. Il se releva et visa une première fois à la base du nez, en tirant presque à bout portant. Puis, d'une seconde balle, il fracassa la mâchoire. Sganarelle se détourna pour vomir. Arlequin tira ensuite dans la tempe droite. Son quatrième projectile écrasa la base du front. À l'aide du cinquième, il arracha le nez, d'un tir latéral. Puis il braqua la torche pour apprécier le résultat. Le visage d'Arnaud n'avait plus aucune forme.

— Allez, viens, dit-il en prenant sous le bras le baluchon de vêtements.

ÉPILOGUE

Frölich et Comedia attendaient, à l'intérieur de la Mercedes. Avant le retour de Sganarelle et d'Arlequin, leur chauffeur avait eu le temps de changer le pneu crevé de l'Opel.

— Comment allez-vous justifier tout cela ? demanda Frölich.

— Avec un peu de chance, on n'identifiera jamais le cadavre. Je me débrouillerai avec Janvier pour que les traces de son retour à Berlin-Ouest soient détruites. Grésard aura disparu à Berlin-Est, point final.

— Mais le reste : vous avez déclenché tout ce cirque pour confondre Seydlitz, que je sache ?

— Bah… je me range à votre avis ! Je suis fatigué. L'avenir dira bien qui avait raison.

Frölich grimaça. Une crampe lui nouait l'estomac. Il avait froid. Pour rejoindre la forêt, il avait couru, et sa chemise trempée de sueur lui collait à la peau. On frappa contre la lunette arrière de la voiture.

Comedia se retourna et abaissa la vitre.

— Tout va bien ? demanda-t-il.

— Si on veut, répondit Arlequin.

— Je... je voulais vous remercier, dit Comedia. Vous avez les vêtements, le passeport ? Oui ? Alors vous savez ce qu'il vous reste à faire ? C'est inutile que nous restions ensemble. Nous nous retrouverons à Paris.

Arlequin s'éloigna et prit le volant de l'Opel. Il démarra, et bientôt les feux arrière disparurent dans le brouillard.

— Allez, dit Comedia en posant sa main sur l'épaule du chauffeur.

Ils roulèrent une cinquantaine de kilomètres, puis le moteur donna des signes de défaillance. Une fois de plus, il leur fallut se ranger sur la bande d'arrêt d'urgence pour y rouler au pas.

— Que se passe-t-il ? demanda Comedia.

— Aucune idée, répondit le chauffeur.

— Regardez, dit Frölich, il y a un motel, là-bas !

Comedia cligna des yeux et aperçut l'enseigne lumineuse qui clignotait dans la nuit. Il y avait un faux contact et le *E* s'allumait avec un léger retard sur les autres lettres.

— Il faut s'arrêter là, dit le chauffeur, je devrais pouvoir réparer ; ça ne sera pas long.

Ils poussèrent la porte de verre et pénétrèrent dans le hall. Le serveur agitait un shaker sous l'œil amusé d'une jeune femme qui portait un ciré orange, phosphorescent. Il versa le liquide bleu turquoise dans deux verres à pied dont le rebord était garni d'une tranche de citron lime. Un type entre deux âges rejoignit la jeune femme, et ils posèrent les cocktails sur un plateau avant de se diriger vers l'escalier menant aux chambres, près duquel se dressait un sapin de Noël.

— Excusez-moi, j'ai très soif, dit Frölich en s'asseyant sur un tabouret, face au bar.

Il commanda un café arrosé de cognac, tandis que Comedia se dirigeait vers une rangée de fauteuils de cuir entourés de bacs de plantes grasses.

Il y avait à présent près de trois quarts d'heure qu'ils étaient entrés dans ce motel. Comedia desserra le nœud de sa cravate. Il transpirait. Frölich buvait. Comedia observait son ami. Son ami, Frölich ? Après tout, oui, quel mot pouvait-il employer pour mieux définir leur relation ? Il envia Frölich qui vieillissait bien. Ou plutôt, ne vieillissait plus.

Il éprouva alors une étrange sensation, un instant de passage à vide, comme s'il assistait à cette scène de sa propre vie en spectateur irrité de la médiocrité du spectacle. Le visage sec et ridé de Frölich, sa chevelure blanche, sa main qui saisissait la tasse et la portait aux lèvres, sans trembler : Comedia voyait ces images défiler avec lenteur. Tout devint flou et le portrait de son ami se figea. Pris de vertige, il frissonna et dut fermer les yeux pour chasser l'impression d'irréalité qui l'oppressait.

Quelqu'un ouvrit la porte. Le vent s'engouffra dans le hall. Le nouveau venu, un quinquagénaire coiffé d'une chapka, portait un attaché-case. Il tapa des pieds pour décoller la neige de ses semelles.

Puis le visage du chauffeur apparut à son tour, derrière la vitre. Il frappa contre le carreau pour attirer l'attention de Frölich. Celui-ci quitta le haut tabouret sur lequel il était perché et se dirigea vers Comedia.

— Je crois qu'il a réparé, dit-il, nous pouvons partir.

Comedia hocha la tête et se leva avec peine. Il boutonna son manteau, enfila ses gants.

— Ça ne va pas ? demanda Frölich.

— Si, très bien... enfin, non, pas du tout.

— Vous êtes crevé, restons ici cette nuit, il y a sûrement des chambres libres.

— Non... non, murmura Comedia. Dites-moi, si nous reprenions la discussion de cet après-midi ?

Frölich ouvrit la porte et s'effaça pour laisser passer Comedia. Une bourrasque de neige leur fouetta le visage. Il n'y avait qu'une vingtaine de mètres à parcourir pour rejoindre la Mercedes. Les deux hommes rentrèrent la tête dans les épaules et coururent jusqu'à la voiture. Le chauffeur était installé au volant et le moteur tournait. Trente secondes plus tard, ils reprenaient leur souffle, sur la banquette arrière, tandis que le chauffeur leur indiquait le motif de la panne qui les avait immobilisés plus d'une heure : un simple faux contact dans le circuit d'allumage. Ils ne lui prêtèrent qu'une oreille distraite.

— Vous disiez ? demanda Frölich en dénouant son écharpe.

— Comment faire ce rapport, par où commencer ? dit Comedia.

— Par le début, évidemment…

Comedia haussa les épaules et alluma sa pipe, dépité par l'évidente mauvaise volonté de Frölich. Il restait de longues heures à tuer avant d'arriver à Paris, et Comedia se sentait d'humeur à jouer à ce petit jeu qui les avait tant divertis autrefois : pour tromper l'ennui, ils inventaient des histoires en spirale où les événements s'enchevêtraient à l'infini.

— Vous avez lu *Le Capitaine Fracasse* ? insista Comedia.

Frölich fronça les sourcils. À deux heures du matin, la question lui paraissait saugrenue. Il ne se sentait guère enclin à évoquer les lectures de son adolescence et ne nourrissait aucune tendresse particulière pour Théophile Gautier. Il se souvint du prix de français que le proviseur du *Gymnasium* lui avait remis, lors de la fête de fin d'année, à l'issue de sa seconde. Le livre était resté longtemps dans sa bibliothèque, un très bel ouvrage avec une couverture de cuir gaufré, de superbes illustrations de Gustave Doré. Malgré tout, comprenant où Comedia voulait en venir, Frölich sourit à son tour.

— Oui, dit-il, Matamore meurt dans la neige, épuisé, lors d'un voyage de la troupe de saltimbanques. Mais ce n'est pas la fin de l'histoire, simplement une péripétie…

DU MÊME AUTEUR

Aux Éditions Gallimard

Dans la collection Série Noire

MYGALE, *n° 1949* (Folio Policier, *n° 52.* Édition révisée par l'auteur en 1995).

LA BÊTE ET LA BELLE, *n° 2000* (Folio Policier, *n° 106).*

LE MANOIR DES IMMORTELLES, *n° 2066* (Folio Policier, *n° 287).*

LES ORPAILLEURS, *n° 2313* (Folio Policier, *n° 2).*

LA VIE DE MA MÈRE !, *n° 2364* (Folio, *n° 3585).*

MÉMOIRE EN CAGE, *n° 2397.* Nouvelle édition (Folio Policier, *n° 119*)

MOLOCH, *n° 2489* (Folio Policier, *n° 212).*

Dans la collection Page Blanche

UN ENFANT DANS LA GUERRE. *Illustrations de Johanna Kang (Folio Junior édition spéciale, n° 761).*

Dans La Bibliothèque Gallimard

LA BÊTE ET LA BELLE. Texte et dossier pédagogique par Michel Besnier, *n° 12.*

Dans la collection Folio 2 e

LA FOLLE AVENTURE DES BLEUS... (Folio, *n° 3966*).

Chez d'autres éditeurs

MON VIEUX. *Seuil.*

JOURS TRANQUILLES À BELLEVILLE, *Point Seuil.*

LE BAL DES DÉBRIS. *Librio.*

LE SECRET DU RABBIN, *L'Atalante* (repris dans Folio Policier, *n° 199*).

COMEDIA, *Payot* (repris dans Folio Policier, *n° 390*).

TRENTE-SEPT ANNUITÉS ET DEMIE, *Le Dilettante.*

LE PAUVRE NOUVEAU EST ARRIVÉ, *Méréal.*

L'ENFANT DE L'ABSENTE, *Seuil.*

ROUGE C'EST LA VIE. *Seuil.*

LA VIGIE, *L'Atalante.*

AD VITAM AETERNAM, *Seuil.*

COLLECTION FOLIO POLICIER

Dernières parutions

282. David Goodis	*Vendredi 13*
283. Chester Himes	*Il pleut des coups durs*
284. Guillaume Nicloux	*Zoocity*
285. Lakhdar Belaïd	*Sérail killers*
286. Caryl Férey	*Haka*
287. Thierry Jonquet	*Le manoir des immortelles*
288. Georges Simenon	*Oncle Charles s'est enfermé*
289. Georges Simenon	*45° à l'ombre*
290. James M. Cain	*Assurance sur la mort*
291. Nicholas Blincoe	*Acid Queen*
292. Robin Cook	*Comment vivent les morts*
293. Ian Rankin	*L'ombre du tueur*
294. François Joly	*Be-bop à Lola*
295. Patrick Raynal	*Arrêt d'urgence*
296. Craig Smith	*Dame qui pique*
297. Bernhard Schlink	*Un hiver à Mannheim*
298. Francisco González Ledesma	*Le dossier Barcelone*
299. Didier Daeninckx	*12, rue Meckert*
300. Dashiell Hammett	*Le grand braquage*
301. Dan Simmons	*Vengeance*
302. Michel Steiner	*Mainmorte*
303. Charles Williams	*Une femme là-dessous*
304. Marvin Albert	*Un démon au paradis*
305. Frederic Brown	*La belle et la bête*
306. Charles Williams	*Calme blanc*
307. Thierry Crifo	*La ballade de Kouski*
308. José Giovanni	*Le deuxième souffle*
309. Jean Amila	*La lune d'Omaha*
310. Kem Nunn	*Surf City*
311. Matti Yrjänä Joensuu	*Harjunpäa et l'homme oiseau*
312. Charles Williams	*Fantasia chez les ploucs*
313. Larry Beinhart	*Reality show*

315. Michel Steiner	*Petites morts dans un hôpital psychiatrique de campagne*
316. P.J. Wolfson	*À nos amours*
317. Charles Williams	*L'ange du foyer*
318. Pierre Rey	*L'ombre du paradis*
320. Carlene Thompson	*Ne ferme pas les yeux*
321. Georges Simenon	*Les suicidés*
322. Alexandre Dumal	*En deux temps, trois mouvements*
323. Henry Porter	*Une vie d'espion*
324. Dan Simmons	*L'épée de Darwin*
325. Colin Thibert	*Noël au balcon*
326. Russel Greenan	*La reine d'Amérique*
327. Chuck Palahniuk	*Survivant*
328. Jean-Bernard Pouy	*Les roubignoles du destin*
329. Otto Friedrich	*Le concasseur*
330. François Muratet	*Le pied-rouge*
331. Ridley Pearson	*Meurtres à grande vitesse*
332. Gunnar Staalesen	*Le loup dans la bergerie*
333. James Crumley	*La contrée finale*
334. Matti Yrjänä Joensuu	*Harjunpää et les lois de l'amour*
335. Sophie Loubiere	*Dernier parking avant la plage*
336. Alessandro Perissinotto	*La chanson de Colombano*
337. Christian Roux	*Braquages*
338. Gunnar Staalesen	*Pour le meilleur et pour le pire*
339. Georges Simenon	*Le fils Cardinaud*
340. Tonino Benacquista	*Quatre romans noirs*
341. Richard Matheson	*Les seins de glace*
342. Daniel Berkowicz	*La dernière peut-être*
343. Georges Simenon	*Le blanc à lunettes*
344. Graham Hurley	*Disparu en mer*
345. Bernard Mathieu	*Zé*
346. Ian Rankin	*Le jardin des pendus*
347. John Farris	*Furie*
348. Carlene Thompson	*Depuis que tu es partie*
349. Luna Satie	*À la recherche de Rita Kemper*
350. Kem Nunn	*La reine de Pomona*
351. Chester Himes	*Dare-dare*
352. Joe R. Lansdale	*L'arbre à bouteilles*
353. Beppe Ferrandino	*Le respect*
354. Davis Grubb	*La nuit du chasseur*
355. Georges Simenon	*Les Pitard*

356. Donald Goines	*L'accro*
357. Colin Bateman	*La bicyclette de la violence*
358. Staffan Westerlund	*L'institut de recherches*
359. Matilde Asensi	*Iacobus*
360. Henry Porter	*Nom de code : Axiom Day*
361. Colin Thibert	*Royal cambouis*
362. Gunnar Staalesen	*La belle dormit cent ans*
363. Don Winslow	*À contre-courant du grand toboggan*
364. Joe R. Lansdale	*Bad Chili*
365. Christopher Moore	*Un blues de coyote*
366. Joe Nesbø	*L'homme chauve-souris*
367. Jean-Bernard Pouy	*H4Blues*
368. Arkadi et Gueorgui Vaïner	*L'Évangile du bourreau*
369. Staffan Westerlund	*Chant pour Jenny*
370. Chuck Palahniuk	*Choke*
371. Dan Simmons	*Revanche*
372. Charles Williams	*La mare aux diams*
373. Don Winslow	*Au plus bas des Hautes Solitudes*
374. Lalie Walker	*Pour toutes les fois*
375. Didier Daeninckx	*La route du Rom*
376. Yasmina Khadra	*La part du mort*
377. Boston Teran	*Satan dans le désert*
378. Giorgio Todde	*L'état des âmes*
379. Patrick Pécherot	*Tiuraï*
380. Henri Joseph	*Le paradis des dinosaures*
381. Jean-Bernard Pouy	*La chasse au tatou dans la pampa argentine*
382. Jean-Patrick Manchette	*La Princesse du sang*
383. Dashiell Hammett	*L'introuvable*
384. Georges Simenon	*Touriste de bananes*
385. Georges Simenon	*Les noces de Poitiers*
386. Carlene Thompson	*Présumée coupable*
387. John Farris	*Terreur*
388. Manchette-Bastid	*Laissez bronzer les cadavres !*
389. Graham Hurley	*Coups sur coups*
390. Thierry Jonquet	*Comedia*
391. George P. Pelecanos	*Le chien qui vendait des chaussures*
392. Ian Rankin	*La mort dans l'âme*
393. Ken Bruen	*R&B. Le Gros Coup*

Composition Nord Compo
Impression Novoprint à Barcelone,
le 15 janvier 2006
Dépôt légal: janvier 2006
1er dépôt légal dans la collection: janvier 2006

ISBN 2-07-030860-X./Imprimé en Espagne.

142572